W0312597

Querverlag

Peter Fuchs

Schöneberger Steinigung

Kriminalroman

Die Handlung, die Figuren und manche Schauplätze dieses Romans sind fiktiv. Ähnlichkeiten mit lebenden und toten Personen sind unbeabsichtigt.

Erste Auflage März 2019

Umschlag und grafische Realisierung von Sergio Vitale
unter Verwendung eines Fotos von ©IngolfBLN
(https://flickr.com/photos/58927646@N02/11279253956).
Gesamtherstellung: Finidr
ISBN 978-3-89656-272-2
Printed in the Czech Republic

Bitte fordern Sie unser Gesamtverzeichnis an:
Querverlag GmbH
Akazienstraße 25, 10823 Berlin
www.querverlag.de

Für Ralph und Dario

Das Kaninchen und der Fuchs

Ein Kaninchen kam in einer Frühlingsnacht aus seiner Höhle, um Futter zu suchen. In den vergangenen Nächten hatte es nahe an seinem Bau alles abgefressen. Diesmal wollte es mutig sein und an den frischen Knospen eines weit entfernten Fliederstrauchs nagen. Wachsam hoppelte es im Schutz der Büsche zum verlockenden Genuss und labte sich an den saftigen Trieben.

Mitten im Fressen nahm es eine Witterung auf und zog ein Ohr hoch. Ein Fuchs war in der Nähe. Das Kaninchen flüchtete, um den Schutz seines Baus zu erreichen. Zu spät. Der Fuchs stellte sich ihm in den Weg, das Kaninchen schlug einen Haken und schoss durchs dichte Unterholz. Der Räuber nahm die Verfolgung auf. Das Kaninchen sprang einen Hügel hinab, durchbrach in der Senke eine Heckenwand, tappte mit seinen Hinterläufen in frisches Blut, setzte mit zwei Sprüngen an einer Leiche vorbei und hetzte den gegenüberliegenden Hügel hoch.

Dort duckte es sich im Schutz eines dichten Hartriegels, weil der rettende Bau noch weit entfernt war. Es atmete schnell. Doch mit einem Male stutzte das Kaninchen, denn es hatte die Witterung des Räubers verloren. Zitternd schnupperte es durch die Blätter. Kein Fuchs. Der Räuber war verschwunden.

Das Kaninchen verharrte noch einige Zeit in seinem Versteck. Endlich fasste es sich ein Herz und hoppelte bedachtsam in die heimatlichen Höhlengänge.

Suche nicht immer den direkten Weg in den sicheren Hafen, manchmal liegt in einem Umweg die Rettung.

Der erste Tag

Die Zeiger der Uhr am Schöneberger Rathaus zeigten sechs Uhr dreißig. Vicky lag im Zeitplan und hatte gute Laune; sie war ein Morgenmensch. *Ick bin ein Berliner*, dachte sie mit Blick auf den Balkon des Rathauses und schloss ihr Fahrrad an den Pfosten eines Verkehrsschilds. Vicky atmete die angenehm kühle Frühlingsluft dieses Stadtmorgens ein und zurrte den Gummi fest, der ihre langen, blonden Haare zu einem Pferdeschwanz zusammenhielt. Während sie wartete, dass die Lauf-App auf dem Smartphone startet, zwinkerte sie den nackten Männerstatuen auf dem Rathausturm zu. *Morgen, Jungs!* Dann trabte sie los.

Sie sprang die Stufen zum Park hinunter und umrundete den Brunnen. Auf einer Säule in der Mitte hob ein goldener Hirsch das Geweih in den wolkenlosen Himmel über Schöneberg. Danach lief sie die Rampe zur Carl-Zuckmayer-Brücke hoch und checkte mit kurzem Blick auf die Armbandtasche, ob die Lauf-App auch korrekt aufzeichnete. *Sechzig Meter, passt.* Diese erste Steigung joggte sie bewusst langsam. *Nicht aus der Puste kommen.* Vicky lief jeden Morgen, denn sie liebte das Joggen, weil es ihr eine zweite Leidenschaft ermöglichte: Schokolade in großen Mengen.

Vicky hörte ein sanftes Rumpeln, weil eben in der Brücke eine U4 in den Bahnhof einfuhr. Sie lief durch die Fahrradsperren in den westlichen Teil des Rudolph-Wilde-Parks. Wie immer ein traumhafter Anblick. Eingefasst von riesenhaften Trauerweiden erstreckte sich vor Vicky ein kleines Tal, durch das sich ein schmaler Sandweg Richtung Wilmersdorf schlängelte. Die sanften Hügel daneben sind beliebte Liegewiesen, weil die dichten Büsche und Bäume die Stadt rundherum völlig ausblenden. Um diese Zeit waren die Wiesen jedoch leer. So früh am Morgen tummelten sich nur wenige Menschen im Park und sie gehörten einem von drei Teams an.

Die Jogger. Vicky kannte viele vom Sehen. Zum Beispiel das ältere Ehepaar, das langsam lief, manchmal auch nur schnell ging, dabei immer in ein angeregtes Gespräch vertieft. Vicky erfreute sich an dem Gedanken, dass die beiden seit Jahrzehnten jeden Morgen gemeinsam joggten. Oder der Rothaarige, wie Vicky ganz in schwarzen Sportklamotten, der beim Laufen das Gesicht verzog, als hätte er Schmerzen. *Vielleicht seine übliche Miene.* Manchmal nickte man sich zu, aber nicht immer.

Team zwei waren die Hundebesitzer, die ihre Lieblinge Gassi führten. Sie standen entfernt mitten in den Wiesen und unterhielten sich, während die Hunde herumtollten. Manchmal warfen sie Stöckchen. Einige hatten Schleudern, um Bälle besonders weit zu werfen. Vickys Ehemann Oliver erzählte oft, wie er als Arzt in der zentralen Notaufnahme Hundebesitzer behandeln musste, die im Streit mit der Schleuder eins übergezogen bekommen hatten. *So eine Schleuder liegt im Eifer des Gefechts gut in der Hand.* Vicky schmunzelte und lief locker weiter.

Die städtischen Gärtnerinnen waren Team drei. Diese Frauen harkten und zupften in den Blumenbeeten und schienen alles um sich herum zu ignorieren. Zu Team drei zählte Vicky auch die Ein-Euro-Jobber, die den Park vom Abfall befreiten. Mit Harken und langen Pickern liefen sie morgens über die Wiesen und sammelten verstreuten Müll ein.

Heute stützte sich auf Höhe der Spielplätze der Große mit dem enormen Bauchumfang auf seine Harke und rauchte. Diese Truppe beachtete die Jogger nicht, doch heute spürte Vicky, dass der Große sie anstarrte. Eine Millisekunde lang trafen sich ihre Blicke und Vicky drehte sich sofort weg. Da hörte sie sein Pfeifen. Vicky stutzte. *Pfeift er mir hinterher?* Sie wollte ihn ignorieren, wäre dann aber den nächsten Kilometer zornig gejoggt. Sie drehte um, blieb vor dem Typen stehen und atmete kurz durch.

„Ick zeig dir gleich was 'ne Harke ist, Freundchen", sagte sie grimmig. Diese Prügelandrohung hatte ihr Ingeborg beigebracht. Ihre Haushälterin war eine eingeborene Westberlinerin.

Der Mann schaute erschrocken auf seine Harke und stammelte „Sori".

„Geht doch", sagte Vicky und lief weiter.

Sie nutzte die Adrenalinausschüttung und überquerte mit großen Schritten die Prinzregentenstraße, die den Park durchschnitt. Rechts sah sie einen Security-Mann vor dem Gymnasium Frühschicht schieben. Seit vergangenem Herbst diente die Turnhalle als Notunterkunft für Geflüchtete. Vicky winkte. Der Mann winkte zurück, denn sie half dort gelegentlich in der Kleiderkammer aus.

Weiter ging es auf die Fußgängerbrücke über die Bundesallee. Mini-Golf, Fußballplatz, zurück auf die Brücke, dann die Runde um das Denkmal des Speerwerfers. Vicky freute sich auf die Meter, mit denen sie die Bronzestatue des nackten Sportlers umrundete. Der Anblick seiner festen Arschbacken motivierte sie. Vor Ostern leuchteten seine Hoden manchmal grün, manchmal rot. *Klarer Fall von Vandalismus.* Vicky lachte. Diesen Brauch des Eierfärbens liebte sie.

Nach dem Kifferhügel und den angrenzenden Kleingärten erreichte sie auf Höhe des Hauses von Deutschlandfunk Kultur wieder das kleine Tal. Diesmal joggte sie südlich daran vorbei, jenseits der Bäume und Sträucher. Aus dem Weg vor ihr ragten Bruchstücke von Ziegelsteinen. *In Berlin läuft man ständig über Zeitgeschichte.* Vicky vermutete, dass hier Schutt zerbombter Häuser abgeladen und planiert worden war. *In Österreich haben sie das Alpenpanorama, Mozart und die Wiener Sängerknaben darüber gelegt. Da ragt nichts mehr raus.* Als Österreicherin kannte sich Vicky mit den verschiedenen Methoden der Vergangenheitsbewältigung aus.

Ein hoppelndes Kaninchen kreuzte Vickys Weg. Die nachtaktiven Tiere waren frühmorgens noch unterwegs. *Süßes Kerlchen.* Vickys Blick folgte ihm, bis es in einer dicht bewachsenen Senke verschwand.

Ein Frösteln schoss durch ihren Körper. Jemand starrte sie an. Erneut.

Bleib stehen!

Ihre Beine bewegten sich im Laufrhythmus weiter.

Halt!

Vicky drehte um und ging die Böschung hinunter, in der das Kaninchen verschwunden war. Sie schluckte. Ein Auge starrte sie durch dicht wuchernde Zweige an.

Lauf weg!

Doch sie schob einen Zweig beiseite, um besser sehen zu können. Ein Mann mit nacktem Oberkörper hockte im Busch. Sein Blick war auf Vicky gerichtet. Ein Auge. Wo sich das andere Auge befinden sollte, hing ein fleischiger Klumpen herab. Er war braun und rot. Getrocknetes Blut.

***

Vicky stand auf dem Weg oberhalb der Böschung und wartete auf die Polizei. Eben hatte sie den Notruf getippt und war überzeugt gewesen, dass der Euro-Notruf 112 bei der Berliner Polizei landet. Tut er aber nicht.

„Berliner Feuerwehr."

„Hallo, ich wollte den Polizeinotruf, Mist."

„Das ist die 110, bitte rufen Sie dort an."

„Ich habe eine Leiche gefunden."

„Wie?“

„Ich habe eine Leiche im Volkspark Schöneberg gefunden.“

„Ich verbinde Sie mit der Polizei. Bleiben Sie dran.“

Vicky hörte eine Tonfolge, gespielt auf einer Bontempi-Orgel. Dann kurze Pause mit einem Knacken. Die Tonfolge startete von Neuem. Knacken. Vickys Herz hämmerte. Knacken. Sie sah, dass der Rothaarige mit dem mürrischen Gesichtsausdruck auf sie zulief.

Ihn ansprechen?

Der Rothaarige nickte ihr zu.

Vicky nickte zurück und wandte sich ab. *Besser nicht reden.* Sie hätte ohnehin nicht die richtigen Worte gefunden. Tonfolge. Knacken.

„Polizeinotruf.“

„Ich habe eine Leiche im Volkspark Schöneberg gefunden“, presste Vicky hervor.

„Sind Sie verletzt?“, fragte die Männerstimme.

„Bin ich nicht.“

„Sind Sie in Gefahr?“

„Ich denke nicht.“ Vicky schaute sich erschrocken um, denn die Leiche sah nicht nach einem Unfall aus. *Es muss auch einen Mörder geben.* Obwohl niemand zu sehen war, hielt Vicky den Atem an.

„Wo sind Sie?“

„Im Volkspark Schöneberg, an der Südseite kurz nach den Kleingärten.“

„Wie heißen Sie?“

Vicky nannte ihren Namen. Das Telefonat dauerte ihr zu lange.

„Wie haben Sie die Leiche gefunden?“

„Ich joggte und habe jemanden in einer merkwürdigen Position in einem Busch gesehen. Da habe ich nachgeschaut.“

„Sind Sie sicher, dass die Person tot ist?“

„Der Mann bewegt sich nicht mehr. Das Gesicht ist halb zerschmettert und die Schädeldecke ist Brei. Der Mann ist tot."

„Haben Sie die Leiche berührt?"

„Nein."

„Sehr gut. Ich informiere den nächstliegenden Abschnitt. Die Kollegen kommen sofort zu Ihnen. Bleiben Sie, wo Sie sind, und berühren Sie nichts, halten Sie am besten Abstand. Versuchen Sie Ruhe zu bewahren und rufen Sie wieder an, sollte etwas in der Zwischenzeit passieren. Ich lege jetzt auf."

„In Ordnung."

Also stand Vicky keine drei Meter von der Leiche entfernt und wartete. Sie ekelte sich, war aber auch neugierig. Die Neugier siegte. Sie ging die Böschung wieder hinunter, umrundete die dichte Hecke und fand seitlich eine kleine Lücke, die den Blick auf ein schmales Areal freigab. Vicky war überrascht, denn die Leiche hockte nicht, sondern kniete bis zum Bauchnabel in einer Mulde. Ein Steinhaufen daneben hielt den nackten Oberkörper aufrecht. Der Rumpf war auffällig lang und dürr. Vicky sah Wunden auf der Brust, braunroter Schorf klebte daran, der Mann musste stark geblutet haben. *Messerstiche?* Vicky fröstelte. Der rechte Arm des Mannes stützte mit abgewinkeltem Ellenbogen auf der anderen Seite den misshandelten Rumpf ab. Die Finger lagen gespreizt auf der sandigen Erde, als hätte der Mann Halt gesucht. Vickys Blick wanderte die Leiche wieder hoch, sie versuchte dabei den Blick des starren Auges zu vermeiden. Die Schädeldecke darüber lag offen, Matsch war ausgetreten, der nun getrocknet war. An ein paar Stellen klebten Haare, an der rechten Kopfhälfte hing ein Ohr. Dahinter blitzte nackte Haut mit drei winzigen blauen Spitzen auf. *Wie aufgemalt.* Gedanken stürmten durch Vickys Kopf, ohne ein Ziel zu erreichen, und ihr Puls lag so hoch wie beim

Joggen. *Alles unwirklich. Ich muss Oliver anrufen.* Vicky schluckte. Das Starren war wieder da, sie spürte, dass sie beobachtet wurde, und stieß einen Schrei aus. Der Rothaarige glotzte sie von der anderen Seite der Hecke an.

***

Vicky hoffte, bald die Sirenen der Polizeiautos zu hören, als sie mit dem Rothaarigen an der Straße stand und wartete. Obwohl er ihr vor drei Minuten bei der Leiche einen ordentlichen Schrecken eingejagt hatte, war sie froh gewesen, nicht mehr allein mit dem Toten zu sein.

„Ach, du Kacke", hatte der Rothaarige nach Vickys Schrei gesagt. „Waren Sie das?"

„Blödsinn, ich habe ihn so gefunden."

„Wer war das?" Erschrocken sah sich der Rothaarige um.

„Als ich ihn gefunden habe, war niemand hier", antwortete Vicky.

Der Rothaarige drehte den Kopf unablässig in alle Richtungen, um zu kontrollieren, ob jemand käme.

Wie ein Kaninchen.

Beim Sprechen sah er Vicky nicht an. „Wir müssen die Polizei rufen", sagte er.

„Schon erledigt."

„Wo bleibt sie denn?" Ohne eine Antwort abzuwarten, sprach er weiter. „Klarer Fall, der ist tot. Umgebracht. Der hat kein Gesicht mehr, nur dieses Auge, eklig. Alles Pampe. Sehen Sie das am Bauch? Da hat ihm jemand Fleisch herausgerissen. Mann, ist mir schlecht."

Zum ersten Mal seit Entdeckung der Leiche spürte Vicky auch ihren Magen. Er krampfte. „Ich laufe hoch zur Straße, um die Polizei hierherzulotsen", sagte sie.

„Ich bleib mit dem nicht allein", sagte der Rothaarige und lief ihr nach.

Jetzt standen sie an der Straße und warteten. Der Mann redete immer noch.

„Welches Schwein macht so etwas? Es wird immer schlimmer, was ist nur aus unserer Welt geworden?“

Vicky war erleichtert, als sie endlich die Sirene hörte und aus Richtung Martin-Luther-Straße ein Funkstreifenwagen heranraste. Sie winkte. Der Rothaarige stellte sich auf die Straße und breitete die Arme aus. Eine Polizistin hielt den Wagen vor ihm an, ein Polizist sprang auf der Beifahrerseite raus. Die Sirene verstummte, nur das Blaulicht kreiste weiter am Autodach.

„Eine Leiche zwischen den Hecken. Sie ist übel zugerichtet, alles Matsch!“, rief der Rothaarige.

„Beruhigen Sie sich“, sagte der Polizist.

„Bei uns hat eine Frau angerufen“, bemerkte die junge Polizistin. Sie ließ den Wagen mitten in der Straße stehen.

„Die Leiche ist da unten in den Büschen, Mann, da wird einem speiübel, so böse zugerichtet“, sagte der Rothaarige.

„Sie sind jetzt still“, sagte die Polizistin.

Der Rothaarige schaute pikiert.

„Ich habe angerufen“, sagte Vicky. „Ich kann Sie zur Leiche führen.“

In diesem Moment bellte im Park ein Hund. Er klang heiser und nervös. Das Gebell schwoll an, als weitere Hunde zu kläffen begannen.

„Los, los!“, rief die Polizistin ihrem Kollegen zu und rannte in den Park. Ohne nachzudenken, lief Vicky hinterher.

***

Vicky saß auf einer Parkbank. Ein Sanitäter hatte ihr eine Decke gegeben, dabei war ihr nicht kalt. Der Mann ließ jedoch nicht mit sich diskutieren, deshalb trug sie nun eine braune Wolldecke um die Schultern.

Als sie zur Leiche gerannt war, da waren ihre Hände und Füße kalt, das hatte sie gespürt. Das Bellen klang noch infernalisch in ihren Ohren nach.

Um die Leiche tobten fünf Hunde mit lautem Gekläffe und bellten den Toten an. Um ihre Hunde zurückzupfeifen, rannten zwei Herrchen und ein Frauchen panisch um das Heckenversteck in der Senke, doch die Tiere ließen sich davon nicht beeindrucken. Erst ein lauter Schrei der Polizistin hatte Erfolg. Als die Hunde überrascht aufsahen, nutzte das Frauchen die Chance und klickte die Leine bei ihrem massigen Sennenhund ein, der sich widerstandslos fortziehen ließ.

„Alle Hunde rüber zu den Bäumen", ordnete der Polizist an.

Ein Herrchen schnappte sich eine kleine Bulldogge, nahm sie auf den Arm und rief: „Kira, Sonny, bei Fuß!"

Zwei Promenadenmischungen trotteten gemächlich auf ihn zu. Das zweite Herrchen stand mit kreidebleichem Gesicht vor der Leiche.

„Nehmen Sie Ihren Hund weg", sagte die Polizistin.

Der Mann schluckte. „Goldie, komm."

Die Schäferhündin ließ von der Leiche ab und spazierte auf die offene Wiese. Der Mann stolperte hinterher.

„Sie warten bei den Bäumen auf uns", rief der Polizist ihm nach.

Dann hatten sie den Platz mit der Leiche inspiziert, telefoniert, um Verstärkung zu rufen, den Rothaarigen gebeten, endlich ruhig zu sein, und Vicky auf eine Parkbank in der Nähe gesetzt.

Der Polizist stellte sich als Polizeimeister Mario Haschkey vor. „Wie Husky nur mit Sch", sagte er. Der Mann trug eine Ray-Ban-Sonnenbrille und fragte Vicky in ruhigem Ton, wie sie die Leiche gefunden hat. Vicky spürte, wie sich seine Ruhe auf sie übertrug. Während der Befragung waren immer mehr Polizeibeamte in Uniform aufgetaucht. Haschkey bedankte sich für Vickys klare Antworten und bat sie, sitzen zu bleiben, bis der zuständige Kriminaloberkommissar eingetroffen sei. Der habe sicher auch Fragen an sie. Dann machte er sich auf den Weg zu den Bäumen, wo die Hundebesitzer warteten.

Vicky beobachtete zwei uniformierte Männer, die das Areal mit einem rot-weiß gestreiften Plastikband weiträumig absperrten. Durch die Bäume erkannte sie, wie das ältere Ehepaar auf dem Weg oberhalb der Böschung am Absperrband mit einem Polizisten sprach. Jene Polizistin, die als Erste am Tatort eingetroffen war, kam dazu.

Tatort.

Noch immer fühlte sich das Geschehen unwirklich an.

Ich muss Oliver anrufen.

Sie nahm ihr Smartphone aus dem Armband, tippte in der Anrufliste auf Oliver und das Telefon verband sie mit dem Diensthandy ihres Ehemanns. Neben seinem Namen sah sie auf dem Display ein Smiley mit schwarzer Sonnenbrille und ein rotes Herz.

„Telefon Dr. Meier."

„Hallo, hier Viktoria Meier, bitte geben Sie mir meinen Mann."

„Dr. Meier operiert gerade."

„Es ist dringend."

Kurze Pause. „Einen Moment."

Vicky wusste, dass die OP-Schwester Oliver jetzt das Handy ans Ohr hielt, während er weiteroperierte.

„Ja?", sagte Oliver.

„Sorry, dass ich dich störe."

„Ist was passiert? Ist was mit Heidi?"

„Nein, alles gut. Na ja, so weit, so gut. Ich habe beim Joggen eine Leiche entdeckt."

„Wie?"

„Einen Toten, ist wohl ein Mordopfer."

„Renate, Telefon höher bitte. Ist dir etwas passiert, Vicky? Bist du verletzt?"

„Nein, mir geht's gut. Ich habe mich nur erschrocken. Die Polizei ist hier, sie haben mich befragt. Ich muss noch auf den Kommissar warten."

„Geht es dir gut?"

„Ja."

„Ich ruf dich nach der OP an. Pass auf dich auf. Danke, Renate." Dann war er weg.

Geht es mir gut? Vicky wunderte sich. *Ja, es geht mir gut.*

***

„Was haben Sie gesehen?", fragte die junge Polizistin über das Absperrband und unterdrückte ein Seufzen. Vor ihr stand das ältere Ehepaar. Beide trugen enge Laufhosen und gelbe Jacken.

„Eigentlich gar nichts, wie gesagt", antwortete die Frau.

Ihr Mann sah sie von der Seite an. „Ein bisschen komisch war es heute Morgen schon", sagte er.

Die Polizistin versuchte einen neuen Anlauf. „Was kam Ihnen komisch vor?"

„Gar nichts war komisch", sagte die Frau.

„Du hast gesagt, dass heute etwas anders sei als sonst." Der Mann sprach behutsam, als hielte er seine Frau ein wenig für vergesslich.

„Daran kann ich mich nicht erinnern", sagte sie und rückte mit dem Daumen den Gummibund ihrer Dreiviertelhose zurecht.

Die Polizistin bemerkte genervt, dass die Frau das bereits zum dritten Mal gemacht hatte.

„Aber …", sagte der Mann.

„Kein aber", unterbrach ihn seine Frau.

Die Polizistin sah zwischen den beiden hin und her.

„Mensch, Cornelia, ich spinn doch nicht. Als wir an den Trauerweiden vorbeigelaufen sind, hast du gesagt: Heute ist was anders."

„Weiß nicht. Sollte es mir unbewusst entschlüpft sein, habe ich wohl das Wetter gemeint." Sie sah ihn streng an.

„Vielleicht habe ich etwas verwechselt", sagte der Mann zur Polizistin und lächelte.

Die Polizistin seufzte. „Sollte Ihnen doch einfallen, dass etwas ungewöhnlich war, melden Sie sich. Hier die Karte mit der Telefonnummer unseres Abschnitts."

Die Frau quetschte die Karte in eine Gesäßtasche ihrer Hose und lächelte freundlich. „Alles klar."

Die Polizistin ging Richtung Böschung, wo bereits große weiße Planen den Fundort der Leiche abschirmten. Als sie außer Hörweite war, fasste die Frau ihren Mann am Handgelenk.

„Harry, bist du von allen guten Geistern verlassen? Ich erzähl der doch nicht, dass ich eine Blockade in meinen Chakren spürte. Die lässt mich in die Klapse einweisen." Sie tätschelte ihn an der Schulter. „Ab nach Hause. Ich mach uns ein reinigendes Ritual. Das brauchen wir dringend. Zu viel schlechte Energie im Park." Sie trabte los.

„Mir reicht eine Dusche zur Reinigung", brummte Harry und lief hinterher.

***

„Sammy liebt Flash, deshalb habe ich Basti gewunken, dass er zu uns rüberkommen soll. Sonst war er immer gleich bei uns mit seinen drei Schätzchens, aber Basti schien mich nicht gesehen zu haben, er hat zumindest nicht reagiert", sagte die Hundebesitzerin. Sie wischte sich Haare aus der Stirn, dabei waren ihre grauen Haare sehr kurz. Quer über die Allwetterjacke trug sie die Hundeleine.

„Wer ist Sammy, wer ist Flash und wer ist Basti?“, fragte Polizeimeister Haschkey.

„Sammy ist mein Großer.“ Die Frau deutete auf den schwarzen Sennenhund mit den weißen Pfoten, der ein paar Meter entfernt auf der Wiese lag und hechelte. „Flash ist die junge Bulldogge und Basti sein Herrchen.“

Der Polizist schaute zum zweiten Hundebesitzer, der mit zugeknöpftem Sakko auf einem Baumstumpf saß. Er trug Halbschuhe ohne Socken, die schwarzen Haare akkurat gescheitelt und pomadisiert. In seinem Schoß lag die Bulldogge, zu seinen Füßen zwei zottelige Mischlingshunde, einer mit hellem Fell, der andere mit dunkelbraunen Haaren. Beide lagen an der Leine. Als der Mann den Blick von Polizeimeister Haschkey sah, hob er eine Hand.

„Entschuldigung, dauert es noch lange? Ich bin Lehrer und muss in der Schule melden, dass ich zu spät komme“, rief er.

„Bin gleich bei Ihnen, Herr …“ Haschkey blickte auf den Notizblock in seiner Hand. „… Pöhls. Dauert nicht mehr lange.“ Haschkey wandte sich wieder der Frau zu. „Was ist dann passiert?“

„Flash kam zu uns gelaufen, Sebastian wollte ihn zurückpfeifen, Flash hat aber nicht gehorcht.“ Die Frau lachte. „Werner und ich fanden das witzig.“

„Wer ist Werner?“

„Werner gehört zu Goldie.“

Auf einer Bank unter den Bäumen saß Werner. Seine Schäferhündin lag halb unter der Bank. Der große Mann war im Gesicht immer noch blass. Ein Sanitäter hatte ihm eine Decke gebracht und sprach auf ihn ein.

„Wie ging es weiter?“

„Die Hunde haben herumgetollt wie immer, die mögen sich.“

„Man trifft sich also öfter hier am Morgen?“

„Die Hunde müssen ja raus, aber wir sind nicht verabredet. Wir treffen uns zufällig mit unseren Schätzchens auf der Wiese, da ist man schnell im Gespräch."

„Wie kamen die Hunde dann zur Leiche?"

„Ich glaube, Kira ist als Erste quer über die Wiese zu dieser Hecke hin."

Auf den fragenden Blick von Haschkey deutete die Frau auf die Hündin mit dem braunen Fell neben dem Baumstumpf.

„Basti hat noch ‚Kira, bleib hier' geschrien, aber sie besitzt von allen das meiste Temperament. Als sie zu bellen begann, sind alle anderen Hunde nach."

„Und Sie?"

„Wir sind auch hin, natürlich. Wir wollten sehen, was los ist. Manchmal stöbern die Hunde ein totes Kaninchen auf, geschah in letzter Zeit häufiger. Wir wollen alle nicht, dass die Hunde damit rummachen. Was wir dann aber gesehen haben, war kein totes Karnickel. Ich bin einiges gewohnt, ich war ja Krankenschwester, also kurz mal, aber das war der Hammer. Die Hunde haben sich nicht eingekriegt."

„Ist Ihnen am heutigen Morgen was aufgefallen? War etwas anders als sonst?"

„Außer der Leiche?"

„Klar, außer der Leiche."

„Nee, würde mir nichts einfallen. Eigentlich alles wie immer."

„Gut, Frau Fertig, die Kripo meldet sich bei Ihnen, wenn sie noch zusätzliche Fragen hat."

„Fertig ist fertig?"

Haschkey grinste. Frau Fertig hatte den Witz sicher nicht zum ersten Mal angebracht.

„Ja, Sie können gehen."

„Darf ich noch bleiben? Zum Gucken?"

„Besser nicht“, sagte Haschkey im Weggehen, „Fertig ist fertig.“

„Okay, okay“, murmelte Frau Fertig. „Sammy, komm! Wir müssen los!“

Der Hund sprang auf.

„Man ist unserer Anwesenheit überdrüssig.“ Im Weggehen lachte Frau Fertig noch lange über ihre Formulierung.

***

Vicky tippte eine WhatsApp-Nachricht an Ingeborg.

– Bin aufgehalten, komm später heim. Bis gleich.

Vicky blickte auf. Unter die Polizisten in Uniform hatten sich Leute gemischt, die weiße Overalls trugen, einige mit Mundschutz. Vicky war froh, dass der Fundort der Leiche mit Tüchern abgedeckt war und sie nichts mehr von dem toten Mann sehen musste. Das Smartphone vibrierte in ihrer Hand.

– Kindchen! Hast dich beim Joggen verlaufen? :-) Alles klar. Heidi ist schon zur Schule. Magst du ufm Weg Parkettpflege bei DM holen? Ist fast aus. Daaaaaanke :-) Die Ingeborg

– Mach ich gern.

Life goes on. Vicky hatte Durst. Sie winkte nach dem Sanitäter und der machte sich auf die Suche nach Wasser. *Freundlicher Mann.* Der Polizist vom ersten Einsatzwagen befragte auf der Wiese den Mann mit den drei Hunden. Außerdem sah sie am Weg oben den Ein-Euro-Jobber unter dem Absperrband durchschlüpfen. Sofort waren zwei Polizisten bei ihm. *Packt die Handschellen aus.* Die Polizisten redeten auf den Mann ein und die junge Polizistin kam dazu.

„Ihr Wasser.“ Der Sanitäter reichte Vicky eine kleine Plastikflasche. „Sie waren beim Joggen? Da müssen Sie trinken. Sonst alles schick?“

„Ich warte auf den Kommissar. Dauert es lange, bis er kommt?"

„Sobald im LKA klar ist, wer den Fall kriegt, ist er hier."

Ein Schrei ließ die beiden aufhorchen. Am Absperrband rangen die Polizisten den Ein-Euro-Jobber zu Boden. Einer drückte ihn an den Beinen nieder, die Polizistin drehte ihm den Arm auf den Rücken, dabei ließ der Ein-Euro-Jobber einen markigen Schmerzensschrei los, der in ein Winseln überging.

***

„Ich jogge gern im Park. Mache ich fast täglich, bin daher ein Top-Läufer. Im Park laufen einem immer süße Häschen über den Weg. Oft sehe ich auch die anderen Häschen, die mit den langen Ohren. Haha. Sie wissen, wie ich das meine. Ich hab die Hübsche mit den langen Beinen gerne getroffen beim Laufen. Ihr blonder Zopf schwingt immer hin und her, wenn sie läuft. Das mag ich. Deshalb laufe ich auch gerne von hinten auf. Haha. Also, die Hübsche und ich, wir kennen uns nicht, aber man sieht sich gelegentlich im Park, da kennt man sich. Die läuft flott, easy überholen ist da nicht. Ich mag an ihr, dass sie nicht so knallige Farben trägt wie andere Frauen. Manche sehen aus wie Leuchtstifte on tour mit dem Neonzeugs. Auch noch mit Blümchen und so. Die Hübsche … wie heißt die eigentlich? Sie können mir ihren Namen nicht sagen, oder? Okay, vermutlich Datenschutz, ich verstehe. Egal, ich nenne sie jetzt einfach mal die Hübsche. Haha. Also, die Hübsche trägt nur Laufklamotten in gedeckten Farben. Schwarz und maximal mal grau. Das mag ich. Das finde ich sexy. Oh, Entschuldigung. Darf man das sagen? Sexy? Oder ist das sexistisch? Ist sexy sexistisch? Haha. Ich kann auch sagen, dass ich dunkle Laufklamotten attraktiv finde, falls das jemanden stört, wenn ich sexy sage. Egal, heute Morgen ist sie mir öfter begegnet. Manchmal sieht sie absichtlich nicht zu mir. Wohl schüchtern, ein scheues Reh. Das mag ich. Ist letztlich doch alles nur ein Spiel. Bei einer Begegnung war sie aber anders, die Hübsche. Sie hat da gestanden und telefoniert. Ihr Gesichtsausdruck war, wie soll ich sagen, besorgt. Da dachte ich mir, dreh um, da stimmt was nicht. Vielleicht braucht Sie Hilfe. Ja, ich helfe gerne Frauen. Mann, Mann, und dann das. Ein Fleischklumpen mit einem Auge. Arme Sau. Welches Schwein hat das gemacht? War es der Gärtner, der da eben verhaftet wurde, der Vollschlanke? Ah, klar, Datenschutz. Wir haben das dann aber cool gecheckt, die Hübsche und ich. So bis die Polizei kam. Wie lange muss ich eigentlich noch warten? Ich arbeite in der Privatwirtschaft, da ist Zeit gleich Geld, da kann ich nicht unendlich Zeit verplempern, das geht alles von meinem Verdienst ab. Das verstehen Sie vielleicht nicht, aber meine Zeit ist mein Kapital. Es wäre super, wenn die Bürokratie sich ein wenig beschleunigt. Ich kann nicht einfach herumsitzen und nichts tun. Bei mir läuft der Taxameter", sagte der Rothaarige.

„Alles gut", sagte der Sanitäter. „Das können Sie gleich alles der Polizei erzählen. Ich bringe Ihnen eine Flasche Wasser."

***

Max stand vor der Leiche. *Nicht auf die Leiche gucken.* Sein Blick blieb trotzdem an dem einsamen Auge hängen. *Fuck.* Die bewährte Methode konnte er diesmal vergessen. *Ignorieren, ausblenden.* Kam er an einen Tatort, untersuchte er nicht sofort die Leiche, denn der Anblick eines toten Menschen löste bei ihm noch immer große Bestürzung aus. Klar, er hatte gelernt, professionell damit umzugehen. Außen war er cool, aber in ihm tobte trotzdem ein Kampf. Der emotionale Aufruhr verhinderte, dass er kleine, aber wichtige Details am Tatort wahrnahm. Max zwang sich, nicht mehr auf das Auge zu sehen.

„Niemand hat die Leiche berührt, seit wir hier sind, Herr Kriminaloberkommissar", sagte die junge Polizistin.

„Sagen Sie Max zu mir."

Max war der Titel zu sperrig. Trotz seiner jungen dreißig Jahre war ihm der potenzielle Autoritätsverlust egal, denn seine Glatze ließ ihn hinreichend als Respektsperson wirken.

Die Polizistin nickte. „Ich bin Judith. Davor waren leider die Hunde dran."

„Ärgerlich, aber Sie haben gut reagiert, Judith", sagte Max.

„Ich bin Herbert", sagte der Mann im weißen Overall, der neben der jungen Polizistin stand.

„Alles klar, Herbert, dann wollen wir mal. Fotos sind gemacht?"

Herbert nickte, hob mit seinem Assistenten den Leichnam aus der Mulde und bettete ihn auf eine Plane. Der Tote lag gekrümmt, der zugerichtete Schädel sah zur Seite.

„Der ist fast zwei Meter groß", sagte Herbert überrascht.

Jeans und Sneakers waren sauber, aber der nackte Oberkörper war braun vom getrockneten Blut. In der Flanke des Mannes klafften tiefe Löcher.

„Eklig", sagte Herbert. Seine Stimme war kaum hörbar.

„Bisswunden", sagte Max.

Die Spurensicherer nestelten mit behandschuhten Fingern in den Hosentaschen des Mordopfers.

„Leer", sagte der Assistent nach einer Weile.

„Hier auch leer", sagte Herbert.

„John Doe wurde vermutlich auch ausgeraubt", sagte Max. „Vielleicht hilft uns sein Tattoo mit der Identität."

„Tattoo?", fragte Judith.

„Die blauen Spitzen hinter dem Ohr. Sind kaum zu sehen, weil das Ohr nur mehr am Knorpel hängt."

Max zog einen Kugelschreiber aus der Innentasche seiner Lederjacke, hielt aber inne und steckte ihn zurück. „Darf ich, Herbert?" Max deutete auf die Wattestäbchen in der Instrumentenmatte der Spurensicherung.

„Nur zu, Meister", sagte Herbert.

Max hob mit einem Stäbchen das Ohr ein wenig an. Dahinter tauchten auf dem einzig heil verbliebenen Hautstück des Kopfes drei blaue Spitzen auf.

Judith wandte sich ab. „Ich lasse noch mal fotografieren, falls es übersehen wurde", sagte sie.

„Danke, Judith. Danach könnt ihr ihn wegbringen."

Max sah konzentriert auf das Auge, das im Liegen versteinert zur Seite starrte. *Was erzählt dieser Ausdruck?* Max registrierte eine hochgezogene Augenbraue, was für ihn auf Angst deutete. Das Auge war weit geöffnet, auch das sprach für Angst. Dennoch hatte Max Zweifel, denn das obere Augenlid war nicht angehoben und das untere nicht angespannt. Damit war sich Max sicher. *John Doe hatte keine Angst, als er starb. Er war überrascht.*

***

„Warum sind Sie unserer Anweisung nicht gefolgt?"

„Ick wollte nur durchjehn", sagte der Ein-Euro-Jobber. Er saß in Handschellen in einer Berliner Wanne. Es roch streng und Polizeimeister Haschkey bereute, den Mann für die Vernehmung in den Mannschaftswagen gesetzt zu haben.

„Wohin durchgehen?", fragte Haschkey.

„Nach Hause, ick war durch mit de Arbeit."

„Wo wohnen Sie?"

„Dort." Er hob beide Arme und zeigte Richtung Kleingärten und Innsbrucker Platz.

Haschkey seufzte. „So weit waren wir schon. Sagen Sie mir die Adresse."

Der Mann legte die Hände auf seinem dicken Bauch ab.

„Sie kriegen ernsthaft Probleme, wenn Sie bei der Identitätsfeststellung nicht kooperieren."

Der Mann schwieg.

„Wir kriegen alles raus. Dauert nur ein wenig länger, aber Sie haben ein Problem mehr."

Der Ein-Euro-Jobber ließ den Kopf sinken. Polizeimeister Haschkey sah, dass dem Mann Tränen über die Wangen rollten.

***

Vicky wurde unwohl, denn sie wartete schon zu lange auf den Kommissar. Als sie in ihrem Magen ein Ziehen spürte, schaute sie auf die weißen Planen, um sich abzulenken. Wie bei einem Bienenstock schwärmten Menschen zwischen den Abdeckungen ein und aus. Der Ein-Euro-Jobber war aus ihrem Blickfeld verschwunden. Vicky war schockiert gewesen, als sie den Mann in Handschellen abgeführt hatten. *War er der Mörder?*

Zum Glück hatten sie den Rothaarigen nicht neben sie gesetzt. Der saß auf der anderen Seite der Wiese und redete auf den Sanitäter ein. *Armer Sani! Muss sich wegen eines blutenden Ohrs bald selbst verarzten.* Vicky grinste.

Die Absperrungen der Polizei liefen quer über die Wiese bis zur entfernten Anhöhe gegenüber. Dort gafften Leute hinter dem Absperrband zu ihr herüber. *Schaulustige.* Vicky sah einen Mann mit leuchtend blauem Pulli auf einem Motorroller an der Prinzregentenstraße einparken. Kleine Jungs mit Schultaschen liefen an ihm vorbei bis zum Absperrband und winkten in ihre Richtung. Vicky war irritiert. *Bengels.* Sie schaute demonstrativ in die andere Richtung, wo sie zwischen den Bäumen Leute an den Fenstern des Sendehauses von Deutschlandfunk Kultur auf den Tatort schauen sah. Ihr Magen meldete sich erneut. *Ab wann geht es mir schlecht?* Sie überlegte, den Sanitäter zu rufen, dabei fiel ihr Blick wieder auf die gaffende Gruppe auf der Anhöhe gegenüber. Zwischen den kleinen Jungs stand der Mann im blauen Pulli und richtete ein großes Teleobjektiv auf sie. Vicky sah direkt hinein. Mit einem Mal sackte ihr Magen ab und ihr Gesicht fühlte sich kalt an. *Das geht zu weit.* Vicky zog die Decke über den Kopf und lief auf den Sanitäter zu.

„Wann kommt endlich der Kommissar?“ Vicky ärgerte sich, weil ihre Stimme piepsig klang.

Der Sanitäter berührte sie an der Schulter. „Alles gut, der Kommissar ist schon da. Da drüben kommt er.“

Vicky drehte sich um und sah einen Mann mit Glatze und in Lederjacke auf sie zukommen. *Das ist jetzt nicht wahr.* Sie spürte, wie ihr Kreislauf wieder in Schwung kam. „Hallo, Max“, sagte sie, als der Kommissar sie erreichte.

„Hallo, Vicky“, antwortete Max.

***

Vicky hatte bessere Laune, als sie auf der Busspur der Schöneberger Hauptstraße Richtung Kaiser-Wilhelm-Platz radelte. Vor ihr explodierten die Farben des riesigen Wandgemäldes an der Hausfassade neben dem Odeon-Kino. Die Farbspritzer in Rot, Grün, Blau und Orange schossen fröhlich aus der Mitte des Bilds. Vicky war mit Oliver zur Vernissage eingeladen gewesen. „Adanzé!“ Herzlich Willkommen in einem westafrikanischen Dialekt. Das Kunstwerk eines Baselitz-Schülers wärmte wie immer Vickys Herz. Nach dem furchtbaren Fund und der langen Wartezeit freute sie sich, aus den Laufklamotten zu kommen. Davor wollte sie Parkettpflege für Ingeborg kaufen. *Ja, das Leben geht weiter.* Über die überraschende Begegnung mit Max amüsierte sie sich.

„Hallo, Max."

„Hallo, Vicky."

„In Klamotten hätte ich dich fast nicht erkannt, Max."

Er hatte gelacht. „Auf dem Trockenen erkenne ich dich auch kaum."

Vicky und Max trainierten ein- bis zweimal die Woche in derselben Schwimmgruppe. Sie kannte ihn von ein bisschen Smalltalk am Beckenrand und wusste bloß, dass Max bei der Polizei arbeitete. Für sie war er ein Mann mit angenehm tiefer Stimme in knappen Speedos und einer schwarzen Badekappe. Sie mochte sein gleichmäßiges Gleiten beim Kraulen.

Nach der Überraschung entspannte sich Vicky und erzählte vom Fotografen hinter dem Absperrband. Max war verärgert. Er ging mit ihr hinter eine Baumgruppe, die dem Fotografen die Sicht versperrte, und ließ sich die Ereignisse des Morgens chronologisch erzählen. Seine Reaktionen waren fürsorglich. Ob mit ihr alles in Ordnung sei, ob sie sich Betreuung wünsche oder nach Hause gebracht werden wolle.

Vicky lehnte dankend ab. „Aber vielleicht könnte jemand mit zum Fahrrad kommen?", fragte sie.

Max beauftragte einen Polizisten, Vicky durch den Park zum Platz vor dem Rathaus Schöneberg zu begleiten.

„Ein Klassiker für dich zum Abschied: Falls dir noch etwas einfällt", sagte Max und gab ihr grinsend seine Visitenkarte.

Maximilian Kühn. Kriminaloberkommissar.

„Auf diesen Satz warte ich schon die ganze Zeit." Vicky lachte.

„Bis demnächst im Pool?"

„Man sieht sich. Finde den Mörder, Max."

„Ich gebe mein Bestes."

Vicky war inzwischen bei DM angekommen. Sie schnappte sich eine Flasche Parkettpflege und kramte an der Kasse in der Seitentasche ihrer Laufhose. Zwischen Schlüssel und Visitenkarte von Max zog sie einen gefalteten Fünf-Euro-Schein heraus, den sie immer dabeihatte, falls sie nach dem Laufen Lust auf ein Croissant zum Frühstück bekam. Natürlich ein Schokocroissant. Vicky bemerkte, wie hungrig sie war. *Von wegen nervöser Magen.*

Vor dem Drogeriemarkt klemmte Vicky die Plastikflasche in den Gepäckträger. Als die Fußgängerampel auf Grün schaltete, radelte sie schnittig über den Fußgängerübergang in die Akazienstraße. *Duschen, Essen, alles wird gut.*

Während Vicky die Straße überquerte, fuhr ein Mann mit seinem Motorroller vor dem DM aus einer Parklücke und hielt an der Ampel. Dabei drehte er am Gasgriff, was den Motor nervös aufheulen ließ. Als er Grün bekam, bog er trotz Abbiegeverbot rasant in die Akazienstraße ein. Der Gegenverkehr hupte, doch das beeindruckte den Fahrer im leuchtend blauen Pullover nicht. Konzentriert setzte er die Verfolgung fort.

***

Ingeborg hatte die Teleskopstange des Staubsaugers auf volle Länge ausgefahren. *Ick hab ja Rücken.* Sie stand mit dem Gerät vor dem dunkelblauen Ledersofa im Wohnzimmer. Über ihr tanzten nackte Frauen einen Reigen als Stuckdeko an der hohen Zimmerdecke. Ingeborg saugte aber nicht, sondern stützte sich auf das Metallrohr. *Ne jute Nacht jewesen.* Sie kicherte. In ihren Tagtraum hinein vibrierte das Smartphone in der Tasche ihrer Trainingshose.

– hi ingeborg, deutsch fällt aus, komm früher nach hause. bin hungrig. noch eier und parmesan da? bitte guck für mich nach. voll lieb, heidi.

Die Püppi. Ingeborg legte den Staubsauger beiseite und lief vom Wohnzimmer durch das Esszimmer in den Küchenbereich. Vicky und Oliver hatten in der Altbauwohnung die Zwischenwände entfernt, dadurch wirkte die Wohnung wie ein Loft. Im knallroten Retro-Kühlschrank fand sie Parmesan. *Noch immer blitzeblank, der Kühlschrank.* Sie hatte ihn erst vergangene Woche sauber gemacht. Dann ging sie durch den Flur in den hinteren Teil der Wohnung und öffnete in der Kammer einen Pappkarton für Eier.

– Alles da für lecker Omelette. Die Ingeborg.

Sie tippte Emojis dazu: Smiley, Spiegelei, Emmentaler Käse und Sonne. Nach dem Absenden erhielt sie sofort eine Antwort: Daumen hoch und eine Sonne. Ingeborg war versucht, mit weiteren Emojis zu antworten, hielt sich aber zurück. *Ingeborgs Emoji-Spam, sagt Heidi immer und lacht mich aus.* Ingeborg grinste. Auf dem Weg in den Küchenbereich wischte sie mit einem Lappen über die Türklinke der hohen Flügeltür und hob im Vorbeigehen eine Fluse vom Parkettboden auf. Dann stand sie wieder mit dem Staubsauger auf dem Teppich und kicherte. *Wirklich 'ne jute Nacht jewesen.* Sie trat mit ihren orangefarbenen Crocs auf den Schalter des Staubsaugers und saugte mit großer Sorgfalt den aquamarinfarbenen Teppich aus tibetanischer Wolle.

***

„Hallo, Ingeborg, nicht erschrecken, ich bin da." Vicky winkte, doch Ingeborg bearbeitete mit dem Rücken zu ihr den Teppich. Vicky wollte ihr keinen Schrecken einjagen. Vergeblich, denn als Vicky in ihr Blickfeld kam, ließ Ingeborg die Stange des Staubsaugers fallen und fasste sich an den Busen.

„Willst du 'ne alte Frau ins Grab bringen?"

„Sorry. Eine Leiche pro Tag reicht mir."

Mit einem Croc trat Ingeborg auf den Schalter des Staubsaugers. Es war still im Raum.

„Wie bitte?"

„Ich habe heute beim Joggen eine Leiche gefunden. Ein Mordopfer."

„Det is 'n dicker Hund!"

„Deshalb war ich so lange weg. Musste auf den Kommissar der Mordkommission warten."

„Kindchen, det is ja wie beim Tatort. Du bist sicher janz jeschockt. Setz da hin." Resolut führte Ingeborg Vicky zum langgezogenen Esstisch im Übergang vom Wohnzimmer zum Küchenbereich und drückte sie sanft in einen von den acht Freischwingern mit schwarzer Rückenlehne.

„Alles in Ordnung bei mir, Ingeborg."

„Nee, nee, du bist janz blass um de Nase. Du kriegst erst ma'n Schnäpperken."

„Schnaps brauch ich nicht, ehrlich."

„Säufste, stirbste. Säufste nich, stirbste ooch. Also säufste", sagte Ingeborg in belehrendem Tonfall.

„Haben wir überhaupt Schnaps zu Hause?"

Ingeborg holte aus der Kammer eine schlanke Flasche mit einer roten Flüssigkeit. Am Etikett stand Nalewka z Pigwowca.

„Ich weiß nicht, was da drin ist", sagte Vicky. „War ein Geschenk von Wiktor und Milosz."

„Ich kaufe zwar meine Fluppen am Polenmarkt, Polnisch kann ich trotzdem nicht. Sieht aber hochprozentig genug aus."

Ingeborg stellte zwei Schnapsgläser auf den dunklen Holztisch. „Ick lass da nich alleene trinken, Kindchen. Prost!"

Vicky wusste, dass Duschen jetzt keine Option war, und nahm einen Schluck.

„'n Likörchen, schmeckt lecka nach Quitte", sagte Ingeborg und leerte ihr Glas. „Jetzt erzähl."

„Angefangen hat es, als ein Kaninchen beim Laufen meinen Weg kreuzte", begann Vicky.

Ingeborg saß ihr mit großen Augen gegenüber und unterbrach sie gelegentlich mit Ausrufen wie „Ach, du dicker Vata!" Als Vicky erzählte, wie die Polizisten den Ein-Euro-Jobber überwältigten, sperrte ein Schlüssel die Wohnungstür.

„Püppi hat eine Stunde früher aus", sagte Ingeborg.

Sie hörten Heidis Longboard gegen den Schuhschrank knallen. Die Tür vom Flur öffnete sich und Heidi blickte erschrocken vom Wohnzimmer in den Essbereich. Ihre Augen hinter den runden Brillengläsern waren weit aufgerissen. „Da ist ein Mann. Der wollte unbedingt mit rein."

Der Parkettboden knarrte und ein Mann betrat das Wohnzimmer. Quer über seinen blauen Pullover trug er einen Fotoapparat umgehängt.

***

„Du kriegst gleich Dresche!"

Ingeborg stand in der Wohnungstür, vor ihr im Treppenhaus der Mann im blauen Pulli. Sie ging einen Schritt auf ihn zu.

„Ich wollte doch nur …", sagte er und setzte einen Schritt zurück.

„Dit ham wa schon besprochen. Is allet jesagt. Zieh Leine!" Ingeborg knallte die Tür zu.

Es war erst eine Minute vergangen, seit der Mann plötzlich im Wohnzimmer gestanden war. „Da ist ein Mann. Der wollte unbedingt mit rein", hatte Heidi gesagt. Ihre Stimme klang so erschrocken, dass Vicky und Ingeborg aufsprangen.

„Entschuldigen Sie die Störung. Ich bin Polizeireporter und habe ein paar Fragen an Sie." Er hielt einen Ausweis vor sich und deutete auf Vicky.

„Polizeireporter? Wie jetzt? Nein!", rief Vicky.

Ingeborg nahm das „Nein" als Startzeichen und setzte sich in Bewegung. „Püppi zu Vicky", sagte sie.

Heidi lief zu Vicky an den Tisch, während sich Ingeborg auf den Mann zubewegte.

„Nur ein paar kurze Fragen", sagte der Mann.

Ingeborg hatte sich vor ihm aufgebaut. „Polizeireporter is nich Polizei. Sie sind nich einjeladen und verschwinden, aber dalli!"

„Sie wollen doch auch, dass der Mord im Park aufgeklärt wird", sagte der Mann und versuchte an Ingeborg vorbei mit Vicky ins Gespräch zu kommen.

Ingeborg stupste ihn mit ausgestrecktem Zeigefinger. „Sprech ick Chinesisch?"

„Warum so uncharmant? Ich muss nur meine Arbeit machen." Der Mann erkannte, dass kein Weg an Ingeborg vorbeiführte. „Ich arbeite für die Bild", sagte er.

„Die Zeitung mit den großen Buchstaben liest hier keener", sagte Ingeborg.

„Aber die Bevölkerung hat ein Recht auf Information."

„Ick informiere Sie mal über meine letzte Warnung. Raus hier!" Ingeborg stupste ihn noch einmal, diesmal kräftiger.

Der Mann blickte über Ingeborgs Schulter zu Vicky. Das war Ingeborg einmal zu viel und sie schob ihn mit beiden Händen zur Tür hinaus. Er versuchte sie abzuwehren, aber Ingeborg schob unbeirrt weiter. Der Mann strauchelte über die Türschwelle ins Treppenhaus, fing sich, machte aber keine Anstalten zu gehen.

„Du kriegst gleich Dresche!"

„Aber ich wollte doch nur …"

„Dit ham wa schon besprochen. Is allet jesagt. Zieh Leine!“

Ingeborg knallte die Tür zu und spähte durch den Spion. Der Mann zeigte den Stinkefinger gegen die Tür und zog ab.

„Tschüssikowski.“ Ingeborg kicherte.

„Danke, Ingeborg“, sagte Vicky. Sie stand mit Heidi in der Tür zum Wohnzimmer.

„Dafür nich, Kindchen. So, Mädels, uff diesen Schreck jibt et noch'n Likörchen. Minderjährje ausjenommen, Püppi.“

***

Heidi schlug im Küchenbereich am freistehenden Herdblock Eier in einer Schüssel auf. Das Licht vom Dunstabzug aus Edelstahl warf silberne Reflexe in das kurze Haar der Vierzehnjährigen. Vicky lag auf dem Ledersofa und beobachtete quer durch die Wohnung ihre junge Schwägerin, wie sie routiniert die Eier mit dem Schneebesen schlug. Vicky war stolz. *Noch nicht lange her, dass die Kleine ein Zwerg war. Und heute bereitet sie mir das Mittagessen zu.* Mit acht Jahren wollte Heidi dringend lernen, Pfannkuchen zu kochen. Palatschinken, wie es in Österreich heißt. Das Kochen interessierte Heidi dabei weniger, aber sie fand es spannend, den Pfannkuchen mit einem Wurf zu wenden. Vicky legte ihr eine viel zu große Schüssel bereit, damit Heidis ungelenke Versuche, den Teig zu rühren, nicht in einer großen Sauerei endeten. Danach hielt Vicky Oliver in Schach, der seine geliebte Babyschwester am liebsten in Watte gepackt hätte. Hantierte Heidi am Herd, wollte Oliver immer eingreifen. *Verbrennungsgefahr.* Vicky beschwichtigte ihn, er solle sich entspannen. *Empowerment.* Heidi war kein wehleidiges Kind. Tappte das Mädchen an einen heißen

Pfannenrand, sagte sie „Autsch, das ist ja heiß". Ab dann konnte Vicky sicher sein, dass Heidi nicht mehr hinlangen würde. So erhitzte Heidi selbstständig die Pfanne, goss den Eierteig hinein und suchte sich aus der Schublade den Teigschaber, um die Eiermasse vom Pfannenrand zu lösen. Heidis Sorgfalt rührte Vicky. Sie tat so, als wäre sie mit anderen Aktivitäten in der Küche beschäftigt, beobachtete Heidi aber aus dem Augenwinkel. Amüsiert sah sie, wie die Kleine mit fachfraulichem Ernst auf den Moment wartete, die Pfanne vom Herd nehmen zu können.

„Olli, schau mal!", rief Heidi und ließ den Pfannkuchen durch die Luft wirbeln.

Vicky hatte für den Spaß einkalkuliert, dass der Teig auf dem Fußboden landet, aber der Pfannkuchen fiel wohlbehalten in die Pfanne zurück. Schon damals zeigte sich Heidis artistisches Talent, gepaart mit einer charmanten Furchtlosigkeit. Als Heidi lachte und den Pfannkuchen immer wieder fliegen ließ, war Oliver begeistert und filmte alles mit seinem Handy.

Heute war die Vierzehnjährige zwei Köpfe größer als bei ihren ersten Pfannkuchen, trug ein blaues Carhartt-Sweatshirt von Oliver, die Ärmel aufgekrempelt, und ihre dünnen Beine steckten in schwarzen Skinny-Jeans. Sie rieb Parmesan für ein Omelette mit Käse. *Heidis Omelette ist besser als meins.* Vicky freute sich auf das Essen.

Heidi kam zum Sofa. „WhatsApp von Olli." Sie reichte Vicky ihr Smartphone. „Geht's dir gut, Vicky?"

„Mach dir keine Sorgen, es war zwar ein schrecklicher Anblick, aber mir ist ja nichts passiert. Jetzt freue ich mich auf dein weltmeisterliches Omelette."

„In zehn Minuten essen wir." Heidi deckte den Tisch.

Vicky schaute auf ihr Smartphone.

– OP aus. Jetzt noch Konsile. Ruf mich an, wenn du kannst.

Vicky tippte in der Anrufliste auf Oliver.

„Hallo, Hase, wo bist du?“, fragte Oliver.

„Zu Hause und Heidi kocht. Alles gut jetzt. Stell dir vor, Max vom Schwimmen ist der zuständige Kommissar.“

„Berlin ist ein Dorf.“ Oliver lachte. „Geht's dir gut?“

Vicky rollte mit den Augen. „Schatz, mir geht es gut. Alles im grünen Bereich.“

„Ich hatte mich freiwillig gemeldet, nach der Arbeit im Flüchtlingsheim Staakener Straße Sprechstunde zu halten. Soll ich absagen, damit ich früher bei dir bin?“

„Mach ruhig. Wir schaffen das.“

„Wer, wenn nicht wir?“, sagte er.

Beide lachten.

„Sag mir Bescheid, wenn du noch was brauchst. Ich bin gegen halb zehn zu Hause und freu mich auf dich. Bussi, baba.“

Vicky schloss die Augen und seufzte, denn sie freute sich auf ihren Ehemann. Vor siebzehn Jahren hatten sie sich in Wien kennengelernt. Auch Oliver ist Österreicher, war damals wie Vicky Anfang zwanzig und studierte im ersten Semester Medizin. Nach einem Jahr hatten sie geheiratet, weil beiden rasch klar war, dass sie zusammengehörten, weil sie sich so gut ergänzten.

Mit einem warmen Gefühl im Bauch döste Vicky ein, doch ihre Gedanken zogen weiter. *Mein Mann, der Arzt. Ich bin stolz auf ihn. Promi-Arzt. Brad Pitt hat Rücken.* Vicky kicherte. Doch dann schnellte ihr Puls hoch, als würde sie joggen. Das Bild des herunterhängenden Ohrs der Leiche blitzte vor ihrem inneren Auge auf. Das Frösteln schoß wieder durch ihren Körper und sie sah die blauen Spitzen auf dem kleinen Fleck heiler Haut hinter dem Ohr. *Wie eine Markierung.* Sie presste die Augenlider zusammen.

„Vicky? Schläfst du?“

Vicky öffnete die Augen. Sie hätte Ingeborg nicht zugetraut, so zart sprechen zu können.

„Entschuldige, ick wollte dich nich wecken."
„Ich hab nicht geschlafen, gibt ja gleich Essen."
„Wollte tschüss sagen, hab fertig jebügelt. Danke ooch für de Parkettpflege."
„Ich hab zu danken, meine Liebe. Bitte nicht vergessen, dass morgen die Gäste zu Olivers Geburtstag kommen."
„Hab allet hier." Sie tippte sich an die Stirn. „Wann kommt dat Jeschenk?"
„Der Besitzer des Ladens will mittags den Lounge-Chair liefern. Früher wäre doof, weil Oliver den Liegesessel sonst sehen würde."
„Wo ist der Laden?"
„Akazienstraße."
„Is ja 'n Katzensprung. Ick bin da, wenn du was brauchst, Vicky."
„Danke, Ingeborg." Sie sah, dass die Haushälterin ihren schwarzen Motorradhelm in der Hand hielt.
„Bist du mit dem Motorrad da?"
„Nee, ick fahr den Mercedes mit Helm von Marienfelde hierher." Ingeborg prustete los.
Diese Stimmlage kannte Vicky besser von ihr. Sie lachte auch.
„Willst du mit uns essen, Ingeborg?", rief Heidi vom Esstisch.
„Danke, Püppi, sehr lieb, aber ick muss los. Muss für heute Nacht noch was orjanisieren. Tschüssi." Sie gluckste und verschwand durch die Wohnungstür.
„So, so, für die Nacht was organisieren", sagte Vicky und setzte sich an den Tisch.
„Sie bingt sicher die ganze Nacht Orange is the New Black, nachdem wir ihr den Netflix-Zugang geschenkt haben", sagte Heidi.
„Kann sein, aber vielleicht hält sie auch etwas anderes vom Schlafen ab."

„Oho“, sagte Heidi, schob ihre Brille auf der Nase zurück und steckte sich die Gabel mit einem Stück Omelette in den Mund.

***

Paul Vidoret saß hinter dem Computer und zupfte nervös an seinem blauen Pulli. Der Fotoapparat lag auf dem Tisch. *Nicht so gut gelaufen heute.* Nun stand ihm ein schwieriges Telefonat bevor. Er tippte auf sein Smartphone, brach dann aber ab. *Warum mache ich das nur?*

Mila strich um seine Beine. Paul hob die graue Perserkatze hoch und schmuste sie an, doch das Tier mauzte und wollte wieder zu Boden gelassen werden. *Ist ja klar.* Er ließ die Katze auf den Boden springen und nahm wieder das Smartphone in die Hand. *Augen zu und durch.*

„Endlich“, sagte der Redakteur am anderen Ende der Leitung.

„Sorry, es war alles nicht so einfach“, antwortete Paul.

„Einfach geht nur Sterben“, sagte der Redakteur, „darum soll es jetzt auch schnell gehen. Was hast du außer den Fotos? Sag jetzt nicht Nichts!“

„Doch, muss ich leider sagen.“

„Himmel! Dafür hast du so lange gebraucht?“

„Ich habe es bis in die Wohnung geschafft, aber da war so ein Hausdrachen. An der Alten kam ich nicht vorbei.“

„Du bist zu weich. Die Fotos vom Tatort liegen schon vor mir. Sind kacke, nichts zu sehen, außer ein paar Büsche und dazwischen die Geisterjungs von der Spurensicherung.“

„Ich habe doch den Metallsarg erwischt, als sie ihn rausgetragen haben.“

„Ich muss brachial reinzoomen, damit ich zumindest eine Andeutung davon sehe. Das geht als einziger Pixelschleim online.“

„Sorry."

„Ja, ja. Die scharfe Blonde im Laufdress auf der Parkbank ist nutzlos, wenn wir keinen O-Ton von ihr haben."

„Sorry."

„Ja, ja. Verdammt, dieser Wichtigtuer von Kommissar lässt nichts durchsickern. Egal. Ich werfe selbst die Angel aus und besorge mir O-Töne. Es muss was mit bestialisch und zerfetzen online."

Stille. Paul Vidoret blickte erstaunt auf sein Smartphone. Der Redakteur hatte aufgelegt.

***

Nachdem Heidi Vicky auf dem Sofa mit der blauen Kuscheldecke zugedeckt hatte, schlummerte Vicky und träumte: Heidi kochte am Herdblock für eine Dinnerparty und jonglierte mit vier rohen Eiern, die immer wieder hoch in die Luft flogen. Oliver stand im Smoking daneben und filmte mit dem Smartphone, während sich Vicky eben das Kleine Schwarze anziehen wollte. *Die Gäste kommen gleich.* Als Vicky den schwarzen Samt über ihre Beine zog, fiel ihr Blick auf die rote Wandvase an der Stirnseite der Küche. Anstelle der grünen Farnwedel, die sonst aus der Vase nach unten hingen, starrte sie der Kopf der Leiche aus dem Park an und das intakte Auge blickte streng. Mühsam unterdrückte Vicky einen Schrei. *Ich muss verhindern, dass Heidi den Kopf sieht.* Vicky hielt Heidi die Augen zu. *Zerbrochene Eier am Fußboden sind mir egal.* Heidi rief „Willst du mich verarschen?" Noch bevor die Eier auf den Boden fielen, hörte Vicky sirrenden Flügelschlag, weil plötzlich Tauben durch die Küchenfenster flatterten. Die drei beobachteten erstaunt, wie die Vögel die Eier elegant im Flug fingen, mit ihrer Beute in den Innenhof schwebten, sich im großen Ahornbaum niederließen und zufrieden gurrten. Heidi und Oliver stürzten ans Fenster.

„Na, bumm", sagte Oliver.

Vicky wandte den Blick vom Fenster zur Vase. Dort hing wieder der Farn und der Kopf der Leiche war verschwunden.

„Na, bumm", sagte Oliver leise, „mein Hase schläft doch nicht." Oliver saß neben Vicky am Sofa und streichelte ihr über den Kopf.

„Wo ist dein Smoking?"

Oliver lächelte. „Mein Smoking? Warum?"

„Die Gäste kommen gleich."

„Die kommen erst morgen. Du hast geträumt, Hase."

Vicky setzte sich kerzengerade auf und war verwirrt. Erst als sie in den Küchenbereich blickte und dort aus der Wandvase die gefiederten Blätter des Farns hängen sah, lehnte sie sich erleichtert zurück. „Wo ist Heidi?"

„In ihrem Zimmer. Weiß nicht, ob sie schon schläft."

Vicky fasste Oliver am Arm. „Schön, dass du zu Hause bist."

Oliver küsste sie auf die Stirn.

„Hallo, da trinkt jemand ohne mich Wein", sagte Vicky, „ich kann es an deinem Atem riechen."

„Bin schon eine Weile zu Hause, Miss Marple. Geduscht und bettfertig. Hätte ich dich für Alkohol wecken sollen?" Der große Mann lachte jungenhaft. „Hab dir ein Glas eingeschenkt, steht auf dem Tisch."

Die Weinhändlerinnen von Smiling Kangaroohs empfehlen ohnehin, dass der Shiraz ausreichend atmen soll", sagte Vicky, nahm Oliver die Brille von der Nase und küsste ihn auf den Mund.

***

Manni Schablonski lag in blau gestreifter Pyjamahose quer im Bett, das fast den gesamten Raum seines kleinen Zimmers einnahm, und summte die Titelmusik der Drei ???.

Der Vierzigjährige war gut gelaunt, denn eben hatte ein Google-Alert auf seinem Smartphone Breaking-News auf bild.de ausgespuckt.

– Mann bestialisch im Volkspark Schöneberg zerfetzt!

Zum Glück lag der Artikel nicht hinter der Bezahlschranke, denn dafür wollte Manni keinen Cent ausgeben. Er rückte seine Hornbrille zurecht. *Was ist das da am Foto?* Er hielt das Display nah vor das Gesicht. *Die tragen einen Sarg. Scheiße verschwommen.* Dann scrollte er die Seite nach unten.

– Berlin. Grauenhafter Fund im Schöneberger Rudolph-Wilde-Park! Heute Morgen entdeckten Jogger und Hundebesitzer eine grausam zugerichtete Leiche im beliebten Erholungspark. Nur wenige Meter vom Kinderspielplatz entfernt!

Hobbysportler staunten heute nicht schlecht, als sie beim Joggen die Leiche eines Mannes in einem Gebüsch fanden. Körper und Gesicht waren so teuflisch zugerichtet, dass eine Identifizierung schwerfallen wird. Die Kriminalpolizei war bisher zu keiner Stellungnahme bereit.

Das bedeutet: Unsere Freunde und Helfer tappen vollkommen im Dunkeln! Das Mördermonster läuft also noch frei in Berlin herum.

Die Joggerin, die den gequälten Leichnam als Erste entdeckte, war so traumatisiert, dass sie zu keinem Kommentar fähig war. Auch Hundebesitzerin Margit F. (54) hatte das Pech, zufällig auf das Mordopfer gestoßen zu sein. Sie sagte schwer geschockt: „Mein Sammy hat die Leiche angebellt. Sie sah so schrecklich aus. Einige mussten kotzen, als sie den Toten sahen. Ich war wirklich fertig."

Sie sind bei Facebook? Werden Sie Fan von Bild Berlin!

O ja, Facebook! Manni setzte sich auf und klickte auf „Teilen". *Jetzt ein scharfer Text.* Er griff mit einer Hand in die Pyjamahose und kratzte sich, dann tippte er los.

– Erst Dreck, dann Mord. Die blutige Spur der Verwahrlosung im Volkspark Schöneberg. Die Liegewiesen zeigen – wie schon so oft – ein extrem ungepflegtes Bild. Berge von Müll türmen sich links und rechts des Weges. Neben Fäkalien liegen zahlreiche Drogenbestecke. In den Büschen leben Obdachlose und Drogenabhängige. Außerdem gibt es dort in den Abendstunden Straßenprostitution. Hier wurde offenbar ein Mann ermordet. Anwohner fühlen sich von den Behörden alleine gelassen. Beschwerden und Anträge versinken im Behördensumpf. Die Deutschen werden Geschichte schreiben als ein Volk, welches einst in Sicherheit und Wohlstand lebte und alles ohne Not und aus reiner Naivität verspielte! („Eurorettung", Migration, Bevölkerungs- & Energiepolitik) Ich habe die Nase voll!!!!11!! Es wird Zeit, dass sich etwas ändert!

Passt. Posten. Klick, tralala. Zufrieden checkte er den Beitrag in seiner Chronik. *Manni Schablonski, Bezirksverordneter der AfD im Wahlkreis Tempelhof-Schöneberg. Gut gemacht.*

***

Nun lag Oliver auf dem Sofa. Eine schlanke Stehlampe mit weißem Schirm warf warmes Licht auf ihn, als Vicky mit dem Glas Rotwein und einer Packung Geleebananen vor ihm stand. Der große Mann lümmelte quer, seine langen Beine hingen an der Seite hinunter und er war entlang des Rückenkissens tief nach unten gerutscht.

„Mach ein bisschen Platz! Zum Glück sieht dich kein Orthopäde, denn der würde wegen deiner Sitzhaltung ganz schön meckern", sagte Vicky.

Oliver richtete sich auf. „Ich brauche eine angemessene Sitzgelegenheit für den Feierabend. Dieses Lümmelsofa mag für Zwerge wie dich anatomisch korrekt sein, aber für meine Größe ist es die Hölle."

Vicky knuffte ihm in die Seite.

„Häusliche Gewalt!", rief Oliver.

„Was hättest du gerne für den Feierabend?", fragte Vicky.

„Ein schicker Liegesessel wäre top. Bei unserer spartanischen Einrichtung hätten wir genug Platz dafür."

Vicky tat so, als würde sie sich umsehen. Ledersofa, exquisiter Teppich und an der weißen Wand ein großes Foto mit den Körpern zwei dicht nebeneinander stehender Toreros. Die Gesichter sah man nicht. Eine holländische Fotokünstlerin hatte sich mit dem Werk bei Oliver für eine Behandlung bedankt. Vicky liebte dieses Foto, auch weil Heidi als kleines Mädchen auf die beiden Toreros zeigte und „Olli und Vicky" sagte.

„Du hast recht", sagte sie nach einer gespielten Nachdenkpause. „Lass uns am Wochenende mal im Stilwerk nach einem Liegesessel für dich gucken." Vicky kuschelte sich an Olivers Seite und lächelte in sich hinein.

„Wie geht es dir?", fragte Oliver.

„Alle fragen mich das unentwegt. Alles ist fein. Mir wäre es lieber gewesen, ich hätte beim Joggen nicht in den Busch geguckt, aber so ist es nun mal. Max klärt den Mord sicher bald auf."

Oliver betrachtete seine Frau und strich ihr ein langes Haar aus der Stirn.

***

Nelly Nollendorf spürte ein Kratzen in ihrem Hals. Sie räusperte sich und es kam ein Krächzen heraus. *Mist.* Ihre Stimme klang in ihren Ohren noch immer viel zu tief. Nelly holte Luft und setzte ihre Stimmübungen fort.

„Jammmm Jummmm Jommmm. Jammmm Jummmm Jommmm."

Sie war nicht zufrieden, aber das Ergebnis beruhigte sie. *Der Weichspülgang funktioniert. Ich bin auf einem guten Weg.*

Sie beendete das Training und setzte sich an den kleinen, weißen Schreibtisch mit der goldenen Tischkante und den geschwungenen Beinen. Nelly öffnete im Browser ihres Computers Facebook. Ein Beitrag von „Manni Schablonski, Bezirksverordneter der AfD im Wahlkreis Tempelhof-Schöneberg" tauchte in ihrer Timeline auf.

– **Mann bestialisch im Volkspark Schöneberg zerfetzt!**

Nein! Nelly hatte befürchtet, dass etwas Schlimmes auf sie zukommt, aber das hatte sie sich in ihren schlimmsten Alpträumen nicht ausdenken können. Mit einem Schlag fühlten sich ihre Füße kalt an. Sie stand auf und suchte in der Kommode die flauschigen Haussöckchen. Zögernd setzte sie sich wieder an den Schreibtisch. *Was ist jetzt zu tun?* Sie bewegte ihre frierenden Zehen auf und ab. *Das Heft des Handelns in die Hand nehmen!* Nelly wusste, was sie zu tun hatte. *Den Spast Manni teile ich nicht.* Sie kopierte den Link des Artikels direkt von bild.de in ihre Chronik und begann zu tippen.

– Verwundet … ich sitze wie fast jeden Abend in meinem sicheren Zuhause und sehe durch mein Wohnzimmerfenster die Fahne über dem Rathaus Schöneberg flattern. Das Rathaus steht am Eingang zum Park. Warum kommen mir heute die Tränen bei diesem Anblick? Ich glaube, weil die Gewalt nicht mehr abstrakt ist. Es ist mein Kiez, es ist mein Park. Ich kenne davon jeden Quadratmeter. Die fröhlichen Kinder, wie sie auf den Schaukeln schwingen, gehen mir nicht aus dem Kopf. Ich bin dort immer glücklich, aber ich fühle mich dort nicht mehr sicher. Sie haben die Sicherheit der deutschen Bevölkerung aufs Spiel gesetzt. Habe ich Angst, dass ich künftig diese schrecklichen Bilder sehe, wenn ich am Goldenen Hirsch vorbeilaufe? Ich will das nicht, werde aber trotzdem wieder hingehen, auch wenn mir die Tränen über die Wangen laufen. So wie jetzt … verwundet.

Nelly Nollendorf zog ein Taschentuch aus der Box neben dem Computer und schnäuzte sich. *Ich mache alles richtig.* Sie klickte auf „Posten".

***

„Die Frau stand in Flipflops vor mir. So wie ihre Knöchel aussahen, hat sie den ganzen Weg von Afghanistan bis Europa in diesen Flipflops zurückgelegt", sagte Oliver.

„Wie alt?", fragte Vicky.

„Ende fünfzig."

Sie lagen zusammen auf dem Sofa, ihre Beine ineinander verschränkt.

„Deine Diagnose?", fragte Vicky.

„Erfrierungen ersten Grades und vermutlich Überlastungsschmerzen."

„In welcher Sprache habt ihr euch unterhalten?"

„Zu Beginn war unklar, ob sie Paschtu oder Persisch spricht. Eine andere Geflüchtete übersetzte dann Paschtu."

„Konntest du etwas für die Frau tun?" Vicky lehnte den Kopf an Olivers Schulter.

„In der Notunterkunft nicht. Ich habe sie für morgen in unsere Fuß-Sprechstunde geschickt."

„Wie schlimm ist es für sie?"

„Nichts Gravierendes. Die werden sie röntgen, dann bekommt sie ordentliche Schuhe und Einlagen."

„Klingt gut." Vicky hielt Olivers Hand. „Was bringt eine Frau Ende fünfzig dazu, sich in Flipflops auf so einen Weg zu begeben?"

„Not?"

„Ohne Englisch, ohne Deutsch", sagte Vicky.

„Nachdem die Dolmetscherin alles übersetzt hatte, verbeugte sich die Frau vor mir, das rührte mich. Sie sagte dabei ‚Danke'. Auf Deutsch."

***

In Dietrich Walds kleinem Wohnzimmer war es dunkel. Nur der Widerschein des Laptops erhellte das Gesicht des Rentners; seine weißen Haare bekamen dadurch einen Blaustich. Das Gerät stand auf dem Tisch, der dicht an eine Zimmerwand gerückt war. Daneben ein Glas Rotwein, darüber hing ein kleiner Kristallkronleuchter. Dietrich Wald scrollte durch die Facebook-Timeline. Auf knallig rotem Hintergrund las er einen Text in weißen Buchstaben:

– Ein großer Teil der Flüchtlinge wird in seinen Heimatländern tatsächlich verfolgt … nämlich von der Polizei wegen Raub, Diebstahl, Drogenhandel, Mord und Vergewaltigung. CDUSPDGRÜNELINKE NEIN DANKE.

Dietrich teilte das Bild und scrollte zum nächsten Beitrag.

– Sex mit Tieren? Im islamischen Alltag normal …

Dietrich lachte wiehernd auf und teilte das Video „Afghanistan: US-Drohne filmt Hirten beim Sex mit Schafen." Darunter kommentierte er den eigenen Beitrag:

– Keine Bioschafe … die wurden gespritzt

Er klickte unter seinem Kommentar auf „Gefällt mir". Der nächste Blick fiel auf Nelly Nollendorfs Beitrag. *Geile Puppe*. Dietrich nahm einen Schluck Rotwein.

– Mann bestialisch im Volkspark Schöneberg zerfetzt!

Dietrich klickte auf „Teilen". Dazu schrieb er:

– Bei uns Einbrüche, Raubüberfälle, Morde und Messerattacken jeden Tag. Die Menschen haben große Angst. Ich kenne einen polnischen Einwanderer, der sehr gut integriert ist, er geht wieder nach Polen zurück. Ich beneide JEDEN, der in einem ausländischen Land eine zweite Heimat hat. Das merkt auch der Dümmste, da, wo keine massenhaften Asylanten sind, wie in Ungarn oder Polen, gibt's auch keine Horror-Anschläge wie in Ländern, die massenhaft Asylbehaupter aufgenommen haben! Das ist Fakt.

Er likte seinen Eintrag. Danach war Dietrich müde. Er sah zur holzvertäfelten Wand auf der anderen Seite des Tischs. Dort hing ein gerahmtes Schwarzweißfoto, auf dem ein junger Mann forsch über die Schulter in die Kamera blickte. Die hellen Haare hochgeschoren trug er ein für die Fünfzigerjahre typisches Tweedjacket. Dietrich seufzte. Dann klickte er auf ein Bookmark in seinem Browser. Auf YouTube startete das Video „Zugfahrt nach Wernigerode im Harz". Die nächsten dreißig Minuten sah er auf dem Bildschirm, wie die Landschaft gleichförmig an einem Zugfenster vorbeiflog.

***

Max saß im hellen Neonlicht an seinem Schreibtisch und checkte die Liste, die ihm sein Assistent Christian in den Eingangsordner gelegt hatte. Christian war schon seit zwei Stunden im Feierabend.

– Fingerabdrücke, negativ. DNA, läuft. Ergebnis morgen Mittag. Vermisstenmeldungen Berlin/Brandenburg, negativ. Ausweitung auf national, geplant für morgen Früh. Zahnstatus, läuft, Ergebnis nicht vor übermorgen. Tattoo, was tun?

Max rollte mit dem Schreibtischsessel geräuschlos über die dunklen Teppichfliesen nach hinten, streckte seine Beine lang, wischte einen Fussel von den schwarzen Jeans und überlegte. *Alle Tattoostudios in Berlin abklappern. Nein. Foto des Tattoos an die Presse geben? Besser.* Trotzdem wollte Max abwarten, bis die Ergebnisse des DNA-Abgleichs auf seinem Tisch lagen. Er hoffte, sich damit den Umweg über die Presse zu ersparen. Christian hatte ihm auch einen Link geschickt.

– **Mann bestialisch im Volkspark Schöneberg zerfetzt!**

Mannomann. Hätte ich denen etwas erzählt, wäre trotzdem so eine Kacke online gegangen. Max blieb an dem Satz über die Joggerin hängen.

– Die Joggerin, die den gequälten Leichnam als Erste entdeckte, war so traumatisiert, dass sie zu keinem Kommentar fähig war.

Vicky und kommentarlos? Fake News. Max lachte. Er sah Vicky in einem blauen Badeanzug und ihre langen Haare steckten in einer silbernen Badekappe. Der Wulst erinnerte ihn an die Krone der Nofretete, wie er sie bei der Büste der ägyptischen Königin auf der Museumsinsel gesehen hatte. *Die ewige Schönheit.* Max suchte in den Protokollen Vickys Telefonnummer und überlegte, ob er sie anrufen sollte. Mit Blick auf die Uhr verwarf er den Gedanken. *Hat sie nicht einen Arztgatten? Der kümmert sich jetzt sicher um sie.*

Max klappte die Ordner zu. Morgen früh plante er den dicken Gärtner zu verhören. Max knipste das Licht aus, ging durch das leere Treppenhaus nach unten und steckte sich die EarPods ein. Vor dem wachhabenden Kollegen am Eingang tippte er sich an die Stirn, als die Musik in seinen Ohren Fahrt aufnahm.

– What if I say I'm not like the others? What if I say I'm not just another one of your plays? You're the pretender.

Draußen am Tempelhofer Damm blickte Max in den dunklen Himmel über dem ehemaligen Flugfeld. Er entschied sich, nach links zu gehen, und nickte dezent mit dem Kopf zum harten Beat der Musik. Noch wusste er nicht, wohin es ihn heute Nacht treiben würde.

***

Oliver stellte die Weingläser in die Spülmaschine. „Ich schau mal, ob Heidi schon schläft", sagte er.

„Untersteh dich! Die Kleine weiß genau, wann es Zeit ist zu schlafen. Setz dein Müsli an, das ist sinnvoller, als Heidi zu kontrollieren."

„Zu Befehl, Frau Superlockerentspannt." Er umarmte seine Ehefrau von hinten und küsste sie am Hals. Weil er so groß war, beugte er sich dafür nach unten. „Mein ausgleichendes Gegenstück."

Vicky griff nach hinten und zog ihn an sich. „So ist es brav."

Beide schaufelten Haferflocken in kleine Schüsseln. Oliver packte Rosinen, Apfelmus und Joghurt dazu. Vicky bröselte in ihre Schüssel noch Kokosflocken und Mandelsplitter.

„Superfood auch für dich", sagte sie und ließ Heidelbeeren in beide Schälchen regnen. „In den Foodblogs feiern sie unser Frühstück als Overnight Oats. Dazu müssten wir das Müsli aber in schicke Weckgläser über Nacht packen. Ist aktuell der heiße Scheiß."

„So frühstücken wir doch schon seit Jahrzehnten", sagte Oliver und bedeckte beide Schälchen mit Untertassen.

Sie putzten sich nebeneinander im Badezimmer die Zähne und gingen zu Bett. Oliver kuschelte sich an Vickys Rücken. „Schlaf gut, Hase. War ein wilder Tag heute für dich."

„Jetzt ist alles gut", sagte Vicky.

Einige Minuten lagen sie schweigend in der Dunkelheit. Durch das geöffnete Fenster hörten sie leise das ferne Rauschen der Autos auf der Stadtautobahn.

Oliver spürte, dass Vickys Körper zitterte. Als er sie zart an sich drückte, begann sie leise zu schluchzen. „Du darfst weinen", sagte er. „Du sollst auch weinen. Ich werde dich immer beschützen."

Vicky hörte langsam auf zu zittern und schlief ein. Als Oliver lange genug auf ihre gleichmäßigen Atemzüge gehört hatte, schlief auch er ein.

***

Manni Schablonski checkte Facebook. Sein Beitrag hatte kein einziges Like und war auch von niemandem geteilt worden. Er ärgerte sich, denn Nelly Nollendorf hatte den Artikel auch geteilt und ihr Beitrag war schon von mehr als sechzig Leuten gelikt worden. Dabei sah Manni Schablonski am Zeitstempel, dass er damit früher online gegangen war. *Typisch.* Er stand auf und ging in die Küche. Auf dem Weg durch das Wohnzimmer sah er, dass die Teenie-Mütter auf RTL2 über den Fernseher flimmerten. Manni Schablonskis Mutter saß in ihrem Fernsehsessel und schlief. Er nahm sich eine Flasche Bier aus dem Kühlschrank und ging zurück in sein Zimmer.

„Wechsel doch mal deine Pyjamahose", sagte seine Mutter. Sie saß aufrecht im Sessel, als hätte sie eben nicht geschlafen. „Die trägst du schon zwei Wochen."

„Ja, ja", sagte Manni und schloss seine Zimmertür hinter sich.

***

Nelly Nollendorfs Füße waren noch immer kalt. *Ja, ich habe das Richtige getan.* Sie las ihren Text auf Facebook immer und immer wieder. Tränen rannen ihr über die Wangen, während sie beobachtete, wie immer mehr Likes unter dem Beitrag aufpoppten.

***

Vicky öffnete die Augen. Im Schlafzimmer war es dunkel, Oliver atmete gleichmäßig. *Wie spät es sein mag?* Das Bild der blauen Spitzen hinter dem Ohr der Leiche blitzte vor Vicky auf und ihr Magen krampfte. *Klingelt bald der Wecker?* Die Spitzen gingen ihr nicht aus dem Kopf. Sie tastete nach Oliver. *Brad Pitt.* Oliver seufzte leise und drehte sich um. *Brad Pitt hat Rücken.* Dann wieder ein Krampfen und Vicky sah mit geschlossenen Augen die blauen Spitzen und eine Taube flog auf.

Vicky öffnete die Augen und tastete zitternd nach dem Smartphone neben dem Bett. *Halb vier. Ich muss Max anrufen.* Sie setzte sich auf und fühlte ihr Herz stark pochen. Vicky wusste, wer die Leiche war.

***

Schon halb vier und ich kann noch immer nicht schlafen. Nelly Nollendorf drehte sich auf den Rücken und starrte in den Baldachin ihres Himmelbetts. *Klappt nicht.* Sie ging in die Küche, um Wasser zu kochen, denn ihre Füße hatten sich noch immer nicht erwärmt. *Eine Wärmflasche muss helfen.* Als das Wasser im Wasserkocher zu gurgeln begann, wollte sie wieder weinen, aber es kamen keine Tränen mehr.

***

Vicky saß auf dem Sofa im Wohnzimmer, das Smartphone in der Hand. Nur das Licht der Stehlampe beleuchtete sie. Im Halbschlaf hatten sich ein paar ihrer Synapsen miteinander ausgetauscht und ihr Stück für Stück die Identität des Mordopfers enthüllt.

Vor Jahren hatte Vicky einen Anruf von Oliver bekommen. „Ich verspäte mich heute Abend, weil ich in der Klinik auf einen Patienten warten muss."

Vicky hatte gelacht. „Du wartest auf ihn? Ist er der Kaiser von China?"

„Fast richtig."

„Wer ist es?"

„Ärztliche Schweigepflicht."

„Aha. Du wirst sehen, was du davon hast."

Als Oliver abends nach Hause kam, saß Vicky am Esstisch und würdigte ihn keines Blickes. Sie antwortete auch nicht auf seine Begrüßung. Die kleine Heidi fand das Spiel lustig. Auch sie sprach kein Wort mit Oliver. Erst als Oliver sie abwechselnd kitzelte, gaben die beiden auf.

„Stop! Aufhören!"

Oliver setzte sich und erzählte. „Gegen Mittag hat eine Amerikanerin im Auftrag ihres Arbeitgebers angerufen. Der Mann hat akute Rückenschmerzen und bittet auf Empfehlung um einen Termin. Zum verabredeten Zeitpunkt kamen eine Frau und ein Mann in mein Untersuchungszimmer. Die Frau sprach Englisch und gab sich als die Anruferin zu erkennen. Ich schüttelte auch dem Mann die Hand. Der war wohl ein Bodyguard."

„Ich platze vor Neugierde, komm zum Punkt", rief Vicky.

„Punkt! Punkt! Punkt!", rief Heidi und lachte.

Oliver streckte Heidi die Zunge heraus. „Darf ich weitererzählen? Die Amerikanerin fragte nach meiner ‚medical confidentiality'. Ich klärte sie über meine Schweigepflicht auf und sie gab dem Bodyguard ein Zeichen." Oliver atmete durch. „Keine zehn Minuten später stand Brad Pitt mit nacktem Oberkörper im Untersuchungszimmer und ließ sich von mir abtasten. Brad Pitt hat Rücken."

„Nein!" Vicky traute ihren Ohren nicht.

Als Quentin Tarantino in Berlin Inglourious Basterds drehte, war ganz Berlin in Aufregung. Die Zeitungen brachten täglich Artikel, wo Tarantino im Grunewald filmte, in welchen Kreuzberger Restaurants er zu Abend gegessen und in welchem Club er in Friedrichshain gefeiert hatte. Besondere Aufmerksamkeit erhielt Brad Pitt. Der Hollywoodschauspieler war mit Angelina Jolie und den Kindern angereist; dafür hatten sie eine Villa am kleinen Wannsee gemietet. Vicky verfolgte die Medienberichte, weil sie ein Fan von Tarantino war und trotz des Hypes auch „Brangelina" sympathisch fand.

Mit einer gezielten Infiltration befreite Oliver Brad Pitt von seinen Schmerzen. Der Schauspieler wollte bar bezahlen, aber Oliver winkte ab und ließ Brad Pitt das Geld für die Kaffeekasse der Krankenschwestern spenden. Zwei Tage später lieferte ein Bote feinen Roséwein, sechs Flaschen inklusive Dankesbrief. Der Wein stammte von Brad Pitts Weingut in der Provence. Drei Tage später war in der Bild zu lesen, dass Brad Pitt in Berlin einen Orthopäden wegen Rückenschmerzen konsultiert hatte. Olivers Namen nannten sie nicht.

Deshalb war es erstaunlich, was sich in den folgenden Wochen ereignete. Plötzlich landeten auf Olivers Schreibtisch Einladungen zu Dinnerpartys bei Leuten, die er nur aus dem Fernsehen kannte. Vicky überredete ihn, eine Einladung anzunehmen. So saßen sie eines Abends auf der Moabiter Dachterrasse von Nina Frank, einer Schauspielerin, die durch eine Telenovela auf Sat.1 berühmt geworden war, aßen Fingerfood vom Cateringservice des KaDeWe und plauderten Smalltalk. Nina Frank stellte Oliver als den Orthopäden vor, dem die Hollywoodstars vertrauen. Den Namen Brad Pitt erwähnte sie nicht, aber Oliver und Vicky schlossen bei Kartoffel-Chorizospießchen und gefülltem Sandwich-Lolli mit Roastbeef aus den „Ahas" der Gäste, dass alle Bescheid wussten.

In den folgenden Wochen stieg die Zahl der Privatpatienten bei Oliver stark an und auf jeder Dinnerparty bekam er die Einladung zu einer folgenden Dinnerparty. „Ich bin ein Wanderpokal", hatte Oliver gesagt. Sie hatten

Spaß daran und sagten zu, wann immer Ingeborg Zeit zum Babysitten hatte.

Bei einer dieser Einladungen fanden sie sich im Penthouse eines Berliner Verlegers wieder. Die gesamte Einrichtung war in Weiß gehalten, was die beiden amüsierte, denn der auffallend kleine Gastgeber färbte sich die Haare pechschwarz. Erst nach den Aperitifs checkten sie, dass alle anwesenden Männer schwul sein mussten. Die Stimmung war gut, es gab viel Champagner. Ein Galerist nahm Oliver mit gesundheitspolitischen Fragen in Beschlag. Amüsiert diagnostizierte Vicky bei ihm ein geheucheltes Interesse am Thema. *Mein Mann ist sexy, ich weiß.*

Zum Essen setzte der Gastgeber Vicky neben einen blondierten Mittfünfziger, der Besitzer eines Ladens für exquisite Vintagemöbel in der Schöneberger Akazienstraße war.

„Den Laden kenne ich vom Vorbeilaufen, denn wir wohnen im Kiez", sagte Vicky.

„Vorbeilaufen geht gar nicht", sagte der Mann und stellte sich als Horst Ibarra vor, deutsche Mutter, Vater Katalane. „Kommen Sie mal auf einen Kaffee im Laden vorbei. Wir servieren unseren Besuchern einen exzellenten cafè exprés."

Im Laufe des Abends erfuhr sie von Horst Ibarra viel über die herausragenden Möbeldesigner des 20. Jahrhunderts und wie der Handel mit gebrauchten Klassikern dieser Künstler funktioniert. Horst Ibarra klang wie ein guter Verkäufer, aber trotzdem so inspiriert, dass Vicky sich nicht langweilte. Sie nahm sich vor, den Laden bei nächster Gelegenheit zu besuchen.

Das allgemeine Tischgespräch wechselte von der Frage, wie man sich eine Immobilie an der Côte d'Azur zulegt, bis zu dramatisch gespielten Geständnissen einiger Gäste, dass sie auch bei Lidl einkaufen. Oliver rollte deshalb nur für Vicky sichtbar mit den Augen.

Zwischen Hauptgang und Dessert beugte sich ein hoch gewachsener Mann zwischen Vicky und ihren Sitznachbarn. Mit den Worten „Entschuldigen Sie“ zupfte er an der Krawatte von Ibarra.

„Darf ich vorstellen“, sagte Horst Ibarra, „mein Mann Dominik.“

„Hallo“, sagte Dominik und schüttelte Vicky die Hand.

Als er sich zwischen sie gebeugt hatte, hatte Vicky ein kleines Tattoo hinter seinem Ohr bemerkt. Es zeigte eine Taube, deren Flügel als drei blauen Spitzen gestochen waren. Es sah aus, als würde die Taube knapp hinter dem Ohr landen.

***

Manni Schablonski lag auf seinem Bett und schnarchte, als seine Mutter ins Zimmer kam. Sie schaute auf den schlafenden Mann, streichelte ihm über die Stirn, zog ihm das Handy aus der Hand und legte es auf den Nachttisch. Von dort nahm sie die leere Bierflasche und verließ das Zimmer.

***

Vicky saß putzmunter auf dem Sofa, eingewickelt in die Kuscheldecke. *Um die Zeit bei Max anrufen geht nicht.* Sie beschloss, ihm eine WhatsApp-Nachricht zu schreiben.

– Vicky hier. Ich weiß, wer die Leiche ist. Du kannst mich heute früh sofort anrufen. Bin wach. Gruß.

Sie legte das Smartphone in ihren Schoß. *An Schlaf ist nicht mehr zu denken.* Da vibrierte schon ihr Telefon. Es war Max, aber sie konnte ihn nicht verstehen.

„Die Musik ist zu laut. Ich geh raus“, sagte Max.

Kurz später war es ruhig.

„Schieß los“, sagte er.

Vicky stieg bei der Dinnerparty des Verlegers ein. „Da fiel mir das Tattoo auf. Die drei Spitzen sind der Flügel einer Taube. Heute Mittag habe ich im Laden seines Mannes einen Termin, um einen Lounge-Chair zu bezahlen. Es ist Olivers Geburtstagsgeschenk."

„Nimm diesen Termin unbedingt wahr. Er könnte für mich aufschlussreich sein", sagte Max.

Vicky hörte, wie die Musik bei Max kurz wieder lauter wurde, dann abebbte. Jemand schien eine Tür geöffnet und wieder geschlossen zu haben. „Come back, darling", hörte Vicky eine Stimme sagen.

„Danke, Vicky", sagte Max. „Ich melde mich morgen im Laufe des Tages." Dann legte er auf.

Der zweite Tag

Horst Ibarra nahm in einem Eames-Chair an seinem Esstisch Platz und spürte die Stahlrohrbeine des Sessels kühl an den nackten Waden. Horst war eben aufgestanden und trug eine Pyjamahose, die ihm bis zum Knie reichte. Er hatte vorgehabt, nach dem Aufstehen Teewasser aufzusetzen. Als er an der Garderobe vorbeikam, änderte er seinen Plan. Wie gestern Morgen lagen die Sneakers seines Mannes nicht auf dem Parkettboden neben der Eingangstür. *Die zweite Nacht.* Eine Nacht wegzubleiben, war schon vorgekommen, dann schneite Dominik am nächsten Tag mit geröteter Poppersnase und aufgekratzt von den Erlebnissen herein. Dominik gab sich liebesbedürftig, wollte Umarmungen und Küsschen. Horst konnte oft nicht entscheiden, ob er davon genervt oder geschmeichelt sein sollte. *Die zweite Nacht. Ich bin sein Ehemann, ich sollte die Polizei informieren. Alles andere wäre seltsam.* Horst setzte die Lesebrille auf, griff nach dem Smartphone und öffnete Grindr. Er wollte Gewissheit, ob sich seit den letzten acht Stunden etwas geändert hatte.

In der Dating-App für Schwule klickte er unter Favoriten auf Dominiks Profil. *Online 2 days ago.* Vor zwei Tagen war Dominik zuletzt online gewesen. *2 km away.* Zu diesem Zeitpunkt war er zwei Kilometer von ihrer gemeinsamen Wohnung entfernt. Horst legte eine Hand auf seinen Bauch, mit der anderen nahm er die Lesebrille ab und rieb sich ein Auge. *Spare die Tränen für später, wenn du sie brauchen kannst.* Er atmete durch und kochte in der Küche Tee.

Nach fünf Minuten ging er mit einem Becher Earl Grey ins Schlafzimmer. Zwischen zerdrückten Kissen und Decken lugte ein nacktes Bein hervor. Die dunkelblaue

Bettwäsche ließ die unbehaarte Haut noch weißer erscheinen. *Alabaster*. Horst stellte den Teebecher auf dem Nachttisch ab. Seine Hand fuhr die sanfte Wölbung der Kniekehle nach und streichelte den Oberschenkel bis an die Stelle, wo der Po begann. Horst schob die Bettdecke zur Seite und streichelte die runde Pobacke. Ein blonder Schopf erhob sich aus den Kissen. Blaue Augen sahen ihn erschrocken an.

„Guten Morgen, Felix", sagte Horst.

Der junge Mann ließ den Kopf wieder in die Kissen sinken. Nach zwei Sekunden blickte er erneut hoch. Diesmal lächelte er.

„Ich wollte dich nicht erschrecken", sagte Horst. „Hier dein Tee."

„Danke", sagte Felix und bewegte seinen Hintern in Horsts Hand hin und her.

***

Raffael wachte auf. Der erste Blick des Neunzehnjährigen fiel auf die linke Seite seiner XL-Matratze. *Leer. Scheiße.* Er drehte sich nach rechts. Dort schlief Lena auf dem Rücken. Sie hatte die Bettdecke bis unter das Kinn gezogen und ihr Mund stand offen.

Auf dem dunkelgrünen Sperrmüllsofa am Fenster lag Fips. Seine langen, nackten Beine hingen über die Armstütze. Neben dem Sofa standen leere Bierflaschen und eine Blechdose als Aschenbecher mit den Resten eines Joints. Fips sah Raffael an.

„Du musst in die Schule, Herr Abiturient", sagte Fips.

„Pussykopf", sagte Raffael. „Meine Wohnung, meine Regeln." Er drehte sich wieder zur linken Seite. *Leer. Scheiße.*

***

Vicky schaltete im Küchenbereich die auf Glanz polierte Espressomaschine zum Vorwärmen ein und legte den Siebträger bereit. Ein Gefallen für Oliver, wenn sie vor ihm aufgestanden war. Sie selbst durfte um diese Zeit keinen Kaffee trinken, weil Koffein eine extrem aktivierende Wirkung auf sie hätte: Wände hochlaufen oder alle Umstehenden in Grund und Boden quasseln. Als Lerche war sie nach dem Aufwachen sofort munter. Sie musste erst lernen, morgens zurückhaltend mit der Eule Oliver umzugehen. Zwar bewegte er sich wie eine wache Person, dämmerte aber mental noch im Halbschlaf. Gespräche mit Oliver vor dem ersten Kaffee waren sinnlos, denn es war unwahrscheinlich, dass er sich daran erinnern konnte.

Weil heute Olivers Geburtstag war, wollte sie ihm aber gratulieren und ihn liebevoll wecken, bevor er seine Morgenroutine begann. Leise betrat sie den Flur zu den Schlafzimmern, da dröhnten mit einem Schlag alle Lautsprecher in der Wohnung los. Die Musik ließ Vicky zusammenzucken.

– You wanna rumble in my jungle, I'll take you on.

Nach dem Schreck musste Vicky lachen. *Heidi wird doch nicht.* Als sie ins Schlafzimmer kam, lag Oliver auf dem Bauch im Bett. Heidi saß auf seinem Rücken und ritt ihn wie ein Rodeopferd. Dazu sang Robyn aus dem Lautsprecher.

– I'm so very hot that when I rob your mansion, you ain't call the cops, you call the fire station.

Oliver wehrte sich, aber Heidi hatte ihren Bruder fest im Griff und sang laut mit. „Konichiwa bitches, Konichiwa bitches."

„Dieses verhaltensauffällige Kind muss dringend ins Heim", rief Oliver.

„Du kommst ins Seniorenheim, so alt, wie du wirst. Alles Gute, Brudi." Heidi drückte ihn.

„Ich besuche euch gern in den jeweiligen Verwahranstalten“, sagte Vicky und warf sich auf die beiden. „Happy Birthday, Schatz.“

„Warum nur?“, sagte Oliver und ächzte unter der Last.

„Hit the gong-gong.“ Heidi und Vicky sangen beide mit.

***

Christians Smartphone vibrierte. Der Assistent von Max stellte die Kaffeetasse ab und fuhr über die dunklen Teppichfliesen mit seinem Rollstuhl zum Schreibtisch, auf dem sein Handy lag. *Message vom Boss.* Christian öffnete die WhatsApp-Nachricht von Max.

– Moinsen. Tipp bekommen. Mordopfer soll Dominik Nemec heißen, wohnhaft Berlin-Schöneberg. Plz check pers. Details. Thx.

Christian starrte auf die Nachricht. *Dominik Nemec? Der Dominik Nemec? Das kann ja heiter werden.*

***

Aus den Lautsprechern war nun „Guten Morgen, Berlin“ auf 88,8 zu hören, als Oliver am Esstisch saß und sein Müsli löffelte. Heidi stellte einen kleinen Rührkuchen vor ihn, auf dem eine brennende Kerze steckte. „Mini-Vorgeschmack auf die Party heute Abend“, sagte sie.

Oliver setzte seine Brille auf. „Danke. Selbst gebacken?“

„Selbst gekauft.“

Oliver zeigte ihr die Zunge und blies die Kerze aus. „Bitte leise“, sagte er dann, denn im Radio kamen Wettervorhersage und Verkehrsnachrichten und beides wollte Oliver nicht verpassen. Vicky und Heidi unterhielten sich daher im Flüsterton.

„Nach der Schule trainiere ich Skateboard mit den geflüchteten Kids", sagte Heidi.

„Wann bist du fertig?", fragte Vicky.

„Gegen fünf."

„Passt, dann checken wir die letzten Kleinigkeiten für das Fest", sagte Vicky und steckte Heidi zwei Pinova-Äpfel zu. „Süß und klein, ideal für die Schulpause."

„Einen zum Selber-Essen und einen zum Verschenken", spielte Heidi das morgendliche Ritual weiter und rollte mit den Augen. „Sie optimiert uns schon wieder", sagte sie zu Oliver und lief in ihr Zimmer, um sich für die Schule fertig zu machen.

Vicky verabschiedete Oliver an der Wohnungstür und er küsste sie wie jeden Morgen auf den Mund.

„Operier gut", sagte sie.

„Danke, Hase. Ich freue mich auf heute Abend." Oliver hetzte die Stufen hinunter, weil er wie immer zu spät von zu Hause loskam.

Vicky überlegte, ob sie laufen gehen sollte, doch ihr Magen krampfte, als sie an den grausigen Fund von Gestern dachte. *Besser nicht.*

***

Max ließ das Schweigen zwischen ihm und Horst Ibarra zu. Es war ihm nicht peinlich; für diesen Moment empfand er es sogar als angebracht. Sie saßen sich auf den Eames-Chairs gegenüber. *Ist wohl das Esszimmer für Anlässe.*

Christian hatte die Adresse von Dominik Nemec über WhatsApp geschickt und Max war zum Haus im Akazienkiez gefahren. *Altbau.* An der Haustür mit den schmiedeeisernen Einfassungen hatte er geklingelt und die Treppe nach oben genommen. Ein roter Sisalteppich dämpfte seine Schritte entlang kunstvoll gedrechselter Handläufe, bis ihn an der offenen Wohnungstür Ibarra in kurzen Pyjamahosen erwartete. Max zeigte seine Dienstmarke.

„Wohnt hier Dominik Nemec?“, hatte Max gefragt.

„Ja, aber er ist nicht zu Hause.“

„Darum bin ich hier. Darf ich reinkommen?“

Horst ging vor durch einen Flur bis ins Berliner Zimmer und bot Max einen Platz am Tisch an. Den Raum mit dem Eckfenster dominierten ein offener Kamin und hohe Regale mit Büchern.

„In welcher Beziehung stehen Sie zu Dominik Nemec?“, fragte Max.

„Ich bin sein Mann.“

„Sie sind verheiratet?“

„Nein, aber schon so lange ein Paar, dass es keine bessere Bezeichnung gibt.“

„Kann ich verstehen“, sagte Max. „Ich komme leider mit einer unangenehmen Nachricht.“

Als Max vom Fund eines nicht identifizierten Toten im Park berichtete und von der Vermutung, dass es sich um Dominik Nemec handelt, griff Horst nach der Tischplatte. Auf seinem Gesicht bemerkte Max jedoch keine Regung.

„Wie kommen Sie darauf, dass der Tote Dominik ist?“, fragte Horst.

Max beschrieb das Tattoo hinter dem Ohr.

„Die Flügel gehören zu einer Taube“, sagte Horst. „Es muss wohl Dominik sein.“ Noch immer zeigte sein Gesicht keine Regung. Horst starrte auf ein Bild über dem Kamin.

Max folgte seinem Blick. Die Reproduktion eines Gemäldes im knallbunten Stil der Präraffaeliten zeigte einen Mann mit Bischofsmütze, über dem eine Taube kreiste. Der Mann im Bild sah überrascht nach oben.

„Quid mihi, Domine?“, fragte Horst in die Stille.

„Warum ich, Herr?“, übersetzte Max.

Horst sah ihn erstaunt an.

„Auch Polizisten schaffen das große Latinum", sagte Max. „Wer ist auf diesem Bild zu sehen?"

„Severus von Ravenna. Der heilige Geist schickte eine Taube, weil er ihn als Bischof auserwählt hatte, und Severus fragte Warum ich, Herr?"

„Dominik Nemec war Priester und trotz Zölibats mit Ihnen zusammen?"

Horst zuckte mit den Schultern. „Wer Bescheid wissen wollte, wusste Bescheid, aber solange er mich als seinen Cousin vorstellte, hat niemand etwas gesagt."

Warum wundere ich mich nicht? Max nickte.

„Dominik ließ sich die Taube nach seiner Suspendierung tätowieren, weil ihn die Frage, warum wir trotz eines gnädigen Gottes leiden müssen, sein ganzes Leben beschäftigte." Horst stockte. „Sein ganzes Leben."

Max sah, dass Tränen in Horsts Augen standen. „Um sicher zu gehen, lassen wir einen DNA-Abgleich durchführen", sagte er, „dazu brauche ich einen persönlichen Gegenstand von Dominik Nemec, zum Beispiel Kamm oder Rasierer."

Horst erhob sich und brachte Max einen Einwegrasierer. „Den hat er zuletzt benutzt."

Max packte den Rasierer in eine Tüte. „Wann haben Sie Ihren Mann zuletzt gesehen?"

Horst zögerte. „Vorgestern Nachmittag", sagte er schließlich.

„Das war vor zwei Nächten. Kam das öfter vor?"

„Wir führen eine offene Beziehung." Horst sah Max fest in die Augen.

„Also ja?"

Horst zögerte. „Ja", sagte er dann.

Gelogen.

„Hat Dominik Nemec sein Handy mitgenommen oder befindet es sich in der Wohnung?", fragte Max.

„Es ist sicher nicht hier. Ohne Handy geht er nie aus dem Haus."

Nicht gelogen.

„Wo waren Sie vorgestern Nacht?"

„Horst war hier."

Max drehte sich zur Flügeltür in seinem Rücken. Einer der weißen Flügel stand offen und das Licht der Morgensonne flutete aus dem Nebenraum ins Berliner Zimmer. *Ein Engel.* Max sah im Gegenlicht einen jungen Mann, groß, schlank und mit nacktem Oberkörper. Um die schmalen Hüften hatte er ein blaues Handtuch gewickelt. Feuchte Haarsträhnen umrahmten sein schmales Gesicht mit den hohen Wangenknochen und der Kronleuchter des angrenzenden Zimmers schwebte über seinem Kopf. *Ein Heiligenschein.*

„Horst war die ganze Nacht mit mir zusammen im Bett", sagte der Engel.

***

Die Bezeichnung „schwul" für Dominik Nemec hatte Christian in der WhatsApp an Max bewusst vermieden. Er hatte „homosexuell" eingetippt. *Klingt distanzierter.* Christian kratzte mit dem Fingernagel in einer Kerbe der Resopalplatte seines Schreibtischs. Sein Blick wanderte aus dem Fenster, wo sich das Tempelhofer Feld vor ihm ausbreitete. *Ausgerechnet Dominik Nemec. Für seine Fans der neue Messias, für alle anderen Schwulen ein Arschloch.* Christian war einer von den anderen. Er tippte Dominik Nemec' Namen in die Suchleiste bei Google, denn Max forderte sicher bald ein Dossier über ihn an.

– Wikipedia: Dominik Nemec (*21. September 1972 in Český Krumlov, damals ČSSR, heute Tschechien), suspendierter römisch-katholischer Priester

Christian klickte auf den Artikel. *Dann lass uns mal in der Kacke wühlen.*

***

„Wer sind Sie?“, fragte Max den Engel.

„Felix Admon“, antwortete der Engel und streckte Max die Hand hin.

Max stand, ohne zu überlegen, auf und ergriff die ihm angebotene Hand. „Maximilian Kühn, Kriminaloberkommissar.“ Der junge Mann überragte ihn fast um einen Kopf. Max sah auf die unbehaarte Brust. *Frisch geduscht.* „In welcher Beziehung stehen Sie zu Dominik Nemec?“

Felix trat einen Schritt zurück und blickte zu Horst.

„Felix ist unser Hausgast“, sagte Horst. „Er wohnt seit einigen Wochen bei uns.“

„Untermieter?“

„Nein, wir sind Freunde. Felix und ich. Und Dominik.“

„Wie alt sind Sie?“, fragte Max.

„Siebzehn“, sagte Felix. „Deshalb muss ich jetzt auch zur Schule. Darf ich mich anziehen?“

„Klar“, sagte Max.

Felix bedankte sich lächelnd und ging durch die Flügeltür aus dem Zimmer. Max fühlte Horsts Blick im Nacken. Als er sich ihm zuwandte, hatte er den Eindruck, ein Grinsen huschte über Horsts Gesicht. *Er ist stolz.*

„Dominik und ich führten keine Beziehung nach konventionellem Muster“, sagte Horst.

„Nun, darüber habe ich nicht zu urteilen.“ Max lenkte das Gespräch wieder auf den Grund seines Besuchs. „Sollte sich herausstellen, dass der Ermordete Dominik Nemec ist: Wer hätte ein Motiv gehabt, ihn umzubringen?“

Horst lachte. „Sie wissen vermutlich nicht, wer mein Mann ist und für was er steht, oder?“ Horst wartete die

Antwort nicht ab. „Mein Mann ist ein politischer Mensch. Er spricht unbequeme Wahrheiten aus, selbst wenn sie niemand hören will. Er legt den Finger in die Wunde, wenn er überzeugt ist, dass in unserer Gesellschaft etwas schiefläuft. Weil er Kritik am Islamismus geübt hat, hat man ihn erst als islamophob, dann als rechtsradikal beschimpft. Beides war er nun wirklich nicht, aber man schafft sich damit Feinde. Weil Dominik Schubladendenken fremd war, sind diese Feinde quer durch alle Lager zu finden. Feinde in großer Zahl."

Wieder stolz.

„Dominik lässt sich nicht einschüchtern. Er ist ein sehr starker Mann. Damit meine ich nicht seine physische Kraft, sondern seinen Intellekt, seinen Scharfsinn." Horst schluckte. „Dafür habe ich ihn geliebt ..." Horst zog hörbar Luft ein.

Max sah, wie Tränen an Horsts Wangen hinunterliefen.

„... über alles geliebt."

In diesem Moment stand Felix wieder in der Tür. Er war angezogen, ein Rucksack baumelte an seiner linken Schulter, in der rechten Hand hielt er ein Longboard. Sein Blick streifte kurz Max, bevor er das Longboard auf dem Parkettboden absetzte, an den Tisch trat und eine Hand auf Horsts Schulter legte. Mit einem unterdrückten Schluchzen verbarg Horst sein Gesicht in Felix' T-Shirt. Felix legte sanft die andere Hand auf Horsts Kopf und sah Max an.

Starke, blaue Augen. „Es tut mir sehr leid", sagte Max und erhob sich. „Ich finde alleine hinaus."

***

Fips schüttelte Raffael an der Schulter. „Wer nicht in die Schule geht, muss sich zumindest am häuslichen Brainstorming beteiligen", sagte er.

Raffael öffnete die Augen. Er war anscheinend wieder eingeschlafen. Während Fips die Bierflaschen und die Konservendose zur Küchenzeile in der Ecke des Zimmers trug, fuhr sich Raffael mit einer Hand durch die schwarzen Locken, mit der anderen stützte er sich auf der Matratze auf. „Sì, mamma", sagte er.

Lena lachte auf. „Ja, Mutti", sagte sie. Lena saß neben Raffael auf der Matratze und lehnte mit dem Rücken an der Wand. Über ihr hing ein Poster, das eine rote und eine schwarze Kuh zeigte. Darüber stand mit Edding „Antifaschistische Landjugend" direkt an die Wand geschrieben. Lena balancierte auf ihren Knien einen Pizzakarton und knabberte an einem Stück Margherita.

„Bäh", sagte Fips und zog den Knoten um seine hoch gesteckten Dreadlocks enger. „Kalte Pizza vom Vortag, übelst."

„Was soll ich tun?", fragte Lena. „Ich konnte sie nicht mehr am Kifferhügel fertig essen. Wegen dieser Leiche wimmelte es gestern Nacht nur so von Bullen im Park."

„Was sagt denn unser Italiener über Pizza zum Frühstück?", fragte Fips und begann Tassen zu spülen. Die feuchten Hände wischte er an seinen karierten Boxershorts trocken.

Raffael setzte sich auf. „Meine Familie motzt nur, wenn jemand nach dem Mittagessen Cappuccino bestellt."

„Foodfaschisten", sagte Lena und kicherte in sich hinein.

„Wehe, du krümelst, dann schläfst ab sofort du auf dem Sofa", sagte Raffael.

„Echt kacke, dass wir nicht mehr in den Park können wegen der Bullen. Ich hoffe, die beruhigen sich demnächst", sagte Fips und stellte eine Espressokanne auf die Einzelkochplatte.

„Sobald die blöde Bild nichts mehr bringt, sind wir im Park wieder unter uns", sagte Lena.

„Was steht an zum Brainstormen?", fragte Raffael.

„Die AfD lädt am Samstag zum Mutbürgerdialog in den Seminarraum Winterfeldtplatz", sagte Lena.

„Thema?", fragte Raffael.

„Muslimischer Antisemitismus – Wer schützt unseren jüdischen Freunde?"

„Ausgerechnet die AfD. Kannste dir nicht ausdenken." Raffael lachte.

Lena grinste. „Wir sollten uns Gedanken machen, wie wir diesen Dialog mitgestalten. Vielleicht mit einer Farbintervention?"

***

– Dossier Dominik Nemec, suspendierter römisch-katholischer Priester. Geboren in der damaligen ČSSR, streng katholisch in Opposition zum Kommunismus aufgewachsen. Als Dreizehnjähriger mit seiner Großmutter nach Deutschland emigriert, bald danach deutsche Staatsbürgerschaft. Abitur, Priesterseminar, Priesterweihe. Bekommt als einer der letzten den päpstlichen Ehrentitel Monsignore verliehen (danach kriegen das nur noch Priester 65+). Macht Karriere bei der Deutschen Bischofskonferenz. Konsultor der Liturgiekommission (für dich Heidenkind: Liturgie ist Form und Aufbau des Gottesdienstes)

Christian überlegte beim Tippen, ob er für Max ein Smiley anfügen sollte. *Nein.*

– Federführendes Mitglied der Unterkommission Antiphonale. Langjähriger Lebenspartner Horst Ibarra (deutsche und spanische Staatsbürgerschaft. Achtung Katalane!), Nemec lebt also eine Doppelmoral. Vor sieben Jahren erpresst ein One-Night-Stand Nemec mit einem Zwangsouting. Er entscheidet, mit seiner Homosexualität selbst an die Öffentlichkeit zu gehen, und wählt dafür eine spektakuläre Aktion. Nemec schlägt skandalträchtig zehn Forderungen an die Tür des Kölner Doms. *Wie Luthers Thesen. War wohl Nemec' Auffassung von Ökumene.* Darunter so steile Appelle, wie den Schwule beleidigenden Katechismus zu überarbeiten und für die anti-homosexuelle Diskriminierung in Vergangenheit und Gegenwart um Verzeihung zu bitten.

„Wo ist unser 007?"

Christian blickte vom Bildschirm auf. Vor ihm stand Kriminaldirektorin Senta Parlikova.

„Im Feld Zeugen vernehmen, M."

„Ich will ihn sehen, Q. In der Minute, in der er im LKA eintrifft." Parlikova machte am Absatz kehrt und verließ den Raum so lautlos, wie sie ihn betreten hatte.

Christian tippte weiter.

– Die katholische Kirche suspendiert Nemec und jagt ihn mit Schimpf und Schande vom Hof. Er gibt Markus Lanz ein einstündiges TV-Interview (Link zur ZDF-Mediathek anbei). Enorme Einschaltquoten. Fast so großes Medienecho wie nach dem Coming-out des Fußballers Thomas Hitzlsperger. Ab da setzen fundamentalistische Katholiken Nemec gnadenlos nach. Heute sagen wir Shitstorm dazu. Er erhält Morddrohungen.

Christian blickte auf, denn es hatte am Türrahmen zum Büro geklopft. Eine junge Frau in Uniform sah ihn erwartungsvoll an.

„Na?", fragte Christian.

„Hallo, ich bin Judith Brock, Polizeikommissaranwärterin, uff, langes Wort, im zweiten Jahr."

„Ja, langes Wort. Ich sehe das übrigens auf Ihrem Abzeichen", sagte Christian.

Judith blickte auf ihre Schulter. „Oh, klar", sagte sie, trat neben Christians Schreibtisch und hielt ihm die Hand hin.

„Ich kann leider nicht aufstehen", sagte Christian, deutete auf seinen Rollstuhl und schüttelte ihr die Hand.

Judith sah kurz auf den Rollstuhl. „Kein Ding, ich bin vom Abschnitt 42 und war als Erste von den Kollegen bei der Leiche im Volkspark Schöneberg. Ist Kriminaloberkommissar Kühn zu sprechen?"

„Max ist unterwegs. Was wollen Sie von ihm?"

„Meine Hilfe anbieten. Falls er irgendetwas vor Ort für diesen Fall braucht, würde ich es auf kurzem Dienstweg erledigen können."

Christian lachte. „Da hat jemand Ambitionen. Sehr schön. Ich richte Max das Angebot gerne aus."

„Ich sage danke." Judith verließ das Büro.

Christian wandte sich wieder seinem Bildschirm zu. Er hatte Nemec' Blog offen. Auf der Startseite prangte Nemec' hageres Gesicht. *Riesengroß, klar. Fatzke!*

– Die schwule Community feiert Nemec.

Christian überlegte und korrigierte sich.

– Die LGBTI-Community feiert Nemec. Er lässt sich auf Paraden und Demos herumreichen und beklatschen. Die deutschen Qualitätsmedien schreiben Porträts (Links anbei).

Christians Telefon klingelte. „Kriminalkommissar Anschel." Christian hörte zu. „Ach nee, Alter. Besorg dir endlich einen Zugang über dein Smartphone, Steffen. Hähnchencurry mit Thaigemüse. Zum letzten Mal. Ruf mich von unterwegs nicht mehr wegen des Kantinenessens an, nur weil du weißt, dass ich sicher im LKA sitze." Er legte auf. *Clown.*

– Nemec beginnt zu bloggen: …

Christian blickte auf, denn Max hatte den Raum betreten.

„Schleichen sich heute alle an?"

„Soll ich klopfen, wenn ich mein eigenes Büro betrete?", fragte Max.

„Die Parlikova will dich sehen. Sofort."

Max legte die Hände an die Schläfen, riß Mund und Augen auf und rannte aus dem Zimmer.

Schlechter Schauspieler. Christian rollte zur Tür, um sie zu schließen. *Damit man hier mal ungestört arbeiten kann.*

– Nemec beginnt zu bloggen. Nach anfänglicher Euphorie kommt es in der Community zu Irritationen, weil Nemec Artikel veröffentlicht, die als rassistisch, fremdenfeindlich, sexistisch und anti-emanzipatorisch gelesen werden können. Er selbst bezeichnet sie als kontrovers. Einige vermuten, dass Nemec mit gezielten Provokationen die Reichweite seines Blogs steigern will, um Geld mit Online-Werbung zu verdienen.

Christian lehnte sich zurück. *Darf es ein wenig konkreter sein?*

– Ein Argument dafür könnten Nemec' Headlines sein: reißerisch, um viele Klicks zu generieren. Die Artikel halten nicht, was die Überschriften anteasern, die Inhalte berufen sich häufig auf unseriöse Quellen. Nemec bezeichnet sich als Antipoden des linksgrünen Mainstreams der LGBTI-Community, gleichzeitig als gemäßigt in der Mitte sowie als Sprachrohr für die schweigende Mehrheit der schwulen Männer. Er gewinnt hauptsächlich Follower aus dem Spektrum der Fremdenfeinde sowie Verschwörungstheoretiker und nutzt die Fluchtkrise 2015 geschickt als Turbo. Ein Blick in die Kommentarspalten seines Blogs ist ein Blick ins Grauen: xenophob, sexistisch, transfeindlich. Diskussion findet nicht statt, denn Nemec blockt alle User, die dagegen argumentieren. Nemec' Stimme verliert an Wichtigkeit in der LGBTI-Community, nur die queere Antifa schießt sich auf ihn ein. Nemec biedert sich wieder katholischen Gruppen an. Diese kommen jedoch ausschließlich aus fundamentalistischen und rechtsnationalen Kreisen.

Welcome home, lost son. Christian speicherte das Dokument und schickte es Max per E-Mail.

***

Max klopfte an Parlikovas Bürotür. Keine Antwort. Er klopfte noch einmal.

„Komm schon“, hörte er durch die geschlossene Tür. Max trat ein.

Die Parlikova stand am Fenster und telefonierte. „Noch so eine Aktion, Lampart, und ich buchte dich bis Ende des Jahres ein. Dann hast du sechs Monate Hausarrest inklusive Silvesternacht. Jetzt mach deine Hausaufgaben!“ Sie drückte temperamentvoll die Austaste.

„Kindersorgen?“, fragte Max.

„Nur Verfügungsgewalt über ein pubertierendes Monster“, sagte Parlikova, öffnete die Knöpfe ihres roten Blazers und setzte sich hinter den großen Schreibtisch mit Glasplatte. Hinter ihr hing ein abstraktes Gemälde. Drip-Painting in Schwarz, Grau und Rot. „Was gibt's über den Toten im Park?“

„Identität vermutlich geklärt, DNA-Abgleich läuft. Homosexueller Blogger, wohnhaft in Berlin.“

„Hate crime?“ Auch Parlikovas englische Aussprache verriet ihre polnische Herkunft.

„Noch zu früh.“

„Dann hopp, hopp. Mich erreichen bereits Flüstertelefonate, denn der Innensenator will wiedergewählt werden.“

„Aye, aye, Sir!“

Die Parlikova zeigte ihre Zähne. „Ich weiß“, sagte sie.

***

„Vorgestern Nacht bin ich erst spät zu dir ins Bett gekommen. Warum hast du den Kommissar angelogen?“ Horst Ibarra hielt die Hand von Felix, sie saßen sich am Esstisch gegenüber.

„Um dich zu schützen“, sagte Felix.

Horsts Augen füllten sich mit Tränen. Er streichelte Felix über den hochgeschorenen Haaransatz und verwuschelte den blonden Schopf. „Es war kein Zufall, dass du in unser Leben getreten bist“, sagte er.

***

„Ich identifiziere zwei Gruppen, die über Dominik Nemec’ Tod nicht traurig sein dürften. Die rechtskatholischen Fundamentalisten, die ihm trotz Annäherung in jüngster Zeit die Forderungen am Kölner Dom und das Lanz-Interview nicht verziehen haben. Seine Homosexualität schon gar nicht. Die Beschimpfung Höllen-Homo fand ich besonders spaßig“, sagte Christian.

Max kicherte. Er saß auf Christians Schreibtisch direkt vor dessen Nase.

„Auch die queere Abteilung der Antifaschisten wollte ihm ans Leder“, fuhr Christian fort.

„Von beiden Seiten des politischen Spektrums in die Zange genommen“, sagte Max.

„Gruppe drei wäre das private Umfeld, dazu weiß ich aber noch zu wenig“, sagte Christian und versuchte nicht auf Max’ muskulöse Oberschenkel in den schwarzen Jeans zu starren.

„Diese Ménage à trois mit dem Jungen checke ich“, sagte Max. „Starte du mit der Antifa. DNA-Abgleich haben sie mir für heute Nachmittag versprochen. Ist der positiv, lassen wir das Smartphone von Nemec orten.“

Max stand auf und ging zu seinem Arbeitsplatz. Christian konnte nicht anders und schaute ihm hinterher. Max drehte sich um.

„Gutes Paper, Chris, danke für die Vorbereitung.“

Christian errötete.

***

Das Telefon des Redakteurs klingelte. Er hob genervt ab. „Ja?" Der Redakteur wechselte den Hörer zur linken Hand und ließ seine rechte Hand kreisen. „Am Apparat. Was steht an?" Er ballte eine Faust und spreizte die Finger ab. Faust, Spreizen, Faust. Doch dann ließ er die Hand sinken und hörte konzentriert zu. „Hammer. Ist das bereits bestätigt?" Er hörte zu. „Das Gerücht reicht mir. Besser als nichts." Er legte auf. „Showtime!", rief er laut.

***

Max wünschte, er könnte sich die Nase zuhalten. denn im Verhörraum Teneriffa roch es streng und süßlich. *Unangenehme Kombi, Teneriffa ist einfach zu klein.* „Herr Ziemke, wir wissen jetzt, dass Sie Ronny Ziemke heißen, dass Sie an einer Arbeitsgelegenheit im Volkspark teilnehmen, dafür eine Mehraufwandsentschädigung bekommen, aber keinen ordentlichen Wohnsitz in Berlin haben."

Der Ein-Euro-Jobber saß in sich gesunken auf einem Stuhl.

„Sie haben sich nach Ihrer Ingewahrsamnahme nicht kooperativ verhalten."

Der große Mann sagte nichts.

„Sie haben nicht die Anweisungen der Kollegen befolgt und sind stattdessen durch das Absperrband in einen noch ungesicherten Tatort eingedrungen."

Stille.

„Herr Ziemke, haben Sie etwas mit der Leiche im Park zu tun?"

„Nein, nein!" Ziemke richtete sich auf. „Es waren so viele Bullen da, ick hatte Muffensausen. Wollte nur durch, Blackout. Mach's nie wieder, nee."

Das Bauchgefühl von Max meldete sich unmissverständlich. *Der ist nur ein armes Schwein.*

„Herr Ziemke, Sie dürfen gehen, aber unter einer Auflage. Ich verabrede einen Termin mit den Sozialhelfern vom Verein Gulliver für Sie." Max reichte ihm eine Visitenkarte des Vereins. „Die helfen Ihnen, wieder zu einer regulären Meldeadresse zu kommen."

Ziemke sah ihn erstaunt an.

„Wenn Sie da heute nicht auftauchen, kriegen Sie Stress mit mir."

„Danke, ick jeh hin, ehrlich."

„Wir haben auch davon Abstand genommen, das Jobcenter über Ihre Wohnungslosigkeit zu informieren. Sie erscheinen also morgen wieder ganz normal zum Appell im Park, verstanden?"

„Ja, ja, danke."

Max stand auf. „Dafür nicht, ich will, dass Sie wieder in die Spur kommen." Er streckte Ziemke die Hand zur Verabschiedung hin. *Hilft ja nichts.*

***

„Ibarra?"

„Hallo, Viktoria Meier hier. Ich rufe wegen des De-Sede-Lounge-Chairs mit Hocker an. Soll heute geliefert werden. Ich möchte bezahlen kommen und die Lieferung klären."

„Frau Meier, natürlich. Leider bin ich …" Horst machte eine Pause. „… verhindert und noch nicht im Laden. Wäre es Ihnen möglich, erst am Nachmittag vorbeizukommen?"

„Es müsste spätestens um 16 Uhr sein. Mein Mann hat heute Geburtstag und wir haben Gäste."

„Lassen Sie uns 15 Uhr sagen?"

„Okay, bis um drei."

***

– War das zerfetzte Opfer ein schwuler Ex-Priester?

Berlin. Identität der grausam zugerichteten Leiche aus dem Volkspark knapp vor der Aufdeckung! Noch ist es ein Gerücht, aber bei dem Mordopfer soll es sich um den streitbaren Dominik Nemec handeln. Der umstrittene Ex-Priester war homosexuell!

Wer hat den Mann so übel zugerichtet? Waren es linke Chaoten oder christliche Fundis? Dominik Nemec hatte überall Feinde. Oder waren es gar Terroristen von ISIS? Ex-Monsignore Dominik Nemec nahm beim Islam kein Blatt vor den Mund.

Unsere Freunde und Helfer vom LKA konnten zwar endlich einen Erfolg verbuchen, tappen aber sonst vollkommen im Dunkeln! Der Killer ist also noch unter uns in Berlin!

Sie sind bei Facebook? Werden Sie Fan von Bild Berlin!

***

Das Rumpeln ließ alle Umstehenden vor dem Eingang zur Notunterkunft aufschrecken.

Ups, mein Fehler. Heidi packte ihr Longboard unter den Arm. Sie hatte den Einkehrschwung von der Prinzregentenstraße zum Gattertor elegant geplant, aber die Platten des Gehsteigs lagen just an der Stelle verkantet. Heidi musste in ihren pastellgrünen Doc-Marten-Boots mit dem niedlichen aufgemalten Koalabären abspringen, denn das Longboard verweigerte sich der Kurve, ging seinen eigenen Weg und rumste laut gegen den Maschendrahtzaun. *Peinlich.*

Ein Schrank von Mann in der schwarzen Uniform der Security-Truppe kam vom Tor auf sie zu. „Willste Stress?“, rief er.

Heidi kniff die Augen zusammen. „You wanna rumble in my jungle?“, sagte sie langsam.

Der Mann grinste. „Immer Wörter, die ich nicht verstehe, Habibi. Schön, dass du wieder zu Besuch kommst.“

„Danke, Ali. Sorry für meinen lauten Auftritt.“

„Wumms mit Anlauf.“ Ali lachte. „Damit wissen jetzt alle, dass du eingetroffen bist. Die Kids erwarten dich voll Sehnsucht.“

Kinder wuselten aus der Notunterkunft und umringten Heidi.

„Heidi, Heidi, I wanna be first today!“

„No, me, me, Heidi. Ahmed was first last time!“

Einige Kinder sprachen Arabisch auf Heidi ein.

„Okay, okay! Everyone gets time on the board. Who will translate today?“

„Hilal, Hilal.“ Ahmed deutete zur Eingangstür, wo ein junger Mann stand.

Hilals trainierte Brustmuskeln ließen das weiße T-Shirt fast platzen. Er trug eine rasierte Glatze und Vollbart.

Heidi winkte ihm zu. „Nice to meet you, Hilal.“

Hilal trat zur Gruppe und schüttelte Heidi die Hand. „Nice to meet you, too, Heidi. Ich freue mich zu übersetzen.“ Die deutschen Worte sagte er langsam, als hätte er sie geübt.

„Ich freue mich auch, Hilal.“ Heidi lachte. „Yalla, yalla, let's get the helmets“, rief sie und lief mit den Kindern los.

„Heidi, du musst deinen Perso abgeben! Die Bürokratie will wissen, ob du in der Unterkunft anwesend bist oder nicht“, sagte Ali.

Heidi kramte schmunzelnd in ihrem Seesack nach dem Personalausweis. „Du bist so deutsch, Ali. Grüß sie schön von mir, die Bürokratie.“

„Mach ich, wenn ich sie sehe, Habibi.“

***

„Diese Schweine!“ Dietrich Wald lief am Barbarossaplatz im Schatten der zwei großen Plantanen wieder und wieder um den Brunnen auf der Mittelinsel und murmelte die bronzenen Kinderfiguren des Brunnens an. Seine weißen Haare waren vom Wind zerzaust. „Sie haben ihn umgebracht, diese Bastarde. Es ist unfassbar, was in unserem Deutschland abgeht. Sie nehmen uns die Besten! Jetzt ist Schluss mit der Toleranz! Wir schlagen zurück! Diese verfluchten Kulturbereicherer und die verkackten Gutmenschen sollten sich schon mal warm anziehen! Die Patrioten stehen auf! Ihr wollt uns vernichten! Uns Deutsche, unsere Kinder, unsere Werte! Wir nehmen das nicht mehr hin!“ Er blieb stehen und legte eine Faust auf sein Herz. „Ich werde meinen Vater stolz machen!“ Dann hämmerte er eine Nachricht in sein Handy.

– Sie haben Nemec ermordet wir müssen handeln!!!!!

In diesem Moment öffneten sich die Türen des Schulgebäudes am Platz und Schüler des Deutschkurses für Ausländer strömten heraus. Sie fanden sich in Gruppen auf der Treppe zusammen und rauchten, einige machten sich auf den Weg durch den angrenzenden Alice-Salomon-Park zur U7. Ein paar von den Frauen trugen Kopftuch, manche nicht.

„Terroristen! Macht euch weg aus Deutschland!“, brüllte Wald in Richtung des Schulgebäudes.

Die Schüler blickten überrascht zu ihm. Da lief Wald schnell die Eisenacher Straße nach Norden davon.

***

Nelly Nollendorf lag gekrümmt neben ihrem Schreibtisch. Sie hatte ein Stechen am Herzen gespürt und war zu Boden gesackt. Auf dem Bildschirm des Computers blinkte eine große Headline.

– War das zerfetzte Opfer ein schwuler Ex-Priester?

Nelly weinte bitterlich. Neben ihr lag das Smartphone, das sie nicht mehr halten wollte. Am Display eine Nachricht.

– Sie haben Nemec ermordet wir müssen handeln!!!!!

Nelly schluchzte. *Was wird nun?* Ihre Nase lief und die Flüssigkeit verklebte die rotbraunen Haare ihrer Perücke. Sie schnappte nach Luft und fasste sich an die Brust. *Ruhig, ruhig.* Sie setzte sich auf, richtete die Haare und griff nach dem Smartphone. Sie tippte.

– Du tust nichts und wartest. Und schreib mich nie wieder über das Handy an!

***

Ein Fehler in der Matrix. Was sonst? Dominik ist tot. Dominik ist die Leiche im Park. Mir ist schlecht. Der Mord ist ein Geschenk des Schicksals. Dominiks Tod ist ein Opfer, damit die Zeichen von jetzt an auf Sieg stehen. Die Stimmung wird kippen und ich muss meinen Teil dazu beitragen. Ich atme die frische Luft in vollen Zügen ein und lasse die stickige Uneindeutigkeit hinter mir. Ich fühle mich stark. Ich reite auf der Welle der Kraft, ich wähle die Aktion. Demos, Aufruhr, Konfrontationen. Rückschläge und Demütigungen waren gestern. Wir treten zum Sieg an. Der unterdrückte Zorn der schweigenden Mehrheit steigt endlich auf, entfesselt sich und zwingt die Multikultis für immer in die Knie. Ich werde der Vollstrecker sein. Der Ball liegt auf dem Elfmeterpunkt. Ich muss ihn nur versenken. Ich habe Angst, aber ich zaudere nicht. Dominik, dein Tod war nicht umsonst!

Manni war plötzlich voll Tatendrang, griff in seine Pyjamahose und kratzte sich. „Machst du mir noch einen Kaffee, Mutti?“, brüllte er, damit ihn seine Mutter durch die geschlossene Zimmertür hören konnte.

***

Heidi stellte sich zu Hilal an den Zaun, während die Kids den Ollie auf den Skateboards übten.

Hilal blickte zu einem alten Mann im angrenzenden Park. Etwas abseits vom Weg saß er auf einer Bank und blies eine Melodie auf der Mundharmonika.

„Nice“, sagte Heidi. „You recognize this music?“

„What is it?“

„Sounds like Ode to Joy. Beethoven. German composer. Usually it's performed with big orchestra.“

„Der Mann spielt schön“, sagte Hilal langsam. „Do you believe in God?“

Heidi blickte ihn erstaunt an. „I like Jesus“, sagte sie nach einer Pause.

„Qur'an says, Jesus was a good man. Do you have a boyfriend?“

„Curiosity killed the cat.“ Heidi lachte und stapfte davon.

„Just asking“, rief Hilal ihr hinterher und lachte ebenfalls.

***

Nelly hatte sich die Haare zu zwei Zöpfen geflochten. *Ich werde wieder weinen müssen.* Sie trug roten Lippenstift auf, betonte mit schwarzem Eyeliner die Kontur der Augen und legte Ohrringe an. Heute hatte sie sich für die großen Silberreifen entschieden. *Ich will schön sein. Für dich, Dominik.* Sie setzte sich an den Computer und tippte.

– Sie haben Dominik Nemec zum Verstummen gebracht. Sonst haben sie ihn auf Facebook bloß wegzensiert, ihn, der die Grenzen der Meinungsfreiheit als aufrichtiger Islamkritiker nicht einmal ansatzweise verletzt hat. Diesmal ist Dominik Nemec tot. Nie wieder kann er seine Stimme für uns erheben. Er würde aber nicht wollen, dass wir uns der Trauer hingeben. Er würde wollen, dass sein grausamer Tod auch etwas Gutes in unserem Land bewirkt. Einem Land, in dem die Meinungsfreiheit Verfassungsrang hat und das sich etwas darauf einbildet, die dunkle Vergangenheit endgültig besiegt zu haben. In einem Land, in dem man trotzdem kaltblütig wegzensiert wird, wenn man etwas gegen den Islam schreibt. Aber wir machen weiter, Dominik, in deinem Vermächtnis!

Tränen verschmierten Nellys Eyeliner.

– Im Angesicht der Realitäten sind das nur Träumereien einer Demokratin, die daran verzweifelt, weil die Demokratie mit Füßen getreten wird. Sind wir als souveräne Wähler mitverantwortlich, dass die stabile, demokratische und relativ freie BRD auf einen Bürgerkrieg zusteuert? Es mag für die Masse der Bürger unseres Volkes nur die düstere Fiktion einer Pessimistin sein, aber das sind genau diese toleranzbesoffenen Menschen, die vor der Realität die Augen verschließen oder gar nicht begreifen können, was momentan um sie herum geschieht. Es sind genau diese Wähler, die uns in die Katastrophe wählen. Darum müssen wir uns wappnen, um im dräuenden Bürgerkrieg als Sieger hervorzugehen.

Nelly postete ihren Beitrag. Schluchzend zog sie ihre schwarze Bluse an und ließ die obersten Knöpfe offen, damit ihr ausladendes Dekolleté zur Geltung kam. Dazu schwarzer Minirock, blickdichte Strümpfe, weil sie zum Rasieren der Beine keine Zeit gefunden hatte. Im Flur korrigierte sie mit dem Eyeliner ihr Make-up, schlüpfte in die Lederstiefel mit den Riemchen an der Seite und öffnete die Wohnungstür. *Ich bringe das in Ordnung.*

***

„Ingeborg, was machst denn du da?"

„Püppi! Ick … ick helf bei de Wäsche aus, wa."

Heidi hatte beobachtet, wie Ingeborg am Eingang zur Flüchtlingsunterkunft Ali ihren Personalausweis übergeben hatte, und war zu ihr gelaufen.

„Cool. Bei Petra? Die lässt doch niemanden in den Raum, wo die Waschmaschinen stehen", sagte Heidi.

„Ick habe Petra 'n Anjebot jemacht, dat se nich ablehnen konnte. Du kennst ma." Ingeborg lachte.

„O ja." Heidi grinste. „Ich dachte, du hilfst Vicky wegen der Party heute Abend."

„Der Termin mit dem Jeschenk hat sich uff Nachmittag vaschoben, deshalb hat se schon fast allet alleene jetscheckt. Kennst se ja."

„O ja", sagte Heidi. „Warst du beim Friseur?"

Ingeborg griff sich an die Haare. „Ick dacht ma, mal wat Neues."

„Heidi, Heidi, Ahmed doesn't give me the board, but it's my turn now!" Ein syrisches Mädchen zupfte an Heidis Sweatshirt.

„Du hast ooch Spaß mit de Bälger, wa?"

„O ja", sagte Heidi lachend und ließ sich vom syrischen Mädchen fortziehen.

***

Dietrich Wald hatte sich noch nicht beruhigt. Er saß wieder im Wohnzimmer unter dem kleinen Kronleuchter und checkte hektisch am Laptop Facebook.

– Sie haben Dominik Nemec zum Verstummen gebracht.

Geiler Beitrag von Nelly, der geh ich noch an die Möpse. Er rief die Liste der Seiten auf, die Nellys Posting bereits geteilt hatten.

– TruthNews

– AfD-Freunde Rinzigbach
– Multikulti? Nicht mit uns
– Wir helfen beim Grenzbau
– DRESDEN-Klotzsche sagt NEIN zum Heim
– Frankenberg gegen Asylmissbrauch
– Pro-Diesel
– BaWü freiheitlich-patriotisch-traditionsbewusst
– Keine Gewalt gegen Polizisten
– German Defence League Sachsen/Anhalt
– Kein großes Asylzentrum im Innviertel
– Merkel muss weg
– Zeig Flagge-Deutschland
– Wir wollen keinen Islam in Deutschland und Österreich

Ich muss was tun. Auf jeder Seite likte er den Beitrag und kopierte den immer gleichen Kommentar dazu.

– Die linken Gutmenschen haben Nemec gekillt. Wir rächen uns!

Dietrich spürte, wie er erneut in Wallung geriet. *Ich muss mich beruhigen.* Er startete auf YouTube die „Zugfahrt nach Wernigerode im Harz" und spürte, wie sich sein Puls sofort drosselte. Dietrich legte die Faust auf sein Herz und schaute auf das Foto des jungen Mannes an der Wand. *So schneidig. Du wirst stolz auf mich sein, Vater!*

***

Christians Smartphone spielte die Melodie von Working in the Coal Mine.

„Hallo, Max."

„Fuck, es gab ein Leak."

„Habe es eben bemerkt. Die rechte Echokammer in den sozialen Medien dreht schon am Rad."

„Wer wusste von unserer Vermutung, dass der Tote Dominik Nemec ist?"

„Weniger als eine Handvoll im LKA."

„Schreib eine Liste, Chris. Ich muss mich bei Parlikova deswegen melden."

„Good luck."

***

„Ich habe nicht einmal Oliver und Heidi heute Morgen etwas davon erzählt", sagte Vicky am Telefon. „Ich wollte die Glückwünsche zum Geburtstag nicht mit Informationen zum Mord garnieren."

„Kann ich verstehen", sagte Max. „Die Ergebnisse des DNA-Abgleichs kommen heute Nachmittag."

„Wegen Olivers Geschenk bin ich gleich bei Ibarra. Ich spreche ihn nicht darauf an."

„Gut so. Ruf mich an, wenn dir was bei Ibarra auffällt."

Nach dem Telefonat holte Vicky den Schokoladenkuchen aus dem Backofen. *Mulmig ist mir schon.* Sie befürchtete, dass Ibarra ihr von seinem ermordeten Mann erzählen könnte. *Dann müsste ich sagen, dass ich die Leiche entdeckt habe.* Vicky zitterte. Sie riß sich zusammen und drückte die Ellenbogen gegen ihren Körper. Nach einer Weile hörte das Zittern auf und sie ließ Puderzucker auf die torta di cioccolato schneien. *Da muss ich durch.*

***

– Methodik: Aus den Proben wurde nach Standardmethoden DNA extrahiert. Anschließend wurden Merkmale mit der PCR-Single-Locus-Technik bestimmt.

Max scrollte bis ans Ende der PDF-Datei, die er eben bekommen hatte.

– Zusammenfassung: Die biostatische Auswertung der PCR-Systeme erfolgte nach Crick-Watson. Sample A besitzt in allen untersuchten DNA-Systemen die zur

Übereinstimmung zu fordernden Merkmale gegenüber Sample B. Es ergab sich eine Wahrscheinlichkeit der Übereinstimmung von > 99.9999%. Aufgrund der vorliegenden Untersuchungsbefunde ist es praktisch erwiesen, dass Sample A und Sample B vom gleichen Menschen stammen.

Bingo.

***

„Kurwa mać."

„Wie?"

„Polnisch. Ich will dich nicht zum Erröten bringen", sagte die Parlikova.

„Sehr freundlich", sagte Max.

„Was wirst du unternehmen?"

„Liste mit potenziellen Leakern abarbeiten und nach dem positiven DNA-Abgleich die potenziellen Tätergruppen durchforsten."

„Ich brauche ein tägliches Memo."

„Geht klar."

„Alles, was vom Innensenator auf deinem Tisch landet, schick an mich weiter. Ich werde mal wieder mit ihm Badminton spielen müssen."

„Schlimm?"

„Er verliert immer."

***

Vicky lief die Akazienstraße entlang. Vierstöckige Häuser aus der Gründerzeit mit großen, üppig bepflanzten Balkonen wechselten sich mit schlichten, grauen Mietshäusern der Fünfzigerjahre ab. Es war ihnen anzusehen, dass man sie in zerbombten Baulücken nach dem Krieg rasch hochgezogen hatte. Gelegentlich stand eine architektonische Grässlichkeit der Neunzigerjahre mit winzigen Fenstern und silber glänzendem Fassadenschmuck dazwischen. *Berliner Restmoderne.* Vickys Favorit war die Fassade, auf der überdimensional in zartem Rosa die Erschaffung Adams von Michelangelo gepinselt war. Adams linker Zeigefinger berührte Gottes rechten Zeigefinger knapp neben einem Balkonvorsprung. *Schön ist Berlin nicht, aber ulkig.* Oliver und Vicky hatten sich entschieden, in Berlin zu bleiben. *Weil hier jeder Deckel seinen Topf findet.* Ins kaiserlich schöne Wien fuhren Sie einmal im Jahr Verwandte und Freunde besuchen. *Das reicht an urbaner Ästhetik.*

Im Gegensatz zu Wien waren die Gehwege in der Akazienstraße großzügig angelegt. Dennoch lief Vicky mit Vorsicht darüber, denn die berlintypischen Granitplatten aus Schlesien lagen gelegentlich verklemmt und boten so manche Stolperfalle.

Alle paar Meter standen Bäume und vor jedem Restaurant Tische mit Gästen, die ihre Nasen in die warme Nachmittagssonne hielten. Die kulinarische Vielfalt reichte von indischem, vietnamesischem und italienischem Essen bis zu nepalesischer, französischer und arabischer Küche. Dazwischen Boutiquen, Weinhändler, Versicherungsmakler und für Vicky besonders wichtig: eine Chocolaterie.

Ein Paar mit Einkäufen vom Supermarkt kreuzte Vickys Weg. Sowohl der junge Mann als auch die junge Frau hatten scharf geschnittene Topffrisuren und sprachen Spanisch. Er trug eine Packung Toilettenpapier im Arm. *Keine Touristen.* Vicky schmunzelte. *Zum Glück steht dieser charmante Kiez noch in keinem Reiseführer und wir Berlinerinnen und Berliner bleiben unter uns.*

Vor dem Zeitschriftenladen blieb Vicky stehen. Eine große brasilianische Fahne steckte in einem Halter neben der Ladentür und bewegte sich sanft im Wind. Zu Ibarras

Möbelgeschäft waren es nur noch ein paar Meter. Diese kurze Strecke zu gehen, fiel ihr schwer.

„Kann ich helfen?"

Hinter der Fahne saß der Besitzer des Zeitschriftenladens auf einem Klappstuhl. Auf dem kleinen Tisch vor ihm stand ein Teller mit Salat. Er nahm sein Mittagessen draußen zu sich, obwohl vor seiner Nase eine Baustelle war. Der Belag einer Fahrbahn war vollständig aufgerissen. Bauzäune sicherten den Bereich, in dem Bauwägen standen und sich Sandhügel türmten.

„Danke, aber heute helfen mir keine Zeitungen", sagte Vicky. „Auch keine internationalen."

Auf dem Rundständer neben dem Eingang steckten The Guardian, Libération, Le Monde und El País. Durch die geöffnete Tür sah Vicky Zeitschriften und Magazine in Regalen an der Wand, aber auch in Stapeln am Boden. *Sympathisches Chaos.*

„Warum hängen Sie hier die brasilianische Fahne raus?", fragte Vicky.

„Meine Frau tanzt Samba", sagte er. „Sie ist Brasilianerin. Sie sagen Bescheid, falls Sie etwas brauchen." Dann aß er weiter.

„Vielleicht einen Impuls zum Weiterlaufen, um etwas zu erledigen", sagte Vicky.

„Das ist leicht: Morgen isch au no a Dag zum Nixdoo", sagte er jetzt in breitem Schwäbisch.

„Funktioniert, danke." Vicky lachte und ging weiter.

Nach ein paar Schritten sah sie das schwarze Ladenschild mit dem goldenen Schriftzug „Ibarra", wobei beide A rot ausgefüllt waren. Auf der Glastür stand zu lesen: Designklassiker. Bauhaus, Streamline, Art Déco, Mid-Century. Sie betrat den Laden und traf niemanden an.

„Guten Tag."

Keine Antwort. An der linken Wand stand eine Glasvitrine mit Schmuckbüsten für Colliers aus den Zwanzigerjahren. Vicky ließ Schmuck kalt. Sie trug nur den schlichten Ehering aus Weißgold und eine zarte, silberne Halskette mit kleinem Anhänger, auf dem Boticellis Schutzengel zu sehen war, ein Geschenk von Oliver.

Im Bereich neben der Tür war eine Art-Déco-Sitzgruppe arrangiert. Zwei mit grauem Stoff bezogene Sessel, dazwischen ein kleiner Tisch aus schwarzem Bakelit, auf dem ein kubisches Gefäß aus weißem Porzellan stand. Erst auf den zweiten Blick erkannte Vicky, dass es sich um eine Teekanne handelte. *Apart.*

„Hallo, niemand da?"

Noch immer keine Antwort. Vicky durchquerte den Ausstellungsraum und blickte durch eine halb geöffnete Schiebetür in das angrenzende Zimmer. Hinter dicht an dicht gestellten Anrichten, Kommoden, Liegen und Sofas saß Ibarra zusammengesunken an einem Schreibtisch. Nur der schwache Schein einer Tischlampe erhellte den molligen Körper.

Vicky schauderte. „Herr Ibarra?"

Horst blickte erschrocken auf. „Verzeihung, ich habe Sie nicht kommen hören." Er stand auf. „Frau Meier, ich habe eine schlechte Nachricht."

Jetzt kommt's.

„Leider ist der Lounge-Chair beim Zollamt am Innsbrucker Platz hängen geblieben."

Ich dachte schon. Vicky versuchte ihre Erleichterung zu verbergen. „Schade, denn die Party steigt in drei Stunden."

„Das ist mir besonders unangenehm. Durch familiäre Probleme konnte ich leider nicht schnell genug reagieren."

Vicky sah, dass er geweint hatte.

„Sie wissen noch, dass ich den gleichen Lounge-Chair zu Hause habe? Ich biete an, dass Sie vorerst diesen Stuhl bekommen. Nur so lange, bis der andere durch den Zoll ist. So können Sie heute mehr als einen Geschenkgutschein überreichen."

„Klingt nach einer guten Zwischenlösung."

„Kommen Sie gleich mit, ich zeige Ihnen den Stuhl. Sagt er Ihnen zu, lass ich ihn sofort liefern."

„Gut, dass wir alle so nah wohnen", sagte Vicky und freute sich, dass Horst jetzt ein wenig lächelte.

***

Christian musste aus dem Fenster sehen. *Durchatmen*. Er recherchierte die Facebook-Einträge von Dominik Nemec nach Anhaltspunkten zu Feindschaften und scrollte durch die Überschriften.

– Heiliger Krieg mit dem Penis: Deutschland lockt als Paradies für Vergewaltiger!

– Ansteckende Krankheiten wandern ein: Islamisierung forciert zukünftige Seuchen!

– Erschreckende Zahlen: Moslems killen massenhaft Hunde in Europa, weil nicht halal!

Meinungsfreiheit? Gruppenbezogene Menschenfeindlichkeit, lupenrein. Christian konnte sich nicht entscheiden, ob er beim Lesen schlechte Laune bekam oder ihm körperlich übel wurde. Als er stichprobenartig Kommentare zu einzelnen Postings las, schlug das Pendel eindeutig Richtung Übelkeit.

– Diese jenseitige, dreckmoralische Spezies der Muselmänner ist eine Zumutung für jeden zivilisierten Menschen. Der Linksliberalismus hat exakt diese Sorte Untermensch gefördert und sich mit ihm solidarisch erklärt.

– Sie wollen ihren Glauben hier durchdrücken! Versteht das doch endlich! Diese Bastarde kommen alle her, um Europa zu islamisieren!

Christian fiel auf, dass unter den Kommentaren keine einzige Gegenrede zu finden war. *Die sind komplett unter sich und schaukeln sich von Kommentar zu Kommentar hoch.* Er vermutete, dass Nemec ein striktes System des Blockens von Personen mit anderen Meinungen durchgezogen hatte. Auf dieser Plattform jemanden zu finden, der Nemec umbringen wollte, war vergeblich. *Alles Groupies.* Er schaute durch die Liste der Abonnenten. *Über 6.000, ganz schön viele.* Schon beim Buchstaben A fiel ihm auf, dass es viele Abonnentinnen gab, die auf dem Profilfoto sehr offenherzig ihr Dekolleté zeigten. Er klickte so ein Profil an. Audrey Halee Andrews. In ihrer Chronik las Christian, dass sie müde vom Vibrator sei und lieber den ursprünglichen Vogel möchte. *Fakefollower. Wir sind die schweigende Mehrheit, ja, ja.* Christian lehnte sich zurück. Für die Suche nach Nemec' Mörder musste er sich eine neue Strategie überlegen.

***

Die Sonne wanderte langsam auf den Horizont zu. Ursula von Übelbach erfreute sich am Farbenspiel des Himmels über Thüringen. Wann immer es ihre Beschäftigungen erlaubten, zog sich Ursula um diese Tageszeit die gewichsten Stiefel an und marschierte eine Runde über das Anwesen. *Voll Demut jubilierend.* Sie hatte das Gesindehaus hinter sich gelassen und ging forschen Schrittes an der mächtigen Eiche vorüber. Eine Hängematte schaukelte im Wind. An dieser Stelle des Spaziergangs musste Ursula stets schmunzeln, denn sie erinnerte sich, wie vergangenen Sommer ihr Drittältester aus der Matte gepurzelt war. *Nepomuk, mein kleiner Tollpatsch.* Wie schallte damals das fröhliche Gelächter seiner Geschwister von der Eiche bis zu dem angrenzenden Buchenwald. Ursula stapfte weiter in die Allee, die zum großen Karpfenteich führte, und spähte zwischen den Schwarzpappeln immer wieder in den Himmel. Sie wollte vom

Fortschreiten des Sonnenuntergangs keine Farbnuance verpassen, denn über der Pferdekoppel leuchtete es bereits in vielen Schattierungen von Orange. *Die Himmel erzählen die Ehre Gottes.* Mit diesem Psalm im Herzen schritt Ursula weit aus.

„Maman, Maman!“, hörte sie eine Stimme hinter sich.

Ursula sah ihre achtzehnjährige Tochter Agnes die Allee in Gummistiefeln auf sie zulaufen. „Nesi, so beruhige dich. Was ist geschehen?“

„Sie bringen gerade im Internet, dass Dominik Nemec tot ist. Stell dir vor, Maman, er wurde ermordet.“

Ursula fröstelte.

„Dominik Nemec war doch der Mann, der dich im Fernsehen so böse angegangen ist. Der war doch … einer von denen“, sagte Agnes.

„Kind, sei still. Da ist keiner, der gerecht ist, auch nicht einer.“

Agnes senkte den Kopf. Da bereute Ursula ihr strenges Zitat und strich ihrer ältesten Tochter über den Kopf.

„Ich danke dir, dass du mich so rasch informiert hast. Lauf schnell zurück und hilf der guten Magda, alles für die Vesper vorzubereiten. Ich komme bald nach. Wir beten heute Abend für die Seele von Dominik Nemec.“

Agnes strahlte Ursula an. „Gern, Maman“, sagte sie und lief zurück zum Gutshaus.

Ursula sah wieder in den Abendhimmel. Das leuchtende Orange war in ein blutiges Rot übergegangen.

Verdammte Scheiße.

***

Vicky konnte mit Horst Ibarra nicht sprechen, weil der Lärm eines Presslufthammers die Akazienstraße erfüllte. Sie war darüber nicht traurig. Schweigend liefen sie an einem Stehcafé vorbei. Der Gehweg davor war wie immer von kaffeetrinkenden Menschen versperrt. Einige saßen auf kleinen Kinderstühlchen, dazwischen blockierten abgestellte Buggys mit Babys das Weitergehen. Die dazugehörigen Mütter trugen Hosen, darüber Röcke und ließen sich durch den Presslufthammer nicht vom Reden abhalten. Vicky entdeckte auch drei Männer mit tadellos gepflegten Vollbärten, die ihre Babys im Tragetuch vor die stolzgeschwellte Brust gebunden hatten. *Elternzeit in Hülle und Fülle*, dachte Vicky. Sie und Horst kamen nur im Zickzackkurs voran.

„Trotz Lärm so viele Kunden", sagte Horst in eine Pause des Presslufthammers.

„Der Kaffee schmeckt auch klasse", sagte Vicky. „Als wir nach Berlin gezogen sind, gab es an der Ecke zur Hauptstraße noch einen Starbucks. Der sperrte aber bald zu, weil alle den Espresso lieber im DoubleEye trinken wollten."

„Das freie Spiel der Kräfte im Markt", sagte Horst.

Vicky lachte. „Ich nehme zum Espresso oft ein Pastel de Nata. Die machen sie richtig gut."

„Diese portugiesischen Puddingtörtchen sind ein Traum. Ich mag die auch, wie man sieht", sagte Horst und klopfte sich mit beiden Händen auf den Bauch. „Ich müsste mal wieder in den Gym."

Vicky wusste nicht, was sie auf diese Geste antworten sollte. *Is ja nur 'ne kleene Plauze, würde Ingeborg sagen.* Vicky entschied sich zu lächeln.

„Woher sind Sie zugezogen?", fragte Horst.

„Mein Mann und ich kommen aus Österreich." Vicky bemerkte, dass Horst bei den Worten „Mein Mann" zusammengezuckt war.

„Hört man Ihnen gar nicht an", sagte er nach einer kurzen Pause.

Zum Glück hämmerte der Presslufthammer wieder ohrenbetäubend los.

In der Wohnung führte Horst Vicky in ein helles Zimmer mit Parkettboden und hohen Fenstern zur Straße. Ein Kronleuchter hing von der Decke. Neben einem hellen Stoffsofa stand der Lounge-Chair mit dem dazu passenden Hocker. Das graue Leder machte einen guten Eindruck. *Ein Raumschiff-Enterprise-Sessel.* Vicky war von dem Designstück angetan.

„Setzen Sie sich rein", sagte Horst, wieder ganz Verkäufer.

Vicky nahm Platz und drehte sich mit dem Sessel um die eigene Achse.

„Das Tulpenfußgestell dreht tadellos", sagte Horst. „Und greifen Sie mal. Die Qualität des Leders bestimmt man am besten durch Berühren, Sie spüren sofort, wie geschmeidig das Leder ist."

Vicky sagte endgültig zu und Horst griff zu seinem Handy, um den Transport zu organisieren. „Sorry, dass es so kurzfristig ist", sagte er ins Smartphone.

Es klingelte an der Wohnungstür.

Vicky sah, wie Horst ihr einen fragenden Blick zuwarf. *Ich weiß nicht, wer das ist.* Horst lief zur Tür, telefonierte aber weiter. „Ja, der Sessel muss in den nächsten Stunden geliefert werden." Er drückte den Türöffner. „Ich bezahle in bar."

Doch es klopfte an der Tür und Horst öffnete.

„Unten war offen. Du Ärmster! Wir Armen!"

Vicky hörte eine rauchige Stimme und sah, wie im Flur eine große Frau in Schwarz gekleidet Horst um den Hals fiel. Ihre rotbraunen Haare trug sie zu Zöpfen geflochten.

„Nelly …", sagte Horst.

„Dominiks Stimme wird fehlen. Was machen wir ohne ihn, wenn die Katastrophe eintrifft?"

„Wunderbar, danke. Bis gleich", sagte Horst und steckte das Telefon ein.

„Du telefonierst? Ich dachte …" Nelly Nollendorf zog den Saum ihres Minirocks nach unten.

„Ach, Nelly …"

„Ich habe Dominik an seinem letzten Tag noch getroffen. Wir saßen nachmittags am Winterfeldtmarkt und haben Kaffee getrunken. Er hat mir von eurem Streit erzählt." Nelly sah Horst mitleidig an.

„Ich habe eine Kundin hier", sagte Horst.

„Ich wollte eben gehen", sagte Vicky und kam in den Flur.

„Nicht meinetwegen", sagte Nelly. „Ich wollte nicht stören. Ich war nur so traurig und musste herkommen." Sie schüttelte Vicky die Hand. „Ich bin Nelly, Dominik und ich kannten uns seit Ewigkeiten und – entschuldige, Horst – waren sehr eng." Sie lächelte gequält.

Vicky sah, dass die Frau weinte.

„Mein Mann ist gestorben", sagte Horst.

Schnell raus hier. „Oh, mein Beileid", sagte Vicky.

„Ich bin tief erschüttert über seinen frühen Tod", sagte Nelly. „Er gehörte zur Elite des neuen deutschen Widerstands. Sein Ableben reißt eine schmerzhafte Lücke in unsere Reihen."

Vicky blickte sie fragend an.

„Nelly, lass mal …", sagte Horst.

„Stimmt doch! Er wollte diesen politischen Ausnahmezustand, der unsere Gesellschaft gefährdet, nicht hinnehmen und war uns immer ein großer Trost mit seinen klugen Artikeln und Äußerungen. Mit Dominik ist ein unermüdlicher Kämpfer für Recht und Wahrheit von uns gegangen. Unser Gedankenaustausch war so fruchtbar. Wir hatten noch so große Pläne … Gott möge Dominik in sein heiliges Reich aufnehmen und trösten."

„Wie gesagt, mein Beileid. Ich gehe dann jetzt", sagte Vicky.

Nelly wandte sich wieder an Horst. „Ich vermisse ihn und bin so traurig! Wie kommst du klar? Brauchst du Hilfe? Ich kann helfen."

Hinter Nellys Rücken öffnete sich die Tür.

„Ich werde mich kümmern", sagte Nelly. „Dieser Haushalt braucht jetzt dringend eine Frau."

„Wir kommen in diesem Haushalt gut alleine klar, vielen Dank", sagte der junge Mann in der Tür.

Nelly drehte sich erschrocken um. „Felix!"

„Hallo, Nelly", antwortete Felix und küsste Horst auf den Mund.

„Ich bin dann mal weg", sagte Vicky und schlüpfte durch die Tür ins Treppenhaus.

***

Christian scrollte durch die Seiten der Antifaschistischen Aktion. Nemec hatte sich an der Antifa in vielen Postings abgearbeitet.

– Die Antifa muss endlich als Terrorvereinigung gesehen werden!

– Brutale Antifa-Gewalt kostete fast Menschenleben!

In den gängigen Foren der linken und linksradikalen Gruppen wurde er aber nicht erwähnt. *Zu kleiner Fisch.* Christian öffnete die Internetseite queer.de, laut Eigendefinition Zentralorgan der Homo-Lobby, und las die kritischen Artikel über Nemec. Vor allem die Kommentare dazu interessierten ihn.

– #21 G. Ramsci: Es gibt halt auch schwule Arschlöcher

Fakt. Der Kommentar verlinkte auf Facebook zu einer Gedenkveranstaltung anläßlich des Jahrestags eines Amoklaufs in den USA. In einem Club hatte ein psychisch gestörter Islamist Lesben, Schwule und deren Freunde erschossen.

Dort entdeckte Christian auch einen Kommentar von Nemec.

– Euer Gewissen ist von gutmenschbesoffenen Ideologien verblendet, wenn ihr diese scheinheilige Veranstaltung besucht. Das Verbrechen hatte natürlich etwas mit dem Islam zu tun. Wer vor den Gefahren des real existierenden Islam für Homosexuelle warnt, ist für euch islamophob und rechtspopulistisch? Ihr verhöhnt damit die Opfer dieser Schreckensnacht auf widerliche Weise!

Peng, peng. Trollattacke mitten in die Trauergemeinde. Christian scrollte durch die Antworten.

– Joe Ohrhellinger: Fick dich, @DominikNemec!

– Veronika Entekel: Dreggsagg

– Olaf Treptenscheider: NoHomo.

– Ulrich Küssgen: Mieser Nazi.

Langweilig.

– Arrigo Cervetto: hast du schon gepackt? um 9 uhr kommen wir dich abholen.

Christian stutzte. *Das klingt nicht gut.* Er googelte den Namen.

– Arrigo Cervetto was an Italian communist revolutionary and politician. He died 1995 in Savona.

Fakeprofil. Christian scrollte die Ergebnisliste nach unten, fand aber nur Einträge über den italienischen Kommunisten. *Spielen wir mal ein bisschen.* Er kombinierte Arrigo Cervetto Dominik Nemec im Suchfeld. Die ersten drei Ergebnisse zeigten asiatische Schriftzeichen und die Domainendung kr. *Südkorea? Duplizierte Contentplantagen für Googles Suchalgorithmus?* Er klickte sich rein und ein Forum öffnete sich. Erster Eintrag war das Cover einer CD mit klassischer Klaviermusik von Mozart. Was daneben in asiatischen Schriftzeichen geschrieben stand, verstand Christian nicht. Darunter entdeckte er einen Eintrag in lateinischem Alphabet.

– Zeit, den Dominik Nemec zu entsorgen. Verfasst von: Arrigo Cervetto (unmoderiert). Wir rufen hiermit auf, den rechten Nazikatholen Dominik Nemec zu liquidieren. Das gestörte Arschloch hat sich sein Urteil durch regelmäßige rechte Hetze selbst unterzeichnet. Das Urteil darf sofort vollstreckt werden. Themen: Antifaschismus. Regionen: Berlin. Orte: Berlin Stadt.

Es gab einen Kommentar.

– Mario Mieli (unmoderiert): Ich erledige das.

Wow! Der Beitrag trug das Datum der vergangenen Woche sowie die korrekte Wohnadresse von Dominik Nemec.

Wie komme ich jetzt weiter?

Christian googelte den Namen Mario Mieli.

– Italienischer Schwulenaktivist. Gestorben 1983.

Sackgasse.

Er suchte Mario Mieli bei Facebook.

Lauter Fakeprofile, Mist.

Dann kam ihm eine Idee. *Auch Antifaschisten posten gerne schöne Bildchen.* Er tippte die Kombination Mario Mieli und Instagram. Die Suchmaschine warf einen Account aus. *Sogar mit Klarnamen.* Christian scrollte durch die Bilder. Eins zeigte den goldenen Hirschen aus dem Park neben dem Rathaus Schöneberg. *Erwischt.* Er checkte den Klarnamen im Melderegister des LKA. Dann nahm er das Telefon zur Hand. „Wir haben einen Verdächtigen, Max. Ich gebe dir mal seine Adresse durch."

***

Wiktor und Milosz sangen ein polnisches Geburtstagslied. „Sto lat, sto lat, Niech żyje, żyje nam …"

Oliver saß im Lounge-Chair, hatte seine Füße auf den Hocker gelegt und lächelte huldvoll.

„It means, live 100 years for us", erklärte Wiktor nach dem Applaus.

„Jetzt ein dänisches Geburtstagslied", rief Vicky.

„Ja, mach es uns hyggelig, Elias", sagte Karsten, der zwischen anderen Gästen auf dem Sofa saß.

„Nie im Leben singe ich“, sagte Elias. „Dänische Physiker können nicht singen, das wäre kein schönes Geschenk für Oliver. Lasst uns alle zusammen Happy Birthday grölen!“ Elias begann zu singen, ohne auch nur einen Ton richtig zu treffen.

An die zwanzig Gäste saßen im Wohnzimmer auf dem Sofa oder dem Teppich und fielen in das Ständchen ein, selbst das Geburtstagskind sang mit.

Nach dem Gesang ergriff Mesut das Wort. „Oliver, als dein bester Freund und dein Kollege kann ich sagen: An so einem sonnigen Tag kannst nur du Geburtstag haben. Starker Mann, starker Freund!“

Oliver zeigte seinen Bizeps. „Gegen dich bin ich ein schmales Handtuch.“

„Nein, du bist zwar ein wenig …“ Mesut hüstelte. „… älter als ich, aber du hast noch immer diesen jungen, heißen Körper!“

„Hört, hört!“, rief Vicky.

Die Gäste lachten.

„Alles Gute, Buddy!“, sagte Mesut.

„Schwachkopf.“ Oliver stand auf und umarmte ihn. „Danke euch allen, dziękuję, tak, grazie“, sagte er und prostete mit einem Sektglas in die Runde.

„Hilfst du mir, die Torte vorzubereiten?“, flüsterte Vicky Heidi ins Ohr.

Zusammen schlichen sie zum Herdblock und zündeten mit langen Streichhölzern die achtunddreißig Kerzen auf der Schokoladentorte an.

„Darf ich helfen?“, fragte Karsten, der ebenfalls an den Herdblock getreten war.

„Klar“, sagte Heidi, „wir vertragen noch mehr Feuer. Da kommst du gerade richtig.“

„Mädchen!“, rief Karsten. „Ich kenne dich, seit du Hosen der Marke Pampers getragen hast, und jetzt, wo du wie Harry Potter in Teil fünf aussiehst, bist du frech zu mir?“

„Ehre das Alter, Heidi!“, sagte Vicky.

„Du auch, Vicky?“, rief Karsten und entzündete lachend ein Streichholz. „Vicky, wie geht es dir? Oliver hat Mesut und mir erzählt, dass du beim Joggen in eine unangenehme Situation geraten bist.“

„War blöd, ja. Aber mir geht's ganz gut. Ich konnte der Polizei sogar den Tipp geben, wer das Mordopfer war.“

„Cool, Frau Sherlock“, sagte Karsten.

„Echt? Hast du uns noch gar nicht erzählt“, sagte Heidi.

„Sorry, Liebes, ich wollte an Olivers Geburtstag nicht ständig davon reden.“

„Wer war es denn?“, fragte Heidi.

„Der Tote heißt Dominik Nemec und war ausgerechnet der Ehemann des Möbelhändlers, der mir den Lounge-Chair für Oliver verkauft hat. Dummer Zufall.“

„Der Dominik Nemec?“, fragte Karsten.

„Du kennst ihn?“

„Welcher schwule Mann kennt diesen Schwachkopf nicht?“, sagte Karsten.

„Au!“ Heidi ließ ihr Streichholz fallen, denn sie hatte sich verbrannt.

„Schlimm?“, fragte Vicky.

„Glaube nicht. Ich lasse mir im Badezimmer kaltes Wasser drüber laufen.“

„Mach das, Liebes.“

Heidi lief in den hinteren Bereich der Wohnung. Durch die geschlossene Badezimmertür hörte sie die „Ahs“ und „Ohs“, als Vicky die Torte mit den brennenden Kerzen ins Wohnzimmer trug. Heidi zog ihr Smartphone aus der Hosentasche, öffnete WhatsApp und tippte los.

– nemec wurde ermordet??? was ist los??? bitte passt auf euch auf!!!

***

„Der Mächtige hat Großes an mir getan und sein Name ist heilig. Er vollbringt mit seinem Arm machtvolle Taten."

Als Ursula von Übelbach sich räusperte, unterbrach Agnes das Gebet.

„Du hast etwas ausgelassen", sagte Ursula.

„Was, Maman?" Agnes wurde rot.

Ihre Geschwister rund um den Tisch kicherten.

„Still, wir beten!", sagte Ursula.

Die Kinder verstummten und senkten den Kopf.

„Fällt es dir nicht ein, Agnes?"

„Nein, Maman, Verzeihung."

„Der Mächtige hat Großes an mir getan und sein Name ist heilig. Er erbarmt sich von Geschlecht zu Geschlecht über alle, die ihn fürchten. Er vollbringt mit … jetzt du weiter!"

„Danke, Maman. Er vollbringt mit seinem Arm …"

Ursula schnitt ihrer Tochter das Wort ab. „Wiederhole es ganz, aber korrekt."

„Verzeihung, Maman." Agnes begann von vorne. Nachdem sie geendet hatte, sah sie Ursula mit großen Augen an.

„Das genügt", sagte Ursula, „Kinder, greift zu."

„Aber Papa ist noch nicht da", sagte Agnes.

„Papa isst später. Wir wollen doch nicht kalt werden lassen, was die gute Magda für uns zubereitet hat."

Das Hausmädchen Magda stand neben der Anrichte und senkte den Kopf.

„Deo gratias", murmelten alle.

Ursula ließ den Topf mit der Kartoffelsuppe reihum gehen. „Ich muss morgen nach Berlin fahren", sagte sie.

„Wir wollten doch zusammen ausreiten, Maman", sagte Agnes.

„Das läuft uns nicht davon", sagte Ursula. „Du bist jetzt fast erwachsen, deshalb kümmerst du dich um alles, wenn ich weg bin. Deine Geschwister haben dir zu folgen. Aber lasse in meiner Abwesenheit nicht wieder bei Festbeleuchtung die Fenster offen. Das letzte Mal hatten wir eine Million Mücken im Haus!"

„Verzeihung, Maman, das kommt nicht wieder vor", sagte Agnes und blickte verstohlen zu Magda, die sich nervös die Hände an der weißen Schürze abwischte.

„Dann machen wir einen Giftgasangriff und eine Million Mücken tot. Alles Leichen", sagte der Bruder, der neben Agnes saß. Er fuchtelte mit den Armen in der Luft und warf eine Wasserkaraffe um.

„Nepomuk, du Tollpatsch!", rief Ursula und alle Kinder lachten.

***

Horst und Felix hatten es sich auf dem Sofa bequem gemacht und hielten sich an der Hand. Ihnen gegenüber saß Nelly auf einem Küchenstuhl und starrte auf die leere Stelle am Parkettboden, wo der Lounge-Chair gestanden hatte.

„Du hast den Sessel weggegeben?", fragte Nelly irritiert.

„Diese Ösi-Arztgattin brauchte ihn heute Abend als Geschenk für ihren Ösi-Arztgatten. Zum Glück wohnt sie gleich ums Eck", sagte Horst.

„Das war Dominiks Lieblingsplatz, oder?"

„Alles geht in einem Tage dahin, sowohl der Rühmende als auch der Gerühmte", sagte Horst.

„Das ist gar nicht tröstlich." Nelly schluchzte. Tränen rannen ihr über die Wangen und zogen mit der Wimperntusche schwarze Bahnen. „Steht im Badezimmer noch die Box mit den Taschentüchern?", fragte sie.

„Auf dem Bord neben dem Waschbecken", sagte Horst. „Soll ich sie dir holen?"

„Ich finde sie schon." Nelly stand auf, zog den Saum des Minirocks nach unten und ging über den Flur ins Badezimmer. Im Licht der Spiegellampe setzte sie sich auf den Badewannenrand und sah sich um. Sie stand auf, öffnete den kleinen Hängeschrank neben dem Heizkörper und taxierte die Tuben und Tiegel, dann schloß sie die Schranktür und beugte sich vor, um den unteren Bereich des Waschbeckens zu inspizieren. Hinter das Abflussrohr konnte sie nicht sehen, deshalb tastete sie den Bereich ab. Sie kam wieder hoch und blickte im Spiegel in ihr Gesicht. Nelly erschrak. Im Spiegelbild lehnte Felix im Türrahmen des Badezimmers.

„Die Taschentücher stehen hier", sagte er und reichte ihr die Box vom Bord.

„Du bist ein Schatz", sagte Nelly, zupfte sich zwei Tücher und trippelte an Felix vorbei ins Wohnzimmer.

„Armer Horst, was machst du jetzt?" Sie setzte sich auf das Sofa neben Horst und griff nach seiner Hand. „Wie kann ich dir helfen? Etwas kochen, aufräumen oder die runden Mandelteile holen, die ihr immer so gerne gegessen habt?" Sie verstummte jäh.

„Die Dominik so gerne gegessen hat", sagte Horst.

Felix kam ins Zimmer und setzte sich auf die Armlehne des Sofas.

„Ich möchte mich nützlich machen. Meine Karten für die Philharmonie heute Abend lasse ich verfallen", sagte Nelly.

„Für was sind die Karten?", fragte Felix.

„Also sprach Zarathustra. Der neue Dirigent des Symphonie-Orchesters steht zum ersten Mal am Pult, aber den kann ich auch ein anderes Mal hören."

„Der erste Eindruck soll immer der wichtigste sein", sagte Felix. Er grinste.

„Wäre doch schade", sagte Horst.

„Papperlapapp", sagte Nelly und tupfte sich mit den Taschentüchern die Pausbacken. Dabei verschmierte sie mehr, als sie wegwischte. „Ich bin traurig, ich kann heute Abend kein Konzert genießen. Habt ihr etwas zu trinken für mich?"

„Willst du Wasser?", fragte Felix.

„Ich brauche etwas Stärkeres", sagte Nelly und stapfte mit energischen Schritten Richtung Küche. „Und es sollte prickeln."

Felix sah Horst an. „Ich bringe dir auch etwas zu trinken", sagte er und lief rasch hinter Nelly her.

***

„Guck nicht ständig auf meine Brüste", sagte Lena.

„Hab ich nicht", antwortete Fips und schob seine Dreadlocks hinter die Schulter.

„Lass es einfach."

Fips rollte sich auf die andere Seite der Matratze und schaute auf die Wand mit dem Schriftzug Antifaschistische Landjugend. Die kleine Einzimmerwohnung war von Zigarettenrauch vernebelt.

Lena lachte. „Braver Junge. Noch mal zu den Bullenschweinen. Ermittlungen, die in die falsche Richtung gehen, der ganze Kack mit racial profiling, das ist alles rassistisch."

„Rassismus ist tödlich, nicht erst seit den NSU-Nazis", sagte Fips und drehte sich wieder zu Lena.

„Guter Querverweis. Pegida, Bärgida und wie diese Rassisten-Zusammenschlüsse sonst noch heißen, zwingen der Gesellschaft eine Diskussion über Identität und Zugehörigkeit auf. Diese Debatte müssen wir offensiv führen, das sollten wir in der Aktion klarmachen. Dabei dürfen wir auch zu deutlichen Maßnahmen greifen … schon wieder."

„Was schon wieder?"

„Du schaust auf meine Brüste", sagte Lena.

„Hab dich nicht so. Deine Brüste sind einfach schön."

„Lass mich mit diesem sexistischen Scheiß in Ruhe. Konzentrier dich besser auf den institutionellen Rassismus."

„Ich möchte sie anfassen."

„Wehe!"

„Was ist daran sexistisch, dass ich sie geil finde? Raffael kommt gleich vom Tabak-Kaufen zurück. Lass mich. Nur einmal."

„Ich greif dir auch nicht an den Pimmel."

„Aber Raffael auf den Arsch gucken."

„Du spinnst."

„Ich habe dich beobachtet. Er hat sich vor dem Duschen die Boxershorts ausgezogen und du hast ihm auf den nackten Hintern geschaut."

„Blödsinn."

„Ist ja kein Ding, Raffael hat einen geilen Arsch. Total in Ordnung, dass dir der Sabber aus dem Mund tropft, wenn unser kleiner Italiener mit seinen appetitlichen Pfirsichhälften ins Badezimmer schlendert."

„Du Schwein. Raffael hat den knackigen Hintern eines Sportlers, du hast nur Wolken in der Hose."

„Was heißt das denn?"

„Das sagt man am Niederrhein, wenn jemand einen kleinen Hintern hat."

„Ich wusste es, du bist eine lupenreine Sexistin. Ich mache jetzt mal einen Aufschrei!" Fips lachte.

Lena wollte ihn an der Schulter stoßen, aber Fips wich aus und griff Lena an die Brust. Sie sah ihn kurz an und langte dann zwischen seine Beine. Fips jaulte auf, bevor sich Lena auf ihn warf. Sie kugelten lachend über die Matratze, als es an der Tür klingelte.

„Hat Raffael den Schlüssel nicht mitgenommen?", fragte Fips.

„Weiß nicht."

„Mach du auf, ich kann gerade nicht." Fips verdeckte mit seinen Händen den Schlitz seiner Boxershorts.

Lena kicherte und stand auf. „Schlüssel vergessen, Loser?", fragte sie beim Öffnen der Wohnungstür.

„Maximilian Kühn, Landeskriminalamt." Max zeigte seine Dienstmarke. „Wohnt hier Raffael Magnoni?"

***

Nelly lief das Bücherregal neben dem offenen Kamin ab. Die aufgestockten Billy-Regale in schwarz gingen fast bis unter die Decke. Nellys Zeigefinger glitt die Bücherrücken auf Augenhöhe entlang. „Dominik hatte eine so große Bibliothek. Da finde ich mein Buch niemals", sagte sie und seufzte.

„Welches suchst du?", fragte Felix. Er stand am Tisch und hatte seine Hände auf die Rückenlehne eines Eames-Chair gelegt.

„Massenmigration als Waffe. Ich habe Dominik das Buch kürzlich geliehen. Mich macht es sehr traurig, dass er es nicht mehr lesen konnte." Nelly nahm einzelne Bücher aus dem Regal und spähte beim Zurückstellen in die Lücken.

„Ich suche das Buch gern für dich und lasse es dir zukommen", sagte Felix.

Nelly nahm weitere Bücher aus dem Regal.

Felix schob ein Sektglas über den Tisch. „Trink deinen Trauerprosecco aus, Nelly. Es war höflich, dass du kondoliert hast, aber Horst braucht jetzt Ruhe."

Nelly stellte sich Felix gegenüber an den Tisch und trommelte mit den Fingern leise auf der Tischplatte. Ihre Fingernägel waren dunkelrot lackiert. „Du glaubst, du weißt Bescheid. Ich aber sage dir, du weißt nichts, du kleiner Scheißer. Gar nichts."

Felix grinste. „Eines weiß ich bestimmt: Ich bleibe hier, aber du gehst." Felix bewegte sich um den Tisch auf Nelly zu.

Sie wich einen Schritt zurück. „Dominik und ich haben uns am Nachmittag vor seiner Ermordung noch getroffen. Ich weiß, dass Horst und er sich unmittelbar davor gestritten haben", sagte Nelly.

„Erzähl mir etwas Neues. Sie haben sich gestritten, seitdem ich hier eingezogen bin."

„Ich weiß, was du damit zu tun hast", sagte Nelly. „Also pass auf, was du tust, du Dreikäsehoch. Sonst lass ich dich wie ein kleines Häppchen Camembert auf meiner Zunge zergehen und spüle dich mit einem Schluck Merlot hinunter."

„Raus jetzt", sagte Felix scharf.

***

Die torta di cioccolato war aus. Auf der Kuchenplatte lagen nur noch Krümel. Vicky sah, wie Karsten diese Krümel zusammenschob und sie mit Daumen und Mittelfinger in den Mund führte.

„Willst du noch Schokolade? Ich hole Geleebananen aus der Kammer", sagte sie.

„Oh, nein. Ich bin in der Definitionsphase und muss auf unnötige Kalorien verzichten."

„Kann mir nicht passieren. Ich treib nur Sport, um ganz viele Geleebananen essen zu können." Vicky lachte. „Aber ich verstehe, warum Heidi euch Muskeljungs nennt."

Karsten schmunzelte. „Heidi hat sich im letzten Jahr enorm entwickelt. Sie ist definitiv kein Kind mehr. Hat sie einen Freund? Oder eine Freundin?"

„Weiß nicht. Sie erzählt nicht viel, aber zumindest kuschelt sie noch mit uns", sagte Vicky. „Soll ich uns Martinis mixen, jetzt wo alle Gäste weg sind?"

„Ist das ein Wink mit dem Zaunpfahl, dass wir gehen sollen?"

„Ich will selbst einen zwitschern, aber fühle dich frei, ihn one for the road zu nennen."

Beide lachten. Vicky stand auf und stellte in der Küche alle Zutaten auf der Arbeitsfläche bereit.

Karsten lehnte sich ans Fensterbrett. „Ausgerechnet du musst den ollen Nemec im Park finden, du Arme. Erzähl mal."

„Schrecklich, wie er zugerichtet war. Soll ich wirklich erzählen? Willst du schlecht träumen?" Vicky rührte den Gin und den extra trockenen Wermut mit Eiswürfeln im Alessi-Shaker.

„Mich haut so schnell nichts um", sagte Karsten.

„Kanntest du ihn?" Vicky seihte den Cocktail in zwei Schalen mit Stiel.

„Nicht persönlich. Ich habe mich eine Zeitlang über seine Postings auf Facebook gewundert und amüsiert, in denen er sich als Retter der Schwulen vor einer drohenden Islamisierung Deutschlands aufspielte. Er wirkte wie ein Getriebener."

„Von was getrieben?"

„Katholisch einbetoniertes Über-Ich plus übersteigerter Narzissmus."

„Ungesunde Mischung." Vicky legte jeweils ein Spießchen mit grüner Olive in die Gläser. „Cincin."

Karsten nahm einen Schluck. „Lecker wie immer, aber erzähl endlich."

Vicky berichtete vom einzelnen Auge, dem malträtierten Oberkörper, dem getrockneten Blut und wie die Leiche an dem Steinhaufen gelehnt hatte.

„Arme Sau", sagte Karsten. „Er war eine böse Uschi, aber das hat er nicht verdient. Seine Körperhaltung klingt schwer nach Inszenierung."

„Jetzt, wo du es sagst", antwortete Vicky. Es schüttelte sie wieder, denn das Bild des toten Nemec war plastisch vor ihr Auge getreten. „Lass uns ins Wohnzimmer gehen."

Als sie in den Wohnbereich kamen, schlief Oliver im Lounge-Chair, die langen Beine am Hocker, und der ebenfalls schlafende Mesut lag auf dem Sofa daneben. Nur kleine Lichtinseln lagen als helle Tupfer in dem großen, dunklen Raum.

„Unsere Männer", sagte Karsten.

„Ärzte", antwortete Vicky.

***

Max stürzte die Treppe nach unten und nahm vier Stufen auf einmal. *Fuck.* Im ersten Zwischenstock bremste er ab und schaute durch das Treppenhaus, als im Erdgeschoß die Eingangstür ins Schloß knallte. *Fuck, Fuck.* Max rannte weiter, eine Hand am Geländer, vorbei an den Postkästen, und stieß die Tür auf. Die Straße links war leer. Rechts sah er die schwarze Kapuze zwischen parkenden Autos Richtung Hohenstaufenstraße verschwinden. Max sprintete hinterher. Die Sohlen seiner Schnürschuhe rutschten über den Asphalt, als er die vier Spuren der Martin-Luther-Straße kreuzte. *Verdammt.* Eine Radfahrerin bremste abrupt vor ihm ab und sah ihn vorwurfsvoll an. Er wich ihr aus und hielt nach der Kapuze Ausschau.

Vor knapp einer Minute war er in der Einzimmerwohnung von Raffael Magnoni gestanden und hatte sich die pampigen Antworten der beiden Linksaktivisten angehört. Die junge Frau sagte, sie habe keine Ahnung, wo sich Magnoni aufhalte und wann er wieder nach Hause komme. In diesem Moment drehte sich der Schlüssel im Schloß und Magnoni stand in der Tür. Der Typ mit den Dreadlocks sagte bloß „Bulle" und Magnoni tauchte ins Treppenhaus ab. Max nahm die Verfolgung auf.

Im Halbdunkel erkannte Max, wie Magnoni in seiner grauen Sporthose über den Jägerzaun auf den Parkplatz eines Wohnhauses sprang. *Der Kleine kann Parcours.* Den Parkplatz überquerte Magnoni in wenigen Schritten, hechtete am anderen Ende geschickt über einen mannshohen Maschendrahtzaun und verschwand hinter einem kleinen Zirkuszelt. Max wusste, dass er für diesen Zaun zu lange brauchen würde, und wich auf den Bürgersteig aus, um parallel die Straße entlangzulaufen. *Komm, Baby, komm schon.*

Max hatte Glück, denn an der Ampel tauchte Magnoni aus den Hecken auf und rannte, ohne zu schauen, in die Eisenacher Straße. Ein Auto hupte. Magnonis Vorsprung war auf mehr als dreißig Meter angewachsen. Im gelben Licht der Straßenleuchte sah Max, wie Magnoni auf den Spielplatz vor dem Barbarossaplatz einbog. Im Lauf hechtete Magnoni auf einen Tischtennistisch, sprang von der Platte zum nächsten Tisch und rollte sich von dort gekonnt in die Sandkiste ab. *Respekt.* Dann verschwand er in einem Durchlass angrenzender Wohnhäuser. Max wusste, dass er gegen Magnoni keine Chance hatte. Deshalb setzte er alles auf Risiko, drehte ab und rannte zum Barbarossaplatz. Auf der Mittelinsel verbarg er sich im Schatten des Brunnens. Entschied sich Magnoni, aus dem Durchlass nach links zu laufen, entkommt er. Entschied er sich für rechts, läuft er Max direkt in die Arme. Max schnaufte und ging in die Hocke, von wo er die einmündende Straße gut im Blick hatte. Platz und Gehsteig hinter den parkenden Autos waren leer. Da spazierten von rechts ein Junge und ein Mädchen über die Straße. Der Junge ließ ein Yo-Yo rauf und runter sausen. *Aus dem Bild, geht weiter.* Der Gehsteig war wieder leer.

Hat sich Richtung Kleistpark vertschüsst. Fuck. Max war enttäuscht. *Fahndung ausschreiben.* In diesem Moment sah er Magnoni auf den Platz zulaufen. Der junge Mann bremste in der Mündung ab, sah hektisch nach rechts zur Eisenacher Straße, um dann direkt auf das Versteck von Max loszusprinten. Max spannte seinen Körper an. Als Magnoni knapp am Brunnen vorbeirannte, hechtete Max aus der Hocke hoch und riß den jungen Mann auf den sandigen Boden. Magnoni stöhnte mit einem gedehnten Laut der Überraschung auf. Nach der Schrecksekunde wand er sich hin und her und Max fixierte mit seinem Knie Magnonis Hintern, um ihn niederzuhalten. *Der hat Kraft.*

„Ruhig", sagte Max dicht an Magnonis Ohr.

Der junge Mann ließ nicht locker, bäumte sich auf und wälzte sich zur Seite auf den Rücken. Max sah ihm ins Gesicht und wusste, er musste durchgreifen. Er legte sich mit seinem ganzen Gewicht auf Magnoni. Der schnappte nach Luft, aber Max spürte die Spannung im drahtigen Körper unter sich. Magnoni war noch immer bereit, sich dem Zugriff zu entziehen. *In die Vollen.* Max drängte mit seinem Knie zwischen die Beine von Magnoni und dieser Druck stellte ihn augenblicklich ruhig. Max atmete aus und spürte Magnonis schnellen Herzschlag. Seine Nase berührte beinahe die von Magnoni.

„Ruhig", sagte Max erneut und bemerkte den leichten Silberblick in Magnonis angsterfüllten Augen.

Der dritte Tag

„Gehst du heute nicht joggen?“, fragte Oliver an der Wohnungstür.

„Ich habe keine Lust, am Fundort der Leiche vorbeizulaufen“, sagte Vicky.

„Muss ich mir Sorgen machen?“, fragte Oliver und zog den Kragen seines weißen Poloshirts glatt.

Vicky drückte ihren Kopf an Olivers Brust. „Nein, das wird wieder“, sagte sie und umarmte ihn. „Vielleicht gehe ich zum Schwimmtraining. Nachmittags bin ich im Flüchtlingsheim. Ab durch die Mitte, Oliver, sonst läufst du zu spät in der Frühbesprechung ein.“

Oliver küsste Vicky auf den Mund. „Danke für den Lounge-Chair und das schöne Fest gestern.“ Er küsste sie noch einmal.

„Husch, husch“, sagte Vicky und öffnete die Tür.

Als Oliver aus der Wohnung trat, kam Ingeborg die Treppe hoch.

„Die Ingeborg“, sagte Oliver.

„Der Herr Doktor“, antwortete Ingeborg.

„Schicke neue Frisur“, sagte Oliver, bevor er die Stufen hinunterlief.

„Wie immer zu spät, der Herr Doktor.“ Vicky ließ Ingeborg in die Wohnung. „Du bist heute früher dran als sonst.“

„Der Tag kann nur in den Morgen hinein verlängert werden. Dit war eene der drei Lebensweisheiten meiner Mutti“, sagte Ingeborg und legte den Motorradhelm auf den Hocker neben der Garderobe.

„Kluge Mutti. Jetzt weiß ich endlich, von wem du deine Weisheit geerbt hast“, sagte Vicky.

„Weisheit von Mutti, Schönheit von Vati? Verhohnepiepeln kann ick ma selber, Vicky!“ Ingeborg schlüpfte lachend aus den schwarzen Stiefeletten in ihre Crocs. „Ick vadufte heut' früher, wenn dit okay is, Vicky. Hab wat zu erledijen am Nachmittag."

„Kein Problem. Hast du deshalb die neue Frisur? Der Pony steht dir gut."

Ingeborg errötete.

***

Manni Schablonski lag auf seinem Bett und fühlte sich voller Tatendrang. Er zog sich die Pyjamahose hoch und tippte bei Facebook eine PM an den Admin der Gruppe „DHVA – Deutschpatriotische Homosexuelle für die vaterländische Alternative".

– Hey Dimitar, der Nemec ist tot. Eine Tragödie. Nachmittag vor seiner Ermordung habe ich noch mit ihm gechattet. Er hatte Stress mit seinem Alten und war fickbereit, schrieb er mir. Bin beunruhigt. Er witzelte auch, sich Fachkräfte mit südländischem Aussehen im Volkspark Schöneberg klarzumachen. Was, wenn das kein Witz war? Wir Homosexuelle für die vaterländische Alternative müssen uns dafür bereithalten. Sollten ihn diese Untermenschen auf dem Gewissen haben, wird die Stimmung für uns kippen. Das gilt auch, wenn es linksgrünversiffte Antifanten waren.

Dimitar antwortete sofort.

– Werter Manfred, ich bedanke mich für Deine Nachricht. Ja, es ist eine Tragödie, dass die Stimme von Dominik Nemec zum Verstummen gebracht wurde. Sie war uns immer Trost in diesen grässlichen Zeiten. Ich gebe Dir vollkommen recht, wir müssen bereit sein. Ich konzipiere gerade eine Patriotismuskampagne und nenne sie „Gegen die undeutsche Schändung von Randgruppen". Diese Kampagne würden wir trefflich einsetzen können.

– Dimitar, bei allem Respekt. Wir müssen in diesem Fall zu einem konkreten Output kommen, damit uns auch der kleine Mann auf der Straße versteht.

– Werter Manfred, aber die Leistung der Kampagne besteht doch geradezu in der Mobilisierung des kleinen, deutschen Mannes: Deutschlands Wohlergehen ist seine Freiheit!

– Wie soll der kleine Mann das mit der Ermordung von Nemec zusammenbringen?

– Das ist doch sonnenklar! Lesben und Schwule sollen ihr Selbstbild neu finden! Sie müssen es an solchem Schaffen ausrichten: an Verbundenheit mit dem Volke und in Treue zu sich selbst! Eine neue Phänomenologie der Homosexualität tut not, fern des Genderismus und des Globalismus. Mit diesen Geistesrichtungen wollen wir nichts zu schaffen haben.

– Ich kapier das nicht ganz …

– Wenn wir unsere Würde wahren, dann steht der kleine Mann treu an unserer Seite! Auch ihm ist es eine Angelegenheit des Herzens, ob wir künftig noch frei leben können. Wir führen ihm vor Augen, dass nur ein Europa der stolzen Nationalstaaten mit jeweils spezifischer Kultur uns Homosexuelle schützen kann. Diese Staaten dürfen nicht auf korrupter Macht gründen. Nur wehrhafte und nicht islamistenunterwürfige Staaten sind aus sich selbst heraus am Lebens- und Entfaltungsrecht von Homosexuellen interessiert.

– Ja, okay, Dimitar. Noch einen schönen Tag!

Manni betrachtete das Profilbild von Dimitar. Es zeigte eine Kreidezeichnung des jungen Franz Schubert. Manni seufzte. Ich muss das wohl alleine durchziehen.

***

Judith legte den Telefonhörer auf und wandte sich an Polizeimeister Haschkey, der am Schreibtisch gegenüber saß.

„Nullzweiundsiebzig in der Kleingartenanlage Durlacherstraße, direkt am Volkspark. Anruf kam vom angrenzenden Seniorenheim. Täter noch am Tatort."

Sie sprangen auf, schnappten sich die Jacken und stürzten aus der Wache des Abschnitts 42. Der Funkwagen stand in der Einfahrt der Gründerzeitvilla mit der Schnauze zur Hauptstraße.

„Ich fahre", rief Judith.

„Mir doch egal, Fräulein Ehrgeiz."

Judith hatte das Murmeln ihres Kollegen aber nicht gehört.

***

Spind öffnen, Flip-Flops aus der Sporttasche ziehen und auf den Boden legen, Handtuch auf die Bank. Ausziehen, in die Flip-Flops schlüpfen, Klamotten im Spind verstauen, Badeanzug an, aber die Träger noch nicht über die Schultern ziehen. Netz aus der Sporttasche nehmen. Silberne Badekappe. Check. Schwimmbrille. Check. Paddles. Check. Schwarzes Gummiband. Das kleine Schwarze. Vicky lächelte.

Das Umkleiden so früh am Morgen im Fitnessstudio am Prager Platz in Wilmersdorf fühlte sich ungewohnt an. Deshalb hielt sich Vicky genau an die Abfolge wie sonst abends. Zuerst pinkeln, dann duschen, Badeanzug ganz anziehen, Handtuch und Netz nehmen, raus aus der Damengarderobe, schnell über den kurzen Gang, wo es immer zu kalt war, durch die Glastür in die Halle mit dem 25-Meter-Becken. Hier umfing Vicky ein feuchtwarmes Klima. *Angenehm.* Sie ging die Längsseite des Beckens auf die Trainerin zu. Vor ihr lief ein Schwimmer in Badeschlappen und schwarzen Speedos ebenfalls Richtung Trainerin. *Schau an, Max heute auch beim Frühtraining.* Vicky versuchte zu ihm aufzuschließen, denn er hatte sie nicht gesehen. Sie schaute auf seinen Rücken. *Breite Schultern, schmale Hüften. Topfit, der Mann.* Ihr Blick blieb an der Badehose von Max hängen. Die Pobacken hoben und senkten sich beim Gehen abwechselnd in einem sanften Rhythmus. *Perfekt.* Vicky fühlte überraschend den Drang, den Hintern zu berühren. Sie wollte den Rhythmus spüren, nicht nur sehen. *So ein Quatsch.* Sie lachte und Max drehte sich um.

„Hallo, Max, heute auch frühes Training?"

„Arbeitsame Tage muss man früh beginnen", sagte Max.

„Stimmt, ein Tag kann nur in den Morgen hinein verlängert werden."

„Weise Worte."

„Leider nicht von mir."

„Zweihundert Meter Ankommen!" Die Trainerin klatschte in die Hände. „Vicky, Max, zack, zack."

***

Judith hielt unvermittelt den Wagen auf Höhe des Restaurants Bieberbau an. Haschkey grunzte, weil es ihn in den Sicherheitsgurt knallte.

„Sorry, Mario", sagte Judith beim Öffnen der Wagentür. Sie waren ohne Sirene gefahren, aber mit Blaulicht. Die beiden gingen auf das Gittertor zu, über dem eine Tafel hing, deren Aufschrift „Kolonie Durlach" schwer zu lesen war, weil eine rankende Pflanze sie mit Blättern zuwucherte. Ein Radfahrer blieb stehen und schaute neugierig.

„Weiterfahren", sagte Judith.

Der Mann stieg sofort in die Pedale. Judith öffnete das Tor und betrat mit Haschkey den Hauptweg durch die Kleingartenanlage.

„Psst, hier hinter dem Baum." Versteckt hinter dem breiten Stamm eines Walnussbaums standen Cornelia und Harry in Laufklamotten.

„Die schon wieder", flüsterte Judith ihrem Kollegen zu. Sie hatte das Ehepaar nach dem Fund des Mordopfers im angrenzenden Park befragt.

„Wir haben angerufen. Er ist noch da hinten", flüsterte Cornelia und deutete zu einer Parzelle mit einem blauen Gartenhäuschen.

„Sie bleiben hier", sagte Haschkey.

Er nickte Judith zu und sie bewegten sich auf getrennten Wegen Richtung Häuschen. Gebückt lief Judith an einer akkurat getrimmten Thujenhecke zur Rückseite und spähte auf das kleine Grundstück. Auf dem Rasen stand eine holländische Windmühle im Miniformat, rechts der Hütte eine mit Plane abgedeckte Hollywoodschaukel. Das Fensterglas der Hütte war eingeschlagen. Judith checkte links und rechts, sprang über die Hecke und lief auf das Häuschen zu. Der Stoß traf sie von rechts. Sie ging zu Boden und der massige Mann rannte über sie hinweg zur Vorderseite des Häuschens. Er hatte wohl unter der Plane der Hollywoodschaukel versteckt gelegen.

„Stehenbleiben, Polizei", schrie Judith noch im Liegen, sprang auf und hetzte hinterher.

Als sie um die Ecke bog, sah sie, wie Haschkey dem laufenden Mann ein Bein stellte, mit einer Hand die Schulter nach unten riss und ihn zu Fall brachte. Ächzend kam der Mann auf dem Rücken zu liegen. Judith stellte sich über ihn.

„Ronny Ziemke! Sie schon wieder!"

***

Vicky glitt auf die Wand zu. Sie senkte den Kopf und blies Luft aus der Nase. Rolle vorwärts, die Füße bekamen Kontakt zur Wand, ein kräftiges Abstoßen und Vicky schoß in entgegengesetzter Richtung mit gestreckten Armen durch das Wasser.

Es war still um sie. Im Blau des Pools sah sie vor sich die Beine von Max, wie er sich mit energisch gesetzten Schlägen vorwärts bewegte. Vicky tauchte auf, drehte ihren Kopf zur Seite und holte Atem. Sie hörte das schwappende Wasser in der Halle und das gleichmäßige Aufklatschen ihrer Hände. Mit kraftvollen Kraulzügen durchzog sie hinter Max die Schwimmbahn.

„Ich habe nach dem Training einen Termin mit Ibarra. Wie lief es bei ihm?", fragte Max in einer Pause, als sie sich nebeneinander am Beckenrand festhielten.

„Ich bin heil wieder raus", sagte Vicky und richtete den Sitz ihrer Schwimmbrille.

„Was war los?"

„Es tauchte eine riesige Frau auf."

„Größer als du?"

Vicky lachte und schmeckte das Chlorwasser auf ihren Lippen. „Ja, stell dir vor! Sie kam ganz in Schwarz und gab mit viel Gedöns die trauernde Witwe."

„Tuut", die Trainerin imitierte mit ihrer Stimme eine Starthupe. „Weiter geht's."

Sie schwammen los. Heute Morgen stand eine Ausdauerpyramide auf dem Programm. Sie waren mit der Distanz von fünfzig Metern gestartet und steigerten sich in Hundert-Meter-Schritten bis sie 450 Meter absolvierten, dazwischen jeweils kurz Pause. Dann reduzierten sie die Distanzen wieder, um mit fünfzig Metern die Pyramide abzuschließen.

„Vielleicht war Nemec bisexuell", sagte Max in der nächsten Pause.

„Das weiß ich nicht, aber ich war irritiert. Ibarra ebenso. War seltsam. Die Frau hieß Nelly." Vicky atmete schwer, fuhr aber fort. „Sie müssen sich gut gekannt haben. Unter Tränen schwadronierte Nelly von einem gemeinsamen Auftrag, weil Deutschland in Gefahr sei. Klang schwer aus der Zeit gefallen. Sie wusste auch von einem Streit zwischen Nemec und Ibarra kurz vor dem Mord."

„Tuut."

Diesmal stieß sich Vicky als Erste ab, Max folgte. Die längste Einheit mit vierhundertfünfzig Metern stand an. In der nächsten Pause lächelten sie sich nur zu, denn beide wollten ihren Atem sparen. Vicky bemerkte am linken Oberarm von Max eine handtellergroße Hautunebenheit, die wie die Zahl Sechsundzwanzig aussah.

„Tuut."

Nächste Pause.

„Hast du auch diesen jungen Mann kennengelernt?", fragte Max.

„Bevor ich ging, kam einer. Er hatte einen Schlüssel zur Wohnung. Nelly und er dissten sich sofort."

„Aha."

„Der Junge war wunderschön", sagte Vicky.

„Ja, den meine ich."

„Tuut."

Vicky kraulte zweihundertfünfzig Meter hinter Max in zehn Bahnen ab. Dabei ging ihr das Gespräch mit Karsten durch den Kopf.

„Max, ich habe oft das Bild der Leiche vor meinen Augen."

„Ich kann dir Kontakt zu einem Psychologen vermitteln."

„Das ist es nicht. Was ich sagen will … die Leiche von Nemec sah trotz Blut und grausamer Verletzungen kunstvoll angeordnet aus. Wie drapiert."

„Tuut."

„Guter Hinweis. Brauchbar", sagte Max.

Vicky stieß sich ab, Max folgte. Nach den hundertfünfzig Metern spürte Vicky, dass sie mit ihrer Ausdauer an die Grenze kam. Max ging es ebenso und so blieben beide stumm.

„Tuut."

Letzte Pause.

„Ist das ein Branding auf deinem Oberarm?", fragte Vicky.

„Ja."

„Wie kommt man zu so etwas?"

Max grinste. „Ich habe mich zu oft von der Herde wegbewegt, deshalb hat mich der Viehzüchter markiert."

„Tuut. Die letzten fünfzig Meter bitte mit einem Lächeln!"

***

Nelly war mit verquollenen Augen aufgewacht. *Im Schlaf geweint.* Sie saß im Nachthemd an ihrem Computer und hatte daneben eine Tasse Kaffee und eine leere Flasche Prosecco La gioia frizzante stehen. Den Konzertbesuch hatte sie abgesagt und stattdessen daheim allein Prosecco getrunken. *Trauerphase.* Sie fühlte sich erbärmlich. *Was habe ich getan? Wie komme ich da raus?* Wut stieg in ihr hoch. *Sitz gerade, Mädchen. Der Kampf geht weiter.* Sie tippte los.

– Wie fehlt mir Dominik Nemec! Bei unserem letzten angeregten Austausch sagte er wie üblich brillant: Das Einzige, was mich am demografischen Wandel in Deutschland beruhigt, ist die Gewissheit, dass, wenn hier irgendwann nur noch Moslems und keine Biodeutschen mehr leben, keiner mehr da ist, der arbeiten geht, um diesen Menschen ihr Leben zu finanzieren.

Der Beitrag ging online. Nelly fühlte sich sofort besser. Die ersten Likes trudelten ein, was ihre Stimmung weiter hob. Nelly lächelte, weil Dietrich Wald ihr Posting geteilt und ihr in einer DM ein Emoji mit Herzaugen geschickt hatte. Sie ging zu ihrem Kleiderschrank. *Heute der Glockenrock aus Denim.* Sie schlüpfte aus dem Nachthemd. *Auf in Runde zwei! Das bin ich Dominik schuldig!*

***

Es quietschte, als der Mitarbeiter in der Forensik die Liege aus dem Kühlfach zog. Horst Ibarra zuckte zusammen. Die Liege war mit einem weißen Laken abgedeckt. Der Mitarbeiter nahm das Tuch an der Kopfseite in seine Hand und sah zu Max. Der deutete ihm, noch zu warten.

„Das wird kein Spaziergang", sagte Max.

„Ich bin bereit", sagte Horst.

Der Mitarbeiter schlug das Laken auf.

Horst fasste sich an den Hals. „Himmel", sagte er.

Max beobachtete Horst, wie er den Kopf von Nemec' totem Körper abwandte. Gleich darauf sah Horst wieder hin. Rund um das unversehrte Auge hatten sie aus Hautfetzen und Fleischklumpen zumindest eine gesichtsähnliche Form modelliert. Die vielen Wunden am Oberkörper lagen offen, weil das verkrustete Blut abgewaschen worden war.

„Wo ist Dominiks T-Shirt?", fragte Horst.

„Der Tote trug kein T-Shirt", sagte der Mitarbeiter der Forensik und blickte Max fragend an.

„Dominik trug ein blaues T-Shirt von Fred Perry, als ich ihn zum letzten Mal gesehen habe", sagte Horst.

„Wann haben Sie ihn zum letzten Mal gesehen?", fragte Max.

Horst fasste sich wieder an den Hals.

„Wann?", fragte Max.

„Als Dominik die Wohnung verließ, am frühen Abend", sagte er zögernd.

„Wo wollte er hin?"

Horst starrte auf die Leiche.

„Auswärts speisen“, sagte er.

„Welches Restaurant?“

„Dominik verwendete diese Phrase als Synonym für Sex mit anderen Männern.“

Der Mitarbeiter der Forensik schaute auf.

„Hatten Sie deshalb Streit?“, fragte Max.

„Woher wissen Sie das?“

***

Hilal nahm den Einkaufskorb aus rotem Plastik vom Stoß, der neben dem Eingang der Turnhalle lehnte. Damit ging der junge Syrer durch die Reihen der Stockbetten im Notaufnahmelager zu seinem Platz, holte Schmutzwäsche unter dem Bett hervor und legte sie in den Korb. Dann griff er in den Überzug seines Kopfkissens und blickte sich in der Turnhalle um. Vereinzelt lagen in den Stockbetten Leute, ein paar Mädchen spielten an einem Tisch mit Barbiepuppen. Niemand beachtete ihn. Hilal zog aus dem Überzug ein blaues T-Shirt und legte es ganz unten in den Korb.

***

„Der Obduktionsbericht der Forensik kommt heute Nachmittag. Sagen sie zumindest.“ Max saß im Büro auf Christians Schreibtisch.

„Wird auch Zeit, denn wir tappen bei Nemec noch wie Blinde durch einen verdunkelten Raum“, antwortete Christian.

„Doppelt gemoppelt“, sagte Max.

„Was?“

„Blinde in einem verdunkelten Raum.“

„Klugscheißer.“

Max sprang vom Tisch und lief zu seinem Rechner. „Mein Smart-ass-Diplom habe ich summa cum laude absolviert.“ Auf das Stichwort Smart-ass schlug er sich mit der flachen Hand auf den Hintern. Christian verdrehte die Augen.

„Was haben wir alles im Fall Nemec?“, fragte Max.

„Einen linksradikalen Schüler. Raffael Magnoni, neunzehn Jahre alt, deutscher Staatsbürger, Abiturient am Michael-Roes-Gymnasium. Lebt allein, Eltern sind sizilianische Migranten. Linksaktivist. Verdächtigt, weil er Morddrohungen gegen das Opfer im Internet ausgesprochen hat. Entzieht sich der Befragung durch Flucht, wird vom Kriminaloberkommissar mit vorbildlichem Körpereinsatz in Gewahrsam genommen und wartet auf Vernehmung.“

„Wo?“

„Teneriffa.“

„La Gomera nicht frei gewesen?“

„Nein, sonst hätte ich dir La Gomera gebucht.“

„Okay, Magnoni mach ich im Anschluss. Was haben wir noch?“

„Du bist dran, Max.“

„Ich habe einen trauernden Witwer, der mich eindeutig belügt, wann er seinen Mann zuletzt gesehen hat. Sein Alibi bezieht er durch einen Siebzehnjährigen, blond und hochrasiert wie ein Hitlerjunge, dessen Schönheit manchen Menschen den Atem verschlägt. Der Witwer teilt mit ihm offensichtlich das Bett.“

Christian schaute auf. „Leck mich fett“, sagte er.

Max schüttelte lachend den Kopf. „Dann habe ich noch eine große Frau in Schwarz, die im Hause Ibarra ebenfalls den Titel Witwe beansprucht.“

„Wie heißt sie?“

Christians Smartphone klingelte und er warf einen Blick aufs Display.

„Heb ab", sagte Max.

Christian tippte auf den grünen Hörer und sagte „Hähnchenfiletspieß in Currysoße mit Früchten, Broccoli und Mandelreis. Fick dich, Steffen." Dann tippte er auf den roten Hörer und sah wieder zu Max. „Wie heißt sie?", fragte er.

„Ich frage mal besser nichts", sagte Max und grinste. „So weit ist nur der Vorname Nelly bekannt."

„Dann vermute ich, dass der Herr Kriminaloberkommissar sein Smart-ass heute auch zu Horst Ibarra bewegt und vor Ort ausgiebig guckt, wie es bei Ibarra unterm Sofa so zugeht. Oder auf dem Sofa. Oder auch dahinter."

Max lachte. „Okay, macht er. Die Flanke der rechtskatholischen Fundis mit ihren Verbindungen zu Nemec steht noch ganz offen."

„Die christlichen Gotteskrieger übernehme ich."

„Fein, lass mich die Engel singen hören", sagte Max.

Christian verdrehte die Augen.

***

Vicky schob die Ärmel des Pullis hoch und zog sich Latexhandschuhe über. Ihrer Erfahrung nach war die meiste Wäsche auf dem Haufen frisch gewaschen, aber ein paar Ausreißer gab es immer. *Sicher ist sicher.* Vicky wollte nicht darüber spekulieren, warum Leute schmutzige Kleidungsstücke für Geflüchtete spendeten.

Die improvisierte Kleiderkammer des Flüchtlingsheims lag im Keller unter der Turnhalle. Licht fiel spärlich durch das Oberlicht, deshalb hatte Vicky die Deckenbeleuchtung eingeschaltet. *Los geht's, wir schaffen das.* Grinsend wuchtete sie eine blaue Tragtasche auf den Tapeziertisch und schüttete die Klamotten aus. Dann sortierte sie nach System in große Umzugskartons. Erstes Kriterium war Kinder-Frauen-Männer. Danach folgte die Entscheidung Sommer oder Winter. Erst dann sortierte Vicky nach Kleidungsstücken wie T-Shirts, Hemden, Hosen. Letzte Stufe waren die unterschiedlichen Größen. Dicke Winterjacken und Pullover steckte Vicky sofort in besondere Kartons. Waren die voll, ließ sie die Heimleitung zur Berliner Obdachlosenhilfe schicken. *Dort brauchen sie warme Klamotten dringender.*

***

Raffael blickte auf, als Max die Tür zum Verhörraum Teneriffa öffnete. Der junge Mann saß in einem Stuhl mit blauer Sitzfläche an einem Tisch. Am Fenster zum begrünten Innenhof stapelten sich die restlichen Stühle. Raffaels graue Sporthose hatte Grasflecken. Max nahm einen Stuhl, setzte sich neben Raffael und drückte die Starttaste des Aufnahmegeräts, das auf dem Tisch stand. Raffaels Hände waren mit Handschellen gefesselt.

„Unbequem, Magnoni?", fragte Max.

Raffael antwortete nicht.

„Ich wette unbequem", sagte Max. „Versprichst du, dich zu benehmen?" Er öffnete mit einem Schlüssel die Handschellen. „Wie ist das?"

„Besser", sagte Raffael. „Warum bin ich hier?"

„Ich habe dich nicht verletzt, als ich dich festgenommen habe, oder?"

„Festgenommen? Ich habe nichts verbrochen."

„Laufen ist gesund. Weglaufen nicht. Schon gar nicht vor einem LKA-Beamten."

„War ein Reflex."

„Gegen eine simple Befragung."

„Befragung? Verhör!" Raffael begann zu schreien. „Was soll der Scheiß?"

Max rückte mit seinem Stuhl dichter an Raffael heran. „Kein Fußbreit den Faschisten", sagte Max leise. „Mario

Mieli schlachtet den Nazikatholen Dominik Nemec im Volkspark Schöneberg ab."

Raffael sah ihn erschrocken an und wischte nervös mit den Händen über seine Hose. Dabei berührte er auch das Knie von Max. „Entschuldigung", sagte Raffael.

„Wo warst du vor zwei Nächten?"

Raffael antwortete nicht.

„Wo?"

Raffael blieb stumm und starrte an Max vorbei auf die Tischplatte.

„Schau mich an, Raffael!"

Raffael drehte den Kopf zu Max. Sein Silberblick war wieder deutlich zu sehen. „Ich war im Park", sagte er.

***

Heidi spähte unter die Tischplatte, aber ihr Smartphone war dunkel. Vorne am Lehrertisch saß Sebastian Pöhls und redete. Er trug als Einziger von Heidis Lehrern Anzug und Krawatte. Aus der Brusttasche seines dunklen Sakkos ragte sogar ein helles Einstecktuch.

Sie hatten Deutsch, doch Heidi hörte nicht hin. Sie spähte wieder unter die Tischplatte. *Nichts.* Da schnappte Heidi aus der Reihe hinter ihr das Wort „Perverse" auf. Sie drehte sich um, verstand aber nicht, was los war.

„Der Text handelt von einer typischen Klassenfahrt", sagte Pöhls. „Stephan will aber nicht, dass ihn seine zwei Väter zum Bus bringen. Was befürchtet er? Was erzählt uns die Geschichte über mögliche Konstellationen in Familien? Wie definiert ihr Familie?"

„Perverse." Arian murmelte es zum zweiten Mal.

Heidi schüttelte angewidert den Kopf.

„Arian? Was meinst du?", fragte Pöhls und zog die dunklen Augenbrauen hoch.

„Homosexuelle sind Perverse, ist so." Arian grinste.

„Arian, das stellt eine Beleidigung dar", sagte Pöhls.

„Das ist meine Meinung. Ich darf meine Meinung sagen. Wir haben doch Meinungsfreiheit."

„Nein, das ist nur beleidigend und wiegt gleich schwer wie eine Beschimpfung wegen der Hautfarbe zum Beispiel. Kein Unterschied zu Nazis", sagte Pöhls.

„Ich bin Kurde, ich kann kein Nazi sein. Nazis hau ich einfach in die Fresse. Homos auch." Arian lachte.

„Dann hau ich dir in die Fresse. Ich bin Polacke, wart's ab", rief Dariusz, der neben Arian saß.

Jetzt lachten alle.

„Ruhe! Das müssen wir ein für alle mal klären", rief Pöhls.

Heidi nutzte den Tumult und tippte heimlich eine Nachricht in ihr Smartphone.

– was ist bei euch los? seit gestern abend reagiert raffael auf keine Message mehr.

***

„Herein", rief Vicky.

Ali von der Security steckte seinen Kopf durch die Tür der Kleiderkammer. „Ich will dir jemanden vorstellen. Wäre jetzt okay, Vicky?"

„Klar", sagte Vicky, faltete eine Mädchenbluse, glättete die Volants am Kragen und legte sie in den vorgesehenen Karton.

Ali öffnete die Tür und eine schlanke, junge Frau in Jeans, Turnschuhen und hellrosa Hidschab betrat die Kleiderkammer. „Al-salamu alaykum, Guten Tag", sagte sie.

„Guten Tag", antwortete Vicky, „Wa aleykum al-salam."

„Das ist Samira. Sie kommt aus Aleppo und möchte Ärztin werden. Da dachte ich, ich bringe euch mal zusammen", sagte Ali.

„Als Arztgattin bin ich die richtige Ansprechpartnerin, Ali." Vicky lachte. „Sprechen Sie Deutsch, Samira?"

„Bisschen. Ich besuche M-Kurs an der FU Berlin in Lankwitz."

„Klingt cool. Was ist ein M-Kurs?"

„Vorbereitungskurs mit Deutsch, Mathematik, Biologie, Physik und Chemie", sagte Samira.

„Ich lass euch mal alleine." Ali tippte sich mit Zeige- und Mittelfinger an die Stirn und verschwand in der Tür.

„Darf ich helfen?", fragte Samira.

„Sehr gern. Am besten Sie falten den Wäschestoß hier." Vicky zeigte ans rechte Ende des Tapeziertisches.

„Ihr Ehemann ist Arzt?", fragte Samira und begann Kinderhosen zusammenzulegen.

„Orthopäde und Unfallchirurg. Welches Fach interessiert Sie am meisten?"

***

„Wir müssen uns den Faschos widersetzen, wo wir auf sie treffen." Es sprudelte aus Raffael heraus. „Nemec' Blog macht rassistisch mobil und wir sollen kuschen? Bei dem stinkt die Fremdenfeindlichkeit aus allen Poren. Nemec trägt keine Springerstiefel, aber in seinem Weltbild schlummert der Keim des Faschismus. Ganze Bevölkerungsgruppen stigmatisieren, Islamhasser, transphob, straight acting und immer selbst das Opfer sein. ‚Facebook zensuriert mich!, Facebook hat mich gesperrt!, Facebook belegt mich mit einem Shadowban.' Mimimi. Total paranoid, der Typ. Könnte er, wie er wollte, dann sieht es schlecht aus für Moslems, Linke und auch für die schwule Emanzipation. Schön heteronormativ bleiben als Schwuler! Stattdessen führen alle Pseudodebatten."

„Deshalb hast du im Park so lange auf ihn eingeprügelt, bis sein Gesicht nur noch Matsch war?", fragte Max.

Raffael zitterte. „Nie im Leben. Wir waren immer alle zusammen im Park, lagen nur auf dem Kifferhügel." Er stockte.

„Kiffen ist gerade dein geringstes Problem. Sprich weiter."

„Es war eine Nacht wie sonst. Wir haben Bier getrunken, Pizza gegessen und geraucht. Die einen machten sich über die Jogger lustig, wir hatten die Hundebesitzer auf dem Kieker. Lena bekam einen ihrer Lachanfälle."

„Zu viel gekifft?"

„Weiß nicht. Sie hatte auch einen Grund, denn ein Hundebesitzer kam auf uns zu. Also, wir dachten, er sei ein professioneller Walker, weil er mit mehreren Hunden unterwegs war. Dafür war er aber zu posh angezogen. Lena und Fips glaubten zuerst, dass er Gras kaufen wollte, aber er quatschte die beiden nur voll, dass wir schön den Müll immer mitnehmen müssen. Fips sagte so was wie ‚ja, ja, Mann'. Der Typ wirkte okay, trug Sakko und eine Hose mit großen Karos. Dann wurde es aber crazy."

„Warum?"

„Er sprach plötzlich von Kondomen, die wir nicht wegwerfen dürfen, wegen der Tiere. Die Babykaninchen schlucken die und ersticken erbärmlich daran. Die verrecken richtig, sagte er. Immer wieder findet er welche tot, wenn er mit seinen Hunden im Park unterwegs ist. Fips wurde voll traurig. Lena fand die Wendung zu benutzten Kondomen und Sex aber nicht prickelnd und schnauzte ihn an. Der Typ ist dann ohne Streit einfach gegangen. Ich habe noch seine niedliche Bulldogge gestreichelt. Er hat sie gerufen. ‚Flash! Flash!' Der Hund ist ihm dann langsam nachgetrottet. Lena sagte ‚Schnell wie der Blitz'. Sie fand das witzig, vermutlich bekam sie deshalb den Lachanfall." Raffael hörte auf zu sprechen. „Steck ich in der Scheiße?", fragte er.

Max sah ihn an. „Ja, du hast ein Problem."

Raffael wischte sich mit seinen Händen nervös über die Oberschenkel und berührte dabei wieder das Knie von Max.

„Entschuldigung."

***

„Ach, Horst."

Nelly war an Horst vorbeigerauscht, in jeder Hand eine prall gefüllte Plastiktüte, dazu einen Jutebeutel um die Schulter gehängt. Als Horst die Wohnungstür schloß, war Nelly schon in der Küche. Horst ging hinterher.

„Ich habe ein paar Leckereien im KaDeWe gekauft, nur Delikatessen aus meiner bayerischen Heimat. Leberkäse, aber den feinen mit Chili und alles für Saures Züngerl, das macht gute Laune. Dazu Semmelknödel. Danach gibt es Käse aus Frankreich und Obst vom Winterfeldtmarkt. Die gute Luise hat ‚Nimm mich! Nimm mich!' gerufen." Nelly lachte. „Ist Felix da?"

„Nein."

„Passt. Ich koche für uns. Du musst bei Kräften bleiben. Ich kann sauber machen. Ja, ich werde auch putzen."

„Lass mal."

Nelly legte sich ein Schneidebrett zurecht, griff nach einem Messer mit langer Klinge und entfernte die Adern aus der Rinderlunge. „Mir macht das nichts aus, im Gegenteil. Wir müssen aktiv bleiben, Dominik hätte es so gewollt. Ich möchte das Erbe in seinem Blog antreten, ich will ihm als Chefredakteurin nachfolgen. Mehr als zwei Jahre schreibe ich auf Facebook gegen den Wahnsinn an. Es wird täglich schlimmer." Nelly schnetzelte die Innereien klein. „Wir Deutsche werden gemessert, überfahren, vergewaltigt, gedemütigt, islamisiert und geplündert. Der deutsche Michel bleibt trotzdem ein Schlafschaf! Ist er mal wach, ballern sie ihn mit Orchideenthemen wie

Genderismus zu. Genderideologie schon in der Grundschule! Das ist Kindesmissbrauch! Sie verunsichern die deutschen Kinder in ihrer wichtigsten Entwicklungsphase. Sexuelle Identität ist doch Privatsache." Nelly schob die Innereien auf dem Brett mit dem Messerrücken zusammen. „Sollen die sich doch mal in islamischen Ländern über Gendergaga unterhalten. Mal gucken, was die Schariapolizei dazu sagt." Nelly lachte höhnisch und wischte sich mit dem Handrücken über die Stirn. „Aber Dominik war zuversichtlich, dass dem Volk eines Tages der Geduldsfaden reißt. Er prangerte unermüdlich den offenen Rassismus an gegen das deutsche Volk und gegen unsere deutschen Juden. Wir müssen nur dran bleiben!" Nelly hackte weiter.

Horst begann zu schreien. „Dominik, Dominik, Dominik! Dominik war mein Mann und er ist erst seit zwei Tagen tot. Du rennst mir die Bude ein, quatscht mich mit deinem Dominik voll, bis mir die Ohren bluten. Lass mich trauern, so wie ich es will. Du bist nicht seine Witwe! Du trittst auch nicht sein Erbe an."

Nelly hörte mit dem Hacken auf und ihre Hand ballte sich um den Messergriff. „Ich habe dich gesehen", sagte sie langsam. „In der Nacht, als Dominik ermordet wurde, habe ich dich im Park gesehen."

***

Die Wäscheberge wurden kleiner, dafür stapelten sich die Kartons schon fast bis unter die Decke der Kleiderkammer. Vicky freute sich über die anhaltende Spendenbereitschaft der Berliner. Samira faltete gerade ein letztes Herrenhemd.

„Oliver kann dir vielleicht einen Praktikumsplatz verschaffen. Ich spreche heute Abend mit ihm. Er hat Kontakte zur Derma", sagte Vicky.

Mittlerweile duzten sie sich. Samira hatte von ihrer Ausbildung zur Medizintechnikerin in Syrien erzählt und wie der Bürgerkrieg ihre Pläne zunichtegemacht hatte. Sie wollte ein Medizinstudium beginnen, um Hautärztin zu werden. Fehlanzeige, sie musste flüchten. Umso glücklicher war sie, in Deutschland die Chance zu bekommen.

„Wo kannst du dafür lernen?", hatte Vicky gefragt.

„Ist nicht einfach, ist kaum ruhiger Platz im Heim. Aber ich lasse mich nicht hängen. Nur mit bestem Notendurchschnitt bekomme ich Zulassung zum Studium", hatte Samira gesagt. „Das Medizinstudium ist mein ganzes Herz."

Vicky imponierte die Zielstrebigkeit der jungen Frau.

Es klopfte an der Tür und Ali streckte den Kopf herein. Ein Bäcker hat dem Heim eine Palette dänisches Plundergepäck gespendet", rief er. „Macht doch eine Pause, wir haben auch çay."

„Perfektes Timing, wir kommen", sagte Vicky.

Sie beschrifteten die restlichen Kartons und stiegen die Treppe hoch.

„Du sprichst sehr gut Deutsch, Samira. Wie viele Stunden pro Woche lernst du?", fragte Vicky.

Ein Schreien erschreckte die beiden Frauen. Vor der Glastür zum Park brüllten sich zwei junge Männer auf arabisch an.

„Hilal, Namit!", rief Samira und lief durch die Tür nach draußen.

Einer trug eine Glatze und Vollbart, der andere hatte die dunklen Haare zu einem Undercut rasiert. Beide standen dicht voreinander, aber Samira drängte sich zwischen die muskulösen Männer. Vicky hatte Angst um die junge Frau.

„Hilal, Namit!", rief Samira immer wieder.

Der Glatzkopf schubste den anderen an der Schulter. Das war der Startschuss und Samira konnte nur mehr zur Seite springen. Die Männer boxten sich gegen Brust und Gesicht. Der Undercut umklammerte den anderen und rang ihn nieder. Sie wälzten sich auf dem sandigen Boden, stöhnten und ächzten. Samira schrie auf arabisch. Da schoss Ali mit einem Kollegen um die Ecke und sie zogen die Kampfhähne auseinander. Der Glatzkopf riss sich los, brüllte auf arabisch und warf sich erneut auf den anderen. Vicky huschte durch die Glastür und zog Samira, die am ganzen Körper zitterte, aus der Kampfzone. Ali machte kurzen Prozess und drehte dem Glatzkopf den Arm auf den Rücken. Mit einem Schmerzensschrei ging er nieder. Dann war Ruhe.

„Was ist los?“, fragte Vicky und hielt Samira im Arm.

„Irgendwas mit Geld. Wie immer“, sagte Samira.

***

Christian rollte zu Max und gemeinsam schauten sie auf den Bildschirm.

– Obduktionsbericht (6 Seiten). Äußere Besichtigung. Die linke Gesichtshälfte ist bis zur Unkenntlichkeit zerstört, Fraktur der Schädelkalotte, herausquellendes Gehirn. Das rechte Auge ist intakt, Lid weit geöffnet. Das rechte Ohr hängt noch an Knorpel und der Haut.

„Da hat sich jemand ausgetobt“, sagte Christian.

„Weiterscrollen?“, fragte Max.

Christian nickte.

– Zeichen von stumpfer massiver Gewalteinwirkung am Thorax. Am Abdomen Risswunden, zum Beispiel von Tierbiss.

„Ein Fuchs hat an ihm genascht“, sagte Max. „Ich scrolle weiter.“

– Innere Besichtigung. Bauch- und Beckenhöhle. Im Analbereich finden sich geringfügig Hämatome, Striemen und Mikro-Einrisse. Phosphatesmo KM des Analabstrichs verläuft jedoch negativ.

Christian stupste Max an der Schulter. „Er hatte passiven Analverkehr. Nemec wurde knapp vor seinem Tod gefickt."

„Macht es noch komplizierter", murmelte Max.

– Epikrise. Wahrscheinliche Todesursache: Schädel-Hirn-Trauma. Zeitfenster: 0:00 Uhr bis 3:00 Uhr.

Max lehnte sich zurück und sein Blick fiel aus dem Fenster über das Tempelhofer Feld, wo die Schirme zweier Kitesurfer als rote Punkte im Berliner Nachmittagshimmel auf und ab sprangen.

„Was ist?", fragte Christian.

„Bitte bring die Akten auf den neuesten Stand. You never know."

***

„Hilal ist zwanzig, fünf Jahre jünger wie ich. Er kommt auch von Aleppo. Seine Flucht war über Meer und Balkan. Er redet aber nichts über den Weg. Freunde von ihm sind tot. Warum, wissen wir nicht. Er erzählt nicht viel. Wir kamen gleichzeitig in Deutschland an, waren froh in Sicherheit. Hilal hatte große Hoffnung, war … optimistic?"

„Optimistisch", sagte Vicky und hielt Samira ein Süßteil aus Plunderteig hin.

„Danke. Hilal war optimistisch", fuhr Samira fort. „Aber jetzt sitzen wir zwei Jahre in Notunterkunft. Deutsch lernen fällt Hilal schwer. Er ist sehr impatient."

„Ungeduldig."

„Ungeduldig", wiederholte Samira. „Brüder von Hilal sitzen mit Ehefrauen und Kindern in Turkey, Eltern von Hilal noch in Aleppo. Hilal hat Angst um sie. Er will Geld schicken, darf nicht arbeiten. Hilal geht es nicht gut. Aber Hilal erstrebt Allahs Wohlgefallen und wirbt um die Liebe und Freundlichkeit der Menschen. Hilal ist ein guter Moslem."

Vicky legte ihre Hand auf Samiras Arm. Hinter dem Zaun zum Park warfen Kinder Bälle auf ein Klettergerüst. Sie lachten laut, wenn eines die Spitze traf. Vicky dachte nach. *Ich muss Max anrufen.*

***

Der Geruch der köchelnden Innereien durchzog die Wohnung. Horst saß im Wohnzimmer auf dem Sofa und schaute auf den leeren Fleck, an dem der Lounge-Chair gestanden hatte. „Ich muss wieder etwas hinstellen", sagte er.

„Mit deinem Laden sitzt du doch an der Quelle", sagte Nelly neben ihm. „Noch eine halbe Stunde, dann essen wir." Nelly nestelte ihr Smartphone aus einer Seitentasche des Glockenrocks. „Eins dieser Bilder von mir verwende ich für Dominiks Blog. Ich nehme Dominiks Bild natürlich nicht offline, aber man darf den Leuten nicht vorenthalten, dass ich jetzt Dominiks Erbe antrete. Wäre Etikettenschwindel sozusagen."

Horst reagierte nicht.

Nelly hielt ihm das Smartphone unter die Nase. „Waren Studioaufnahmen. Profi an der Kamera inklusive Profivisagistin. Ein Model hat vorher Posing mit mir geübt. Sind gut geworden, Dominik hätten die gefallen." Sie blickte zufrieden auf das Display. „Das Shooting habe ich mir mal vor Jahren gegönnt."

Horst warf einen Blick auf die Bilder. „Im Dirndl?", fragte er.

„I bin a bayrisches Madl und schätze Traditionen. Das passt für den Blog. An diesem Abend war ich fix und alle, richtig Sitzen und Stehen ist super anstrengend."

Horst schaute wieder auf den leeren Fleck am Parkettboden.

„Ich habe tolle Pläne", sagte Nelly. „Die vielen Einzelkämpfer um uns herum will ich vereinen. Die Regierung zeigt deutlich, wie viel ihr die eigene Urbevölkerung wert ist. Wir dürfen nur die Beamtengehälter, Steuern etceterapepe bezahlen. Lassen wir sie unseren Wert mal konkret spüren, indem wir uns alle für zwei Wochen krankmelden."

„Ich bin selbstständig, ich kann mich nicht krankmelden", sagte Horst.

„Dich meine ich ja nicht." Nelly lachte. „Dazu konsumieren wir nichts mehr und am Konto lassen wir nur das Geld, das für Miete und Nebenkosten nötig ist. Ich will die Wirtschaft lahmlegen. Dann kommt die Regierung zu einem Umdenken. Mit dem Blog von Dominik kann ich viele erreichen, damit sie mitmachen."

„Quatsch", sagte Horst.

Nelly sah ihn erstaunt an. „Sei nicht so pessimistisch. Irgendwann reißt dem Volk der Geduldsfaden und dann wird der Deutsche zum Berserker und wir stehen bis zur Hüfte im Blut … leider."

Sie hörten, wie die Wohnungstür aufgeschlossen wurde. Felix steckte seinen blonden Haarschopf durch die Flügeltür ins Wohnzimmer. „Hier stinkt es", sagte er.

„Ich koche Saures Lüngerl, das ist lecker", sagte Nelly.

„Ich bin Vegetarier", antwortete Felix.

„Dachte ich mir." Nelly stand auf und ging in die Küche.

***

„Max?"

„Hallo, Vicky!"

„Die Leiche hockte wie inszeniert."

„Was?"

„Es war eine Steinigung, Max."

Max sprintete zu Christians Schreibtisch und hockte sich neben den Rollstuhl.

„Mach mal ‚Stoning' in Google", sagte Max. „Geh auf Bilder."

Sie sahen Bilder von Frauen, die bis zu den Hüften eingegraben waren, daneben Steinhaufen. Die Gesichter waren zerschunden und blutig, die Oberkörper zerfetzt.

„Ekelhaft", sagte Christian.

Max hielt Fotos vom Fundort der Leiche im Park dagegen. „Stimmig", sagte Max.

„Du hast dringenden Redebedarf mit Parlikova."

„Schon auf dem Weg", sagte Max und lief aus dem Büro.

***

Nelly tunkte ein Stück Semmelknödel in die dunkle Mehlschwitze, ditschte alles in den Klecks Preiselbeeren und steckte die Gabel in den Mund. *Köstlich.* Sie saß allein am Küchentisch, denn Horst und Felix hatten sich ins Schlafzimmer zurückgezogen. Nelly kaute langsam und konzentriert. Dann schluckte sie den Bissen hinunter. *Einfach köstlich.* Es läutete an der Wohnungstür. *Aufmachen?* Sie ging in den Flur und öffnete die Tür.

„Guten Tag, mein Name ist Ursula von Übelbach, verzeihen Sie meinen Überfall. Ist Herr Ibarra zu sprechen?" Ursula zupfte lächelnd an ihrem Halstuch.

„Ich weiß, wer Sie sind. Ich kenne Sie aus dem Fernsehen. Sind Sie hungrig?"

***

Christian betrachtete die Bilder der Steinigungen. *Alles Frauen, na klar.* Als sich jemand in der offenen Bürotür räusperte, blickte Christian auf.

„Hallo, Sie erinnern sich?“

„Die Polizeikommissaranwärterin“, sagte Christian.

„Ich wollte auf dem kurzen Dienstweg zu Ihnen“, sagte Judith.

„Wäre es okay, wenn wir uns duzen?“, fragte Christian.

„Auf dem kurzen Dienstweg zu …“ Judith blickte auf das Namensschild an der Tür. „… dir, Christian.“ Sie trat zu ihm an den Arbeitstisch.

Christian klickte schnell die Seite mit den gesteinigten Frauen weg, denn er wollte sie nicht mit diesen grausigen Bildern konfrontieren. *Die denkt jetzt sicher, ich gucke Pornos.*

Judith ließ sich nichts anmerken. „Wir hatten einen Nullzweiundsiebzig in das Gartenhaus einer Kleingartenanlage, die direkt an den Volkspark Schöneberg grenzt. Konnten den Täter noch vor Ort in Gewahrsam nehmen. Vielleicht hat das Bezug zu eurem Fall.“

Christian zog die Nase kraus und schüttelte den Kopf.

Judith beeilte sich weiterzusprechen. „Täter ist Ronny Ziemke, der von uns festgenommen wurde, weil er das Absperrband zum Fundort durchbrochen hatte.“

„Schon spannender.“

„Der Besitzer des Gartenhauses versichert, dass nichts fehlt. Ziemke ist eingebrochen, hat aber nichts geklaut. Er verweigert die Aussage. Außer …“

„Außer?“

„Er will nur mit Kriminaloberkommissar Maximilian Kühn sprechen.“

***

„Das war’s für uns“, sagte die Parlikova. „Ich informiere den Polizeipräsidenten. Der wird jubeln, den Fall an den Generalbundesanwalt zu übergeben.“

Max sah sie erstaunt an.

„Nicht."
Max grinste.
„Steinigung heißt terroristischer Hintergrund in diesen Tagen. Packt eure bisherigen Ermittlungen fein säuberlich zur Weitergabe in einen Ordner."
„Die werden sich nicht um unsere Ermittlungen scheren", sagte Max.
„Life's a bitch."

***

Horst Ibarra wachte auf und wusste nicht sofort, wo er war. Anscheinend waren sie eingeschlafen. Felix lag von ihm abgewandt und schlief. *Sag ihm, er darf sich furchtlos fallen lassen.* Horst schaute auf die Uhr. *Früher Abend.* Durch die geschlossene Tür drang Gelächter ins Schlafzimmer. Horst wunderte sich, zog sich an und ging Richtung Küche. Er hörte die Stimme einer fremden Frau.
„Verschließt du deine Tür, weil du die Menschen draußen hasst?", fragte die Stimme. „Nein, du verschließt sie, weil du die Menschen drinnen liebst. Sie sind dir am nächsten und du sollst deinen Nächsten lieben wie dich selbst."
„Kluge Analyse", hörte Horst Nelly sagen.
„Darum haben Türen Schlösser und Staaten Grenzen. Wer den Schutzmechanismus der geschlossenen Tür gegen den Willen seiner Mitbürger zerstört, der hasst seine Mitbürger. Das gefällt Gott nicht."
„So klug, Frau von Übelbach", sagte Nelly.
Horst stutzte.
„Vielleicht ist es nicht einmal Hass", sagte Ursula, „vielleicht ist es nur eine unglaubliche Intoleranz gegenüber Mitmenschen, welche die eigenen Nächsten schützen wollen. Die angeblich so Toleranten sind eigentlich intolerant."

Horst betrat die Küche. Ursula von Übelbach saß mit Nelly am Küchentisch, vor ihr stand ein Teller mit Saurem Züngerl und Semmelknödel.

„Herr Ibarra! Ich bin Ursula von Übelbach." Sie streckte ihm die Hand entgegen.

„Ich weiß. Ursula von Übelbach, CDU-Mitglied. War bei Maischberger eingeblendet, wenn Sie dort eingeladen waren", sagte Horst.

Ursula lachte. „Aus der CDU bin ich längst ausgetreten. Seit diese Frau Merkel ungehindert unsere Grenzen für die überwältigenden Einwanderungsströme der ganzen Welt öffnete, kann ich als Christin mein Kreuz nicht mehr bei dieser Partei machen."

„Ich bewundere Ihre in Stein gemeißelte Gesinnung, Frau von Übelbach!", rief Nelly.

„Danke, meine Teuerste. Das fällt mir nicht so schwer", sagte Ursula.

„Merkel kann ruhig Kanzlerin bleiben, wir haben schon schlimmere Führer überstanden. Das gab Dominik immer zum Besten", sagte Nelly und gackerte über die Bemerkung.

Horst und Ursula lachten nicht und eine peinliche Stille zog durch die Küche.

„Es tut mir leid, dass ich Sie überfalle", wandte sich Ursula an Horst. „Ihr Hausmädchen war so freundlich, mich einzulassen, und kredenzte mir viele Köstlichkeiten."

Nelly hob die Hand, um das richtigzustellen, Ursula sprach jedoch weiter.

„Aber es war mir ein besonderes Anliegen, Ihnen persönlich mein Beileid zum Tode von Herrn Nemec auszudrücken."

Horst kratzte sich hinter dem Ohr. „Sehr freundlich. Aber bei allem Respekt: Dominik und Sie waren sich nicht grün, nachdem er sie in einer Talkshow hart angegangen war. Sie beschimpften ihn damals als Katholikenhasser."

Ursula lachte auf. *Königin der Nacht,* dachte Horst, denn es klang wie eine Koloratur.

„Schnee von gestern, mein Lieber, dahingeschmolzen unter der barmherzigen Sonne unseres Herrn." Sie setzte eine ernste Miene auf. „Dominik Nemec war ein wichtiger Mahner im Kampf gegen die Islamisierung. Wer von Facebook gesperrt wird, weil er die Gefahren für ..." Sie lächelte. „... Homosexuelle durch den Islam größer einschätzt als durch die AfD, kann kein schlechter Mensch sein." Es folgte erneut eine Lachkaskade. „Dominik Nemec und ich haben uns wieder vertragen. Wir planten sogar, unsere Kräfte zu bündeln, zum Vorteile aller."

Nelly blickte sie überrascht an.

„Viel zu früh ist er von uns geschieden", fuhr Ursula fort. „Weiß man schon, wer ihn auf dem Gewissen hat?"

In diesem Moment betrat Felix die Küche. Es war zu sehen, dass er eben aufgewacht war: barfuss, mit verwuscheltem Haarschopf. Er trug enge Boxershorts.

„Hier stinkt es noch immer", sagte er und streckte sich.

Ursula von Übelbach zupfte an ihrem Halstuch, blickte irritiert auf Felix Boxershorts und lachte nervös eine Koloratur.

***

„Das ist eine Bombe", sagte der Redakteur ins Telefon. „Danke, dass Sie mich wieder angerufen haben. Jede Wahrheit braucht einen Mutigen, der sie ausspricht."

Der Redakteur begann den Artikel zu tippen; das Klicken der Tastatur klang wie Musik in seinen Ohren. *Klickzahlen, Klickzahlen, Klickzahlen.*

***

„Kann ich wirklich gehen?“, fragte Raffael ungläubig.

Max nickte.

„Schießt ihr mir dann in den Rücken?“ Raffael grinste.

Max musste auch grinsen und deutete an, Raffael eine Kopfnuss zu verpassen. „Bleib aber in Berlin“, sagte Max.

„Falls Sie Sehnsucht nach mir bekommen?“

„Raus“, sagte Max.

Raffael huschte lachend aus dem Büro. Max nahm eine Nachricht zur Hand, die ihm Christian auf den Schreibtisch gelegt hatte. *Ronny Ziemke, schon wieder.* Jetzt, wo das BKA den Fall übernommen hatte, konnte Ziemke bis morgen warten. Max nahm sich vor, ihn so richtig durch die Mangel zu drehen. *Zu seinem Besten.*

Erleichterung verspürte Max nicht, dass er den Fall jetzt los war. *War der Mord tatsächlich ein Terroranschlag?* Der Verstand von Max sagte Nein. Terror zielt nicht auf ein konkretes Opfer so wie Dominik Nemec, totgeschlagen und versteckt im Gebüsch. Terror sucht sich großes Publikum, Terror braucht viele Zuschauer. *Die Aufgeregtheit dieser Tage hält die Vernunft im Würgegriff.* Angefeuert vom politisch rechten Rand, der nur mit diesem einem Thema erfolgreich Wählerstimmen einheimst. Oder von Medien, die nach höheren Auflagen und Klickzahlen gieren. Kein Wunder, dass bei besorgten Bürgern die gefühlte Unsicherheit in den Himmel schoss. *Die verstehen die Welt nicht mehr.* Max atmete durch und knipste das Licht seiner Schreibtischlampe aus. *Wir fürchten uns fast immer vor den falschen Dingen.*

Kurz darauf stand Max vor dem LKA am Tempelhofer Damm. Der Verkehr rauschte gleichmäßig auf den vier Fahrbahnen und Max startete auf dem Smartphone die Musik.

– I’m looking to the sky to save me, looking for a sign of life, looking for something help me burn out bright.

Links oder rechts? Max entschied sich, wieder Richtung Kreuzberg zu laufen. Sein Kopf nickte im Takt der Musik. Auch heute Nacht wusste er noch nicht, wohin es ihn treiben würde.

***

– Berliner Islamkritiker gesteinigt!

Berlin. Insider der Polizei bestätigen: Das Mordopfer im Volkspark Schöneberg wurde gesteinigt! Die Horror-Wunden an Kopf und Oberkörper des Dominik Nemec' stammen von Steinen.

Der Ex-Priester polarisierte. Wurde er wegen seiner Islamkritik auf grauenvolle Weise hingerichtet? Die Tat schockiert und ist ein Angriff auf die freiheitliche Gesellschaft. Einige vom Islam geprägte Staaten vollziehen heute noch diese grausame, weil besonders langsame Hinrichtungsart: So etwas darf im aufgeklärten Europa einfach nicht passieren!

Müssen die Homosexuellen in unserem Land jetzt in Angst und Schrecken leben? Werden sie zunehmend – wie viele Frauen – Opfer importierter Gewalt? Wir müssen wachsam sein!

Sie sind bei Facebook? Werden Sie Fan von bild.de!

Manni Schablonski war trotz später Stunde mit einem Schlag putzmunter und freute sich. *Es geht los.*

***

Samira lag im Stockbett, als sie das Getrappel hörte. Bis auf den schwachen Schein der Lampe über dem Notausgang war es zu dunkel, um etwas zu sehen. Samira schaute auf ihr Smartphone. *2:54 Uhr. Ich muss schlafen.* Zum Getrappel kam nun Geflüster und unter der Decke der Turnhalle zuckte der Schein einer Taschenlampe hin und her. Samira setzte sich auf, weil das Getrappel näher kam und das Geflüster anschwoll. Die Decke der Turnhalle erhellte sich immer mehr. Es zappelten bereits vier Lichtpunkte kreuz und quer. Samira hatte Angst, aber sie versuchte über den Sichtschutz zu spähen, der ihr Stockbett umgab. Ein Kind weinte. Vorsorglich griff sie nach dem Tuch für ihren Hidschab, kletterte aus dem Bett und schlüpfte in die Flip-Flops. Da öffnete sich der Vorhang zu ihrem Abteil und das Licht einer Taschenlampe blendete sie. Samira konnte nichts mehr sehen. Jemand ergriff ihre Schulter und zog sie aus dem Abteil.

„Go, go, go", flüsterte eine Männerstimme.

Es weinten nun mehrere Kinder. Samira wurde Richtung Ausgang geschubst, aber sie konnte jetzt mehr erkennen. Der Mann trug eine schwarze Sturmhaube, auf der in weiß „Polizei" zu lesen war. Samira wurde übel und Tränen schossen ihr in die Augen. Sie hörte Frauen schreien. *Bitte, bitte nicht.* Vor ihr stolperten andere Heiminsassen zu den Glastüren.

„Go, go, go! Women and children this way! Men this way!", sagten mehrere Stimmen im Befehlston. Die vermummten Figuren flüsterten nicht mehr.

Samira konnte den Weg nicht sehen, weil ihre Augen voll Tränen waren. Sie versuchte, mit dem Tuch ihre Haare zu bedecken, stolperte und spürte eine Hand, die sie unter der Achsel packte und hochzog.

„No, no", rief Samira.

„Quiet", sagte eine vermummte Person mit Frauenstimme. Sie gab Samira einen Stoß, damit sie sich zum Ausgang bewegte.

Samira verstummte und lief mit den anderen weiter.

Der vierte Tag

Oliver stellte eine große Tasse unter den Siebträger und brühte seinen morgendlichen, doppelten Espresso. Er löffelte Zucker in die Tasse und sah, wie die weißen Kristalle langsam durch die Crema absanken. Aus dem Lautsprecher auf dem Küchenschrank tönte ein Jingle. Oliver lag gut in der Zeit.

– Radio Berlin 88,8. Das Stadtradio vom rbb. Es ist sechs Uhr dreißig. Die Schlagzeilen mit Andreas Marschner. Vergangene Nacht kam es in Wilmersdorf zu einer Razzia in einem Notaufnahmelager für Geflüchtete. Das Bundeskriminalamt nahm im Zusammenhang mit dem Mord an dem Ex-Priester Dominik Nemec drei Personen fest.

„Vicky!“, rief Oliver.

***

Nelly weinte. *Jetzt ist es raus. Diese verfickten Muselschweine.* Sie schluchzte. *Dominik, mein Dominik. Es tut mir so leid. Wenn ich doch alles ungeschehen machen könnte.* Sie tippte in ihren Laptop, während die Tränen weiter flossen.

– Wisst ihr, jedes Mal, wenn ich von einem Terroranschlag erfahre, fange ich an zu zittern und mein Herz schlägt wie verrückt. Jedes Mal mein persönlicher Nullpunkt. Die Wochen danach eine Mischung aus Ohnmacht, Wut und grenzenloser Verzweiflung, wenn ich realisiere, dass unsere Politiker uns nicht schützen werden.

Ich empfinde tiefes Mitgefühl nach jedem Anschlag. In diesen Momenten zählen für mich nur die Opfer. Nicht diese Loser und ihre Beweggründe. Nicht die angebliche Schuld der Gesellschaft, weil sie Merkels Goldstücken nicht genug Chancen geboten hätte. Nicht diese Dichter und Denker mit südländischem Aussehen, die uns gar nicht genug verachten können und immer die Schuld bei anderen suchen, weil wir ihnen angeblich nicht genug den Hintern pampern. Ob es wohl weiter solche Anschläge geben würde, wenn man die Täter öffentlich hinrichtet? Sorry, das musste jetzt mal gesagt werden.

Etwas noch: Ich verstehe, dass eure Wut und Verzweiflung angesichts der Geschehnisse hochkocht. Aber bitte werdet nicht ausfallend und vulgär beleidigend in den Kommentaren, sondern äußert euch sachlich, gerne auch mit einer gehörigen Portion Zynismus. Liefert den Bahnhofsklatschern keine Bestätigung. Lasst uns weiterhin zeigen, dass Kritik an Islam und Masseneinwanderung nichts mit Nazis und erdachten Ressentiments zu tun hat.

***

Vicky, Heidi und Oliver saßen vor dem Fernseher im Wohnzimmer und sahen das ZDF-Morgenmagazin. Es sprach die Moderatorin Dunja Hayali.

– Nach der Razzia im Berliner Notaufnahmelager meldet sich der verantwortliche Generalbundesanwalt mit einer Pressekonferenz. Wir schalten daher live nach Karlsruhe.

Eine Sprecherin trat vor die Kameras und blickte in die Runde. Das Gemurmel verstummte.

– Der Generalbundesanwalt hat gestern um 20:00 Uhr die Ermittlungen wegen des Mordes an Dominik Nemec übernommen. Die Behörde geht davon aus, dass die näheren Tatumstände weitestgehend bekannt sind. Die Frage nach den Tätern ist gegenwärtig Gegenstand der kriminaltechnischen Untersuchungen. Aufgrund der Tatmodalitäten ist von einem terroristischen Hintergrund auszugehen. Das Opfer wurde durch geworfene Steine getötet."

„Du hast es gewusst", sagte Heidi zu Vicky.

– Ein islamistischer Hintergrund des Mordes scheint möglich. Deshalb haben wir die Ermittlungen übernommen. Die genaue Motivlage der Tat ist allerdings noch unklar. Die Tat wird derzeit insbesondere durch islamwissenschaftliche Gesichtspunkte geprüft. Ich bitte Sie daher um Verständnis, dass eine abschließende Bewertung dieser Ermittlungen zum gegenwärtigen Zeitpunkt noch nicht möglich ist. Im Zuge der bisherigen Ermittlungen sind drei Verdächtige aus einem in der Nähe des Tatorts befindlichen Notaufnahmelagers für Geflüchtete in den Fokus der Strafverfolgung gerückt.

„Ich war gestern noch dort", sagte Vicky.

– Das Notaufnahmelager wurde durchsucht. Alle drei Verdächtigen wurden vorläufig festgenommen. Wir prüfen derzeit, ob wir Haftbefehl gegen sie beantragen. Bitte sehen Sie es mir nach, dass ich zum gegenwärtigen Zeitpunkt noch keine weiteren Einzelheiten mitteilen kann. Sie können aber versichert sein, dass wir das umgehend tun, sobald wir es können.

Die Sprecherin drehte sich um und ging aus dem Raum. Plötzlich wanderten von unten Mikrofone ins Bild, auf deren Schaumstoffüberzügen die Logos von ZDF und n-tv zu sehen waren. Ihnen folgten Köpfe von Journalistinnen und Journalisten, die aufstanden. Sie mussten mit den Mikros vor der Sprecherin gekniet sein.

„Krass. Ich muss leider los", sagte Oliver. Er warf Vicky einen Luftkuss zu und strich Heidi über den Kopf. „Haltet mich auf dem Laufenden." Dann verließ er eilig die Wohnung.

Das ZDF schaltete zurück zu Dunja Hayali.

– Sie hörten eben eine Sprecherin der Bundesanwaltschaft in Karlsruhe. Drei Personen verhaftet, von einem terroristischen Hintergrund ist auszugehen. Der folgende Beitrag fasst die Ereignisse der Nacht zusammen.

Das ZDF-Morgenmagazin blendete auf das Rathaus Schöneberg, den Brunnen mit dem goldenen Hirsch. Vicky und Heidi hörten, wie ein Sprecher über die Entdeckung der Leiche von Dominik Nemec berichtete. Kurz war die große Tür zum Notaufnahmelager in der Prinzregentenstraße bei Tag zu sehen. Dann folgte ein Schnitt auf den Eingang bei Nacht. Fünf Polizeiwannen vor dem Heim kamen ins Bild, dazu viele vermummte Beamte mit Schutzwesten und Maschinengewehren. Die Kamera schwenkte über den seitlichen Flügel der Turnhalle bis zum Spielplatz im Park, wo im Licht eines Scheinwerfers geflüchtete Frauen und Kinder hockten.

Vicky ergriff Heidis Hand.

Die Kamera schwenkte zurück zum Eingang. Ein vermummter Polizist öffnete die Tür und blieb auf dem Treppchen unter dem gläsernen Vordach stehen. Zwei weitere Polizisten mit Sturmhauben traten aus dem Gebäude, in ihrer Mitte führten sie einen Mann in blauem Overall. Sein Kopf war mit einem Tuch bedeckt, die Hände hinter seinem Rücken mit Kabelbinder gefesselt. Die Polizisten halfen dem Mann über die zwei Stufen nach unten, hievten ihn in eine Polizeiwanne, schlossen die Türen und der Wagen fuhr los. Dann war zu sehen, wie ein zweiter Mann in blauem Overall und verdecktem Gesicht zu einer Wanne geführt wurde.

„Wer sind die?“, fragte Heidi.

„Keine Ahnung, aber wir müssen ihnen wohl mal über den Weg gelaufen sein“, sagte Vicky und drückte Heidis Hand.

Danach folgte ein dritter Mann. Ebenfalls blauer Overall, auch er gefesselt. Als die Polizisten dem Mann über die Treppe halfen, stürzte eine Frau aus dem Eingang auf die Gruppe von hinten zu. Einer der Polizisten drängte die Frau sofort zurück in die Turnhalle.

Vicky und Heidi schrien gleichzeitig auf. „Ingeborg!"

***

Ursula von Übelbach saß in ihrem Jeep-Cabrio und drehte den Rückspiegel so, dass sie ihr Gesicht sehen konnte. Sie klopfte sich mit den Fingern auf die Krähenfüße. *Müde sehe ich aus.* Sie warf ihre Haare über die Schultern, stellte den Kragen ihrer blauweiß gestreiften Bluse hoch und ruckelte auf dem Autositz hin und her, damit sie auf keiner Falte ihres Lodenstutzers sitzen musste. *Drei Moslems als Tatverdächtige. Ein Geschenk Gottes.* Dann tippte sie in ihren Blackberry.

– Wir gläubigen Katholiken hassen nicht den Homosexuellen, wir verdammen nur im Einklang mit Gott die Homosexualität. Der Tod von Dominik Nemec bewegt uns daher sehr, eine menschliche Tragödie. Möge er gereinigt von allen seinen Sünden vor unseren Schöpfer treten. Drei von den Hunderttausenden illegalen Migranten sollen schuld an seinem Tode sein. Haben wir deshalb Mut zur Wahrheit: Das Problem heißt Islam. Was hat uns diese Frau Merkel nur ins Land geholt! Wie beeindrucken mich da Bilder unserer christlichen Brüder und Schwestern in Polen. Diese wandern ihre Landesgrenzen betend mit dem Rosenkranz ab, um das Böse fernzuhalten. Ein Vorbild für uns!

Dazu teilte sie in ihrem Facebook-Account Fotos von Prozessionen auf polnischen Ostseestränden und Waldwegen. Darauf liefen Priester, Männer, Frauen und Kinder hinter einem gekreuzigten Jesus her. *Das bewegt mich mehr als der tote Nemec.* Ursula tippte eine SMS-Nachricht.

– Nesi, liebste Tochter. Ich bleibe noch eine Nacht in Berlin. Sag Papa Bescheid. Deine Maman.

Ursula knüpfte sich locker ein blaues Tuch um den Hals, stieg aus dem Jeep und lief über den leeren Winterfeldtplatz zur Kirche Sankt Matthias. Die Laudes um zwanzig vor acht begann in ein paar Minuten. Als sie die Stufen zu den zwei Türen hochstieg, vibrierte ihr Blackberry und Ursula zog ihn aus der Seitentasche des Lodenstutzers. Nesi hatte geantwortet.

– Papa war die Nacht nicht zu Hause.

***

Christian schob die Tüte über den Schreibtisch. „Croissants", sagte er.

Max lugte in die Tüte. „Vollkorncroissants?", fragte er und schüttelte den Kopf.

„Voll zart, voll lecker, voll Korn", sagte Christian.

„Nee, lass mal. Du willst wohl, dass ich abnehme?" Max klopfte sich auf den flachen Bauch.

„Schade, dass meine Oma nicht hier ist", sagte Christian.

„Warum?"

„Sie hätte die passende Antwort für dich gehabt."

„Die da wäre?"

„Shut the fuck up, attention whore."

Max sah ihn überrascht an, dann seinen Bauch, dann wieder Christian. Der zeigte ihm die Zunge.

Max lachte. „Touché. Ich geh dann mal hungrig Herrn Ziemke befragen."

„Müssen wir uns noch um Ziemke kümmern, obwohl die Brudis vom Bund vergangene Nacht das Flüchtlingsheim auf den Kopf stellten?"

„Herr Ziemke ist mir ein persönliches Anliegen. Wo ist er? La Gomera?"

„Leider wieder Teneriffa."

„Ach, egal." Max lief zur Tür.

Christian schaute ihm auf den Hintern.

Max drehte sich um, bevor er in der Tür verschwand. „By the way, my best regards an deine englisch sprechende Großmutter!" Und weg war er.

Christian ärgerte sich, weil er schon wieder rot geworden war.

***

Karsten, dem Ehemann von Olivers Kollegen Mesut, wurde es zu blöd. *Will die Todesstrafe wieder einführen, na bestens.* Er sollte schon auf dem Weg zur Arbeit sein, aber den Beitrag dieser Nelly Nollendorf auf Facebook fand er einfach zu bescheuert, um ihn nicht zu kommentieren. Mesut meinte zwar, er solle sich nicht auf eine Diskussion einlassen, es würde bei diesen verblendeten Knalltüten nichts bewirken, aber Karsten konnte das passiv-aggressive Gerede nicht so stehen lassen. *Mein Mann ist Moslem, den lasse ich nicht beleidigen.*

– @NellyNollendorf Noch ist zu wenig über den Mord an Dominik Nemec bekannt. Man sollte daher keine Schlüsse ziehen, welche Täter, warum gehandelt haben. Bei aller Trauer: Bis wir mehr wissen, sollten alle mal den Ball flach halten.

Es vergingen keine zwei Minuten, da las Karsten im Thread eine Antwort von Nelly.

– @KarstenTegeler Wenn Sie wirklich abstreiten, dass es diese bedauerlichen Einzelfälle gibt, in denen Anhänger der Religion des Friedens deutsche Bürger massakrieren, dann ist der Grund dafür entweder ein Wissensdefizit, Realitätsverweigerung oder Taktik. Was es auch ist: Es bietet keine Basis für einen Austausch mit Ihnen.

Karsten musste lachen. *Netter Versuch.* Dann tippte er los.

– @NellyNollendorf Ich streite nichts ab, weil das nicht Thema war. Mein Einwand bezog sich auf Ihre Analyse über Täter und Motive. Sie ist zum gegenwärtigen Zeitpunkt zu vorschnell. Ich empfehle, die Ermittlungen des Bundeskriminalamts abzuwarten.

Eine Antwort kam prompt.

– @KarstenTegeler Mit Ihren Rhetoriktricks für Anfänger gewinnen Sie bei mir keinen Blumentopf. Versuchen Sie es mal seriös, dann gehe ich gern darauf ein. Ansonsten habe ich meinem letzten Beitrag nichts hinzuzufügen.

Warum reagiert die nicht auf meinen Einwand? Ist das Absicht? Karsten dachte für einen kurzen Moment an die mahnenden Worte von Mesut. *Canım hat recht, was die Knalltüten betrifft.* Dennoch wollte er das hier zu Ende bringen.

– @NellyNollendorf Auf die Gefahr, mich zu wiederholen: Meine Entgegnung war, keine voreiligen Schlüsse über mutmaßliche Täter zu ziehen. Nicht gleich gegen jemanden hetzen, wenn noch nichts bekannt ist.

– @KarstenTegeler Da Hetze den Vorwurf der Volksverhetzung und damit eine Straftat insinuiert, möchte ich Sie bitten, diesen Vorwurf juristisch zu begründen – oder ihn zu löschen – sonst ist Ihr Kommentar selbst strafbar, da er anderen grundlos eine Straftat zur Last legt. Solche Straftaten kann ich allerdings auf meiner Facebookwall nicht dulden.

Karsten kicherte. *Köstlich, dieses pseudojuristische Geschwurbel. Sophistische Mätzchen in der billigsten Variante.* Er setzte an, um eine Antwort zu schreiben. *Die letzte, dann muss ich los.* Doch die Seite war weg. Er drückte auf Reload. *Verschwunden.* Nelly Nollendorf hatte ihn geblockt.

***

Teneriffa.

Max betrat den Verhörraum. Der Stuhl am Tisch war leer, weil Ronny Ziemke in der Ecke neben dem Fenster zum Innenhof stand, wo die restlichen Stühle gestapelt waren. Als der große Mann Max erkannte, strahlte er ihn an. Max setzte sich an den Tisch.

„Na, Herr Ziemke? Sie wollte ich hier nicht mehr treffen!"

Für einen kurzen Moment senkte Ronny Ziemke den Kopf und verzog sein Gesicht, als würde er zu weinen beginnen, doch dann blickte er wieder hoch.

„Herr Kommissar, dit mag jetzt affich klingen, aber ick hab allet so jemacht, wie Sie wolltn."

Max war erstaunt. „Ja, das klingt albern", sagte er und verschränkte die Arme vor der Brust.

„Ick erklär ma allet." Ronny Ziemke ließ sich auf den Stuhl gegenüber von Max plumpsen. „Wie Sie wolltn, war ick bei de Gullivers." Ronny erzählte ausschweifend, wie die Leute der Obdachlosenhilfe nett zu ihm gewesen waren, ihm jetzt helfen, eine eigene Wohnung zu bekommen, und dass er sich am Riemen reißen wird, weil Max an ihn glaubte. Weil Max nett zu ihm war, wollte Ronny jetzt auch nett zu Max sein. „Deshalb hab ick den Bruch für Sie jemacht, Herr Kommissar."

„Sie sind meinetwegen eingebrochen, Herr Ziemke?"

„Sag ick ja, klingt affich. Am besten, ick fang von vorne an mit die Jeschichte, wa?"

Max nickte.

„In der Laubenpiepakolonie neben dem Volkspark hab ick imma heimlich jepeent, hatte ja keene Bleibe. In da Hütte war über Nacht nie jemand jewesen und ick war dann in der Frühe imma schnell uff Arbeit. Ick hab ooch in die Nacht da jepeent, bevor sie diesen zermatschten Toten jefunden ham. Da war wat los."

„In der Nacht? Haben Sie was gesehen oder gehört?" Mit einer raschen Handbewegung drückte Max beim Aufnahmegerät am Tisch eine Taste.

„Nee, eijentlich nüscht Besonderes. Nur'n Liebespaar hab ick jehört, das sich zoffte. Die ham so jestritten, die Alte war voll eifasüchtig und keifte rum. Musste mich neben den' durch die Büsche schlajen, um übern Zaun in die Kolonie zu kommen, ohne dat die beeden mich seh'n. Dabei hab ick dat Teil dann jefunden. Bin da nich stolz druuf, Herr Kommissar, det müssen Se mir glooben."

„Was haben Sie getan? Was für ein Teil?"

„Et hat so'n bissken jeleuchtet im Dunkeln. Ick hab et uffjehoben und einjesteckt."

„Was, Ziemke?"

„'n Smartphone eben. Bin da nich stolz druff. Icke dat Handy einjesteckt und ab übern Zaun."

Die Gedanken in Max' Kopf ratterten. „Wo ist das Telefon jetzt?"

„Wusst ick doch, dat Se dat Handy dringend brauchen." Ronny strahlte über das ganze Gesicht. „Deshalb hab ick den Bruch für Sie jemacht, wa?

„Wo ist das Handy jetzt?" Max stützte sich mit beiden Ellenbogen am Tisch ab.

„Ick hatte es in der Hütte jelassen. Am nächsten Tach wollte ick's holen, aber da war schon allet abjesperrt von de Polente. Ick wollte durch, aber da ham se mir sofort voll wehjetan."

Max gab auf und lehnte sich zurück.

„Dann ham Se mir hier in diesem Zimmer ins Jewissen jeredet. Mich mit den Gullivers zusammenjebracht, mir ging's plötzlich so jut. Da wollt ick Ihnen 'ne Freude machen und dat Handy aus der Hütte für Sie holen. Ick dacht mir, dat is vielleicht wichtig für Sie. Is et wichtig für Sie, Herr Kommissar?"

„Ja, sehr wichtig. Sie haben das gut gemacht, Herr Ziemke. Wo ist das Handy?“

„Icke riin in die Hütte, greif ma dat Handy, aber denn kam de Polente. Und dann hamse mir wieda voll wehjetan.“ Ronny hörte auf zu sprechen und sah Max mit großen Augen an.

Max erkannte, was Ronny Ziemke brauchte. „Sie Armer, schon wieder haben die Kollegen Ihnen wehgetan. Ich werde denen mal sagen, dass sie das in Zukunft unterlassen sollen.“

Ronny Ziemke nickte. „Danke, Herr Kommissar, Sie ham'n Herz. Dat Handy hat mir de Polizistin abjenommen, de mich verhaftet hat.“

***

Bahnhofsklatscher, weg damit! Mit großer Genugtuung hatte Nelly das Profil dieses Karsten Tegeler geblockt. Dann nahm sie ihr Handy und tippte eine Nachricht.

– Wir müssen unsere Pläne neu justieren. Ich sehe dich in einer Stunde im Gottlob.

***

Manni Schablonski wusste, dass er heute nicht lange schlafen durfte. *Es geht los.* Seine Mutter war überrascht gewesen, dass er bereits angezogen in der Küche erschienen war, wo sie eben ihren Morgenkaffee trank und die erste Zigarette rauchte.

„In Straßenklamotten kenne ich dich gar nicht. Siehst ja richtig schmissig aus, Manni“, hatte sie gesagt.

Manni hatte gebrummt und sich Kaffee in eine Tasse gegossen.

„Ich nutze die Gelegenheit und greif mir mal deine Pyjamahose für die Wäsche. Die steht sicher schon von alleine.“ Mannis Mutter hatte laut aufgelacht und dabei versehentlich Asche aus dem Aschenbecher geblasen.

„Eklig, Mutti“, hatte Manni gesagt.

„Bring mir Zigaretten mit, wenn du schon mal rausgehst.“ Mit der Handkante hatte sie dabei die Asche auf dem Tisch zusammengeschoben.

Jetzt ging Manni die Hauptstraße Richtung Kaiser-Wilhelm-Platz hoch. *Ibarra treffen ist besser als Ibarra anrufen.* Er kam am Haus Nummer 155 vorbei. Auf beiden Seiten der Eingangstür lagen Blumen, Kärtchen und ein paar Kerzen. Die Blumen waren vertrocknet, die Kärtchen durch Regen und Schmutz unansehnlich geworden. *Müllkippe.* Manni blieb stehen und überlegte. In diesem Haus wohnte David Bowie Ende der Siebzigerjahre. Nach seinem überraschenden Tod kam es vor dem Haus zu Trauerbekundungen; es soll sogar Leute geben, die wollen die Hauptstraße in David-Bowie-Straße umbenennen. *Wäre ein guter Anlass für eine Kiezkampagne in der BVV.* Manni überlegte, ob mehr Leute für oder gegen eine Umbenennung sind. Je nach Mehrheit würde er die Partei in der Bezirksverordnetenversammlung positionieren. *Geile Idee, merk dir das.* Aber vorerst hatte ein anderer Plan Priorität für Manni: für den toten Dominik Nemec vor dem Flüchtlingsheim ein Zeichen setzen. *Da lassen wir es richtig krachen.*

***

Christian schaute von seinem Monitor auf, als Judith ins Büro spähte.

„Sorry, dass ich jeden Tag bei euch aufkreuze“, sagte sie.

„Kann mich daran gewöhnen“, sagte Christian.

Judith stellte einen kleinen Pappkarton auf Christians Schreibtisch.

„Ein Geschenk?“, fragte Christian.

„I'm the candy man." Judith lachte. „Ist beruflich. Max hat angerufen und gebeten, dass ich die persönlichen Dinge von Ronny Ziemke auf dem kurzen Dienstweg vorbeibringe."

„Ich hoffte schon, du kommst wegen mir."

„Wir können ja so tun, als ob." Judith grinste und lehnte sich an Christians Schreibtisch. „Weißt du, warum Max Ronnys Habseligkeiten haben will?"

„Nee, seit dem Verhör war er nicht wieder im Büro. Bei manchen Delinquenten mutiert er zum Sozialarbeiter. Ist ein netter Zug an ihm. Obwohl … gelegentlich auch ein nerviger."

Beide lachten.

„Ihr seid raus aus dem Fall, oder?", fragte Judith.

„Ja, eben noch die letzten Dokumente an die Kollegen vom Bund geschickt, Verhörprotokolle, Obduktionsbericht und so. Jetzt dürfen die den Terrorismusverdacht ergründen."

„Was sagt der Obduktionsbericht? Ich war als Erste am Tatort. Der sah richtig übel aus. Woran ist er gestorben?"

„Die Steine auf den Kopf waren es", sagte Christian. Er klickte sich durch Ordner auf seinem PC. „Moment, hier hab ich den Bericht. Wahrscheinliche Todesursache: Schädel-Hirn-Trauma. Guck mal."

Judith beugte sich nach vor, um am Bildschirm zu lesen.

Christian roch ihr Parfum. *Zitrus. Sehr frisch.*

„Phosphatesmo KM des Analabstrichs verläuft negativ. Es finden sich jedoch geringfügig Hämatome, Striemen und Mikro-Einrisse im Analbereich", las Judith. „Ist es das, was ich vermute?" Sie sah Christian an.

Braune Augen. „Auf was tippst du?"

„Analverkehr mit Kondom", sagte Judith.

„Gut kombiniert", sagte Max.

Christian und Judith blickten auf, denn Max war eben reingekommen.

„Nemec hatte passiven Analverkehr vor seinem Tod", fuhr Max fort. „Vermutlich trug der Aktive dabei Latex. Du hast Ronnys Sachen geliefert, Judith?"

Sie schob ihm den Karton zu.

„Danke." Max zog ein Smartphone aus dem Karton. „Ohne Saft."

„Ist ein iPhone 6s Plus", sagte Christian, zog ein Ladekabel aus der Schublade seines Schreibtischs und hielt es Max hin. „Das sollte passen", sagte er.

„Merci." Max stöpselte es ein. „Wie lange braucht es zum Hochfahren?"

„Vielleicht zwanzig bis dreißig Sekunden", sagte Judith.

Gebannt schauten alle auf das iPhone in Max' Hand.

„Warum ist das Smartphone von Ronny Ziemke wichtig?", fragte Christian.

In diesem Moment leuchtete das Display des Handys auf. Der Sperrbildschirm zeigte einen Mann im Bischofsornat und eine Taube schwebte über seinem Kopf.

„Das ist nicht Ziemkes Handy. Es ist das Smartphone von Dominik Nemec", sagte Max.

***

Die junge Frau mit Kopftuch und einem kleinen Jungen an der Hand kreuzte Dietrich Walds Weg, als er die Grunewaldstraße am Fußgängerübergang überquerte.

„Terroristin", sagte Dietrich Wald. Er sagte es nicht laut, aber so, dass sie es gehört haben musste. Die Frau reagierte nicht darauf.

Dietrich lief weiter in die Akazienstraße, kam an dem Imbisskiosk Gyros & Curry vorbei und verzog das Gesicht wegen des Geruchs nach Bratfett. *Alt.* Er wischte mit der Hand eine unsichtbare Duftwolke vor ihm weg.

Für das Treffen hatte er sich herausgeputzt. Die weißen Haare waren ordentlich gekämmt, die Brille sauber und er trug das beigefarbene Jackett über dem gestreiften Hemd. Es war seine gute Jacke, weil sie am wenigsten an den Ellenbogen abgestoßen war. Vor dem Café Gottlob blieb er stehen. *Hipsterbude.* Er betrat das Lokal und ließ seinen Blick suchend durch den Gastraum wandern. *Wo ist sie?* Er steuerte auf das Hinterzimmer zu, aber ein Zischen von links stoppte ihn. An der Theke saß Nelly Nollendorf mit dem Rücken zum Fenster auf einem Barhocker. Ein dunkelblauer Schlapphut versteckte die langen Haare ihrer rotbraunen Perücke, außerdem trug sie eine Sonnenbrille. Ihre Jeans hatten über beiden Knien kunstvoll angefertigte Schlitze, die nackte Haut zeigten. Vor ihr stand ein Glas mit Orangensaft.

„Nelly!“, rief Dietrich.

„Psst, keine Namen. Setz dich und sprich leise.“

Dietrich nahm auf einem Hocker Platz und bestellte beim Barmann ein Bier. „Schön, dass wir uns wieder einmal treffen“, sagte Dietrich.

„Es ließ sich nicht vermeiden. Die Umstände seit Dominiks Ermordung verlangen es. Ich hoffe, uns sieht niemand zusammen“, flüsterte Nelly.

Dietrich sah sich um.

„Schau nicht herum, konzentrier dich auf mich“, sagte Nelly.

„Das ist leicht.“ Dietrich grinste. „Gibt es einen neuen Plan, jetzt, wo klar ist, dass diese orientalischen Ponybesamer Dominik auf dem Gewissen haben?“

„Still!“ Nelly lächelte den Barmann an, der das Bierglas vor Dietrich abstellte. „Danke sehr.“

Der Barmann tippte schmunzelnd mit zwei Fingern an seine verkehrt herum aufgesetzte Schiebemütze. „Wohl bekomm's!“ Dann wandte er sich ab.

„Du redest nicht, ich rede.“

Dietrich nickte.

„Der Plan ist in Wartestellung. Ich übernehme als Dominiks Nachfolgerin seinen Blog. Horst Ibarra hat eingewilligt."

Dietrich nickte freudig mehrere Male.

„Ich sondiere in Dominiks Wohnung die Lage, weil alles, was zu unserem Plan gehört, nicht in fremde Hände fallen darf."

Dietrich nickte energisch.

„Aber wir sind noch nicht sicher. Ich hoffe, dass Dominiks Handy verschwunden bleibt. Außerdem finde ich sein geheimes Tablet nicht." Nellys Blick huschte durch das Fenster auf die Akazienstraße. „Dreh dich nicht um!", sagte sie.

Dietrich zuckte kurz, widerstand aber dem Impuls.

„Manni Schablonski humpelt eben mit Horst Ibarra vorbei. Die sollen uns nicht sehen. Nicht bewegen!", sagte Nelly.

Beide schauten angestrengt in die Gläser vor ihnen.

„Jetzt müssen sie vorbei sein", sagte Nelly nach einer Ewigkeit. „Dass sich dieser kleine Stricher in der Wohnung bei Horst breitgemacht hat, ist nicht hilfreich. Horst denkt nur mit seinem Schwanz."

Dietrich riß die Augen auf. *Sie hat Schwanz gesagt.*

„Diesen Lustknaben kriegen wir aber auch noch entsorgt. Mein Auftrag an dich: Verhalte dich unauffällig, aber sei bereit. Ich gebe dir neue Instruktionen, sobald ich mehr weiß. Hast du noch eine Frage? Sprich, aber leise!"

Dietrich beugte sich zu Nellys Ohr und flüsterte: „Wann darf ich dich endlich ficken?"

***

„Herr Ibarra, was für ein Zufall!“ *Schnell einen lockeren Witz machen.* „Kaufen Sie dort ein, wo schon Lady Gaga shoppte?“, fragte Manni. Er freute sich, Horst zufällig schon am Kaiser-Wilhelm-Platz getroffen zu haben, als der aus dem Kaiser-Kiosk gekommen war.

„Hallo, Schablonski“, sagte Horst.

Wieso schaut der mich so an, als wäre ihm gerade die U7 davon gefahren? „Die Gaga hat in diesem Späti mal zwei Flaschen vom teuersten Schampus gekauft, persönlich! Sie hat fünfzig Euro Trinkgeld dagelassen, aber das Auto war kacke, sagen die türkischen Verkäuferjungs.“ Manni lachte. „Soll bloß ein schwarzer Van gewesen sein.“

„Aha“, sagte Horst. „Ich muss dann mal, schönen Tag noch, Schablonski.“ Horst ging los und bog in die Akazienstraße ein.

Manni humpelte ihm nach. „Nicht so schnell, ich war noch nicht zu Ende.“ Manni hetzte so gut es ging hinter Horst her. Knapp vor Wild & Geflügel Albrecht schloß er zu ihm auf.

„Vermutlich kaufte die Gaga hier beim Biometzger ihr Kostüm ein“, sagte Horst. Der Metzger trug einen Man-Bun und nickte Horst durch das Fenster freundlich zu. Man kannte sich, Horst erwiderte den Gruß. „Was gibt es, Schablonski?“, fragte Horst, ohne seine Schritte zu verlangsamen.

Okay, schnell jetzt. „Ich wollte Ihnen mein Beileid aussprechen“, sagte Manni.

„Danke, Schablonski.“ Das Lächeln verschwand aus Horsts Gesicht.

„Das Lebenswerk von Dominik verdient eine besondere Würdigung, finde ich. Jetzt, wo Asylforderer als Mörder ausgemacht sind, müssen wir handeln.“ Manni keuchte. „Für heute Abend habe ich eine Mahnwache vor dem Flüchtlingsheim am Park organisiert.“

Horst blieb stehen.

Schnell sprach Manni weiter. „Schon jetzt gibt es auf Facebook Hunderte Zusagen."

Horst verzog das Gesicht und lief wieder los.

Was soll das? Manni setzte nach. „Dominiks Kampf gegen die illegale Einwanderung, die Islamisierung und die Systemparteien muss weitergeführt werden. Wer könnte besser dafür stehen als Sie, sein Mann?"

„Sein Witwer", sagte Horst und erhöhte die Geschwindigkeit seiner Schritte.

„Natürlich, Entschuldigung. Die besorgten Bürger wollen wissen, wie es weitergeht. Wer könnte ihnen das besser vermitteln als Sie, Herr Ibarra?", sagte Manni schnaufend.

„Was wollen Sie, Schablonski? Sprechen Sie es aus!", sagte Horst.

Der Gehweg verengte sich. Es war wenig Platz zwischen den Tischen vor dem Imbiss Habibi und dem Zaun der Baustelle, hinter dem riesige Kanalrohre gestapelt waren. Horst ging vor.

„Ich möchte Sie einladen, eine Rede bei der Mahnwache zu halten", sprach Manni in Horsts Rücken. Für einen kurzen Moment wehte ihm der Duft der frisch frittierten Falafel aus dem arabischen Lokal in die Nase.

Horst bremste ab und drehte sich um. „Wie bitte?"

Manni atmete durch. „Es wäre mir eine große Ehre, wenn Sie eine Rede über Dominiks Vermächtnis halten könnten."

„Ich glaube, es hackt", murmelte Horst und setzte seinen Weg fort.

Arschloch. Manni lief hinterher. „Herr Ibarra, es tut mir leid. Habe ich etwas Falsches gesagt?"

„Nein, Schablonski, Sie haben nur gesagt, was Sie immer sagen. Ich meine aber, dass ich damit nichts zu tun haben will. Dominik ist seit vier Tagen tot und noch nicht einmal begraben."

„Allerdings …“, setzte Manni an.

Sie liefen am Gottlob vorbei. Horst sah durch das Fenster Nelly an der Theke sitzen. *Ach, egal.* Er lief weiter. „Alle wollen trauern, alle wollen Dominiks Vermächtnis pflegen. Dabei wollen alle nur Dominiks Tod politisch instrumentalisieren. Ich suche mit meiner Trauer nicht die Öffentlichkeit, ich will alleine sein. Machen Sie, was Sie wollen, Schablonski. Ich bin raus.“ Er trat auf die Stufe zur Tür seines Geschäftslokals und sperrte auf.

„Aber …“ Manni zögerte. „Dominik und ich haben am Nachmittag vor seinem Tod noch auf Grindr gechattet.“

Horst drehte sich in der geöffneten Ladentür um und blickte wütend auf Manni hinunter. „Sie Wicht!“

Manni trat einen Schritt zurück.

„Wollen Sie bei mir etwas kaufen?“, schrie Horst.

„Nein, nein.“ Manni stammelte.

„Dann Guten Tag.“ Horst knallte die Tür ins Schloß.

***

Die Frau im enganliegenden, blauen Jerseykleid nickte Christian zu, als sie das Büro betrat.

Max war von seinem Bürostuhl aufgesprungen. „Sandrine!“

„Bonjour, Max. Du ahnst, warum ich persönlich komme?“

„Du bringst Croissants à la française direkt vom Generalbundesanwalt? Vollkornfrei?“ Max feixte in Richtung Christian.

Sandrine blickte zu Christian, dann zu Max. „Whatever. Können wir hier informell reden?“

Oh, là, là. Christian kniff die Lippen zusammen.

„Klar“, sagte Max. „War die Übergabe unserer Akten zum Mordfall Nemec unvollständig?“

Sandrine blickte erneut zu Christian, der so tat, als würde er konzentriert an seinem PC arbeiten. *Die will sicher Nemec' Handy haben.*

„Wir können hier reden", sagte Max.

Sandrine lehnte sich an den Schreibtisch von Max.

Die kennen sich gut.

„Offiziell spielen sie es noch ein bis zwei Tage, dass wir den Fall bearbeiten, aber der Mordfall Nemec landet wieder auf deinem Tisch."

Holla, die Waldfee. Christian versuchte geräuschlos zu tippen, damit ihm kein Wort entging.

„Und der terroristische Hintergrund?"

„Perdu! Wir haben drei Jungs, die sich zum fraglichen Zeitpunkt im Park aufgehalten haben. Wir müssen die heute noch freilassen. Keine Kontakte zum IS, null Anzeichen von Radikalisierung. Harmlos, bis auf ein bisschen Gras rauchen. Sonst ist das ganze Heim clean. Wir haben alles auf den Kopf gestellt."

Es klopfte am Türrahmen. Alle drei schauten hin.

„Vicky!", rief Max.

Die Nächste.

„Ich will nicht stören!", sagte Vicky.

„Ist etwas passiert?" Max ging auf sie zu.

„Nein, nein", sagte Vicky. „Oder doch, vielleicht ja."

Auch eine Hübsche, aber unentschlossen.

„Wir haben heute früh im Fernsehen die Razzia im Heim gesehen. Da war auch unsere Haushälterin im Bild. Seitdem haben wir keinen Kontakt zu ihr. Wir machen uns Sorgen."

Max blickte zu Sandrine.

„Ich bin nicht hier." Sandrine hob beide Hände in die Luft.

„Wie heißt deine Haushälterin?", fragte Max.

„Ingeborg Pofalla."

Max sah Sandrine an.

Sandrine schüttelte den Kopf. „Ich bin überhaupt nicht da."

Max legte den Kopf leicht schief und lächelte. „En repensant au bon vieux temps, Sandrine."

Jetzt kann er auch noch fließend Französisch. Christian hatte aufgehört, so zu tun, als würde er arbeiten.

„Arrête avec ça, Max!"

„Je dis seulement: apprends à voler!", sagte Max mit schmeichelnder Stimme.

Sandrine kicherte. „Okay, ich gebe auf! Frau Pofalla ist draußen und ihr afghanisches Jüngelchen auch."

„Wessen afghanisches Jüngelchen?" Die Parlikova hatte unbemerkt den Raum betreten.

„Ich war nie hier." Sandrine rauschte zur Tür hinaus.

„War das ...?", fragte Parlikova Richtung Max.

Er nickte.

„Wollte sie ...?"

Max nickte erneut.

„Kurwa. Jetzt muss ich doch mit dem Innensenator Badminton spielen", sagte die Parlikova und verließ das Zimmer.

***

Was suchte Nelly? Felix lief barfuß ins Zimmer mit der Bücherwand. Sorgfältig nahm er sich ein Regal nach dem anderen vor, zog Bücher heraus und schaute dahinter. *Nichts.* Er klopfte an die Regalwände, um Hohlräume zu entdecken. Das Gleiche tat er beim offenen Kamin. *Auch nichts.* Felix blickte sich um. *Dieses Zimmer ist sauber.* Als sein Smartphone vibrierte, zog er es aus der Tasche seiner kurzen Sporthose. *Eine Nachricht von Horst.*

– Mein Engel. Der Wichser von Schablonski plant heute Abend eine Mahnwache vor dem Flüchtlingsheim. Das wühlt mich auf. Der Arsch. Will jetzt bei dir sein.

Felix überlegte. Dann zog er mit der linken Hand den Gummibund seiner Sporthose nach vorne und fotografierte mit der rechten Hand hinein. Das Foto lud er in den WhatsApp-Chat mit Horst. Crazy-Face-Emoji dazu und ab. *Welches Zimmer als Nächstes?* Die Küche und das Wohnzimmer hatte er schon durch. Felix peste durch das Berliner Zimmer in den hinteren Teil der Wohnung, als sein Smartphone erneut vibrierte. Er klickte auf die Nachricht von Horst. Ein Bild von dessen erigiertem Penis. *War klar.* Darunter stand:

– Das machst du mit mir, geiler Engel. Was tust du gerade?

– an mir rumspielen!

Dazu tippte Felix das Aubergine-Emoji, drückte auf Senden und machte sich daran, das Schlafzimmer zu durchsuchen. Da hörte er es an der Tür klingeln. *Er wird doch nicht?* Felix lief durch den Flur bis an die Wohnungstür und öffnete.

„Guten Tag, junger Mann", sagte Ursula von Übelbach und starrte auf die nackten Füße von Felix. „Ich störe hoffentlich nicht."

„Gerade unpassend."

„Das tut mir leid. Dann will ich mit der Haushälterin sprechen."

Felix überlegte kurz. „Die hat heute frei. Ich gebe Ihnen ihre Adresse. Ist nahe, liegt fast am Park." Felix fischte Horsts Visitenkarte aus einer Schatulle auf dem Schuhregal, kritzelte die Adresse auf die Rückseite und reichte sie Ursula nach draußen.

„Und tschüss. Ich muss jetzt weiter Unzucht treiben", sagte Felix und hob demonstrativ einen nackten Fuß.

Ursula blickte ihn erstaunt an. Bevor sie etwas entgegnen konnte, hatte Felix die Tür geschlossen. *Dumme Kuh.*

Felix ging zurück in den hinteren Teil der Wohnung. Nach dem Schlafzimmer wollte er noch Dominiks Arbeitszimmer und das anschließende Kabuff durchstöbern. Hatte er schon dreimal gemacht, aber vielleicht hatte er etwas übersehen. Als er den Bettrahmen abklopfte, vibrierte sein Smartphone. *Schon wieder.* Statt einer Nachricht von Horst sah er die anonyme Mitteilung eines SMS-Online-Dienstes.

– Ich halte es kaum noch aus ohne Dich.

Felix setzte sich aufs Bett, legte das Smartphone beiseite und umarmte sich selbst.

***

Ruf bei Apple an, hat Max gesagt. Schwachkopf.

Vor Christian lag das Smartphone von Dominik Nemec. Max war mit der Arztgattin ins Flüchtlingsheim gefahren. Davor hatte er ihm den Auftrag gegeben, das Gerät zu entsperren. *Knifflig.* Drückte Christian auf den Homebutton, forderte ihn das Handy auf, den vierstelligen Code einzugeben. Beim dritten Fehlversuch würde das Teil abschmieren, für immer dicht machen. Christian kratzte sich am Kinn. Die doofste Variante: bei Apple anrufen. Eine mögliche Variante: Brute-Force-Methode. *Viel zu aufwendiges Hackerverfahren.* Die verlockendste Variante: einen Versuch wagen. *Nur einen einzigen, just for fun.* Christian rollte ans Fenster und sah auf das Tempelhofer Feld. *Viel Himmel über dem Wiesenmeer.* Aus dem tiefliegenden Horizont ragte der kugelförmige Radarturm, versetzt daneben der Fernsehturm am entfernten Alexanderplatz, zwei Neuköllner Kirchturmspitzen und die Minarette der Şehitlik-Moschee. Christian hatte keine Eingebung für den PIN-Code. *Ich muss noch warten.*

***

Samira blickte Max in die Augen. Sie sprach langsam, ohne auch nur einmal mit der Wimper zu zucken. „Wir waren im Park. Wir haben nichts getan. Ist es in Deutschland verboten, nachts im Park zu sein? Das wussten wir nicht. Wir wollen uns dafür entschuldigen."

Max sah die drei jungen Männer an, die vor ihm saßen. Sie hatten für die Befragung Stühle in die Kleiderkammer gestellt und Vicky hatte ihm Samira als Dolmetscherin organisiert. Die junge Frau im Hidschab hatte eben Hilals Antwort übersetzt. Neben dem glatzköpfigen Hilal saß Namit mit dem akkurat geschnitten Undercut. Beide trugen goldene Halsketten. Der dritte Mann wirkte wie ein Kind, denn er war kleiner als die beiden und zierlicher, trug ein rot-weißes Shirt vom Fußballklub FC Arsenal, die dunklen Haare steckten unter einer Baseballkappe. Yaseen war neunzehn Jahre alt und aus Afghanistan. Selbst der Bart über der Oberlippe ließ seine zarten Gesichtszüge nicht härter wirken.

Max schaute von den drei Jungs zu Samira, dann fiel sein Blick auf Vicky, die bei den Kleiderkartons Platz genommen hatte. Alle sahen ihn erwartungsvoll an. *Das wird nichts mehr.* „Es ist nicht verboten", sagte Max. „Aber ein Mord ist geschehen, ein Mann wurde umgebracht. Auf abscheuliche Weise." Max nickte Samira zu.

Sie übersetzte ins Arabische, Kehllaute und rollende Rs klangen durch die Kammer. Max beobachtete, wie Yaseen auf seinem Stuhl zappelte, während Hilal und Namit mit unbewegten Mienen zuhörten.

„Warum versteht Yaseen als Afghane Arabisch?", fragte Max.

Yaseen zuckte zusammen, als er seinen Namen hörte.

Samira antwortete, ohne nachzufragen. „Yaseen ist im Irak aufgewachsen. Seine Familie hat Afghanistan verlassen, als er sehr klein war. Er spricht Arabisch, Paschtuni und ein wenig Kurdisch." Sie übersetzte rasch für Yaseen. Der nickte und lächelte Max an. *Ein Kind.*

„Was habt ihr im Park gemacht, Yaseen?", fragte Max.

Hilal und Namit wandten ihre Köpfe dem Kleinen zu. *Die verstehen Deutsch.*

Samira übersetzte die Frage. Yaseen überlegte, bevor die Antwort aus ihm heraussprudelte.

„Wir sind spazieren gewesen", übersetzte Samira. „Im Heim ist es so eng. Wir haben geredet, wir haben Sport bei den Stangen gemacht."

Max bemerkte, wie Hilal und Namit genau aufnahmen, was Yaseen sagte. „Habt ihr etwas bemerkt in dieser Nacht? War etwas auffällig, Hilal?"

Samira übersetzte.

Hilal antwortete, deutete auf seinen Bizeps und grinste dabei.

Wieder Samira. „War wie immer. Leute gucken, wenn wir Sport machen."

Namit begann zu sprechen. Samira übersetzte. „Leute laufen im Dunkeln. Junge Leute trinken Alkohol. Leute spazieren mit Hund. Wie immer."

Max atmete aus. *Wie nagle ich einen Pudding an die Wand?*

Die Tür zur Kleiderkammer flog auf und Ingeborg stürmte herein, in der Hand einen Einkaufskorb mit Wäsche. „Da habt ihr euch versteckt!", rief sie.

Hinter ihr betrat Ali das Zimmer. „Sie ist einfach durch, sorry", sagte er zu Max.

„Schon okay", sagt Max.

„Danke aber ooch. Ick will zu Yaseen!", sagte Ingeborg. „Da issa, meen Kleener. Hamse dich jut behandelt?" Sie tätschelte Yaseens Wange.

Yaseen lächelte.

„Hilal, hier deine Wäsche." Ingeborg stellte den Korb Hilal in den Schoß, ganz oben lag ein akkurat gefaltetes blaues T-Shirt. „Petra schickt se dir. Wir ham nich so viel Platz in der Wäscherei, det die tajelang rumstehen kann."

„Danke", sagte Hilal verdattert.

Ingeborg wandte sich wieder an Yaseen. „Du kommst jetzt zu uns nach Hause, darauf kannste Gift nehmen. Raus aus'm Heim, keene Fisimatenten mehr!"

Yaseen nickte.

„Ingeborg, was bin ich froh", sagte Vicky aus der Ecke der Kleiderkammer. „Du bist ganz die alte." Sie lachte.

„Vicky!", rief Ingeborg. „Hab dich nich jesehen vor lauter Uffregung. Bin die alte, ja." Sie fasste sich an den Kopf. „Obwohl nich janz die alte. Ick liebe ... wie sag ick det jetze?"

Vicky schaute sie mit großen Augen an.

„Ick hab jetzt 'ne Frau, die Petra!", fuhr Ingeborg fort. „Und wir adoptieren zusammen den kleenen Yaseen!"

***

– Mood: nachdenklich. Heute gedenken wir Dominik Nemec auf einer Mahnwache. Sein Tod wühlt uns alle auf. Aber wir dürfen nicht resignieren! Dominik hätte es nicht gewollt! Er hätte uns mit einem „Jetzt erst recht" motiviert. Kommt zahlreich!

Nach allem, was uns der Islam an Lebenszeit und Lebensqualität kostet, weil wir uns in dieser Gesellschaft von morgens bis abends mit seinen Auswüchsen beschäftigen müssen, steht es uns so was von zu, ihn abzulehnen und zu kritisieren. Das ist unser Recht. Macht Gebrauch davon! Macht Euch auf!

Gut geschrieben. Nelly checkte ihr Traueroutfit im Spiegel. Die rotbraune Perücke hatte sie zu einem Zopf gebunden, dazu trug sie einen feinen Merino-Pulli in Schwarz mit großem Ausschnitt. Nelly ließ den Pulli über eine Schulter nach unten rutschen. *Ups.* Sie kicherte.

Sinnlich bin ich manchmal auch. Ein erster Kommentar poppte auf.

– Bin leider zu einem Geburtstag. Sonst gerne.

Nelly zögerte nicht. *Zack, geblockt. Linkslinker Spaßvogel.*

Es klopfte an der Wohnungstür. Nelly wunderte sich, wer das sein könnte und öffnete die Tür.

„Frau von Übelbach?“

„Wir müssen reden. Darf ich reinkommen?“

***

Felix stand gebückt im Kabuff neben Nemec' Arbeitszimmer und suchte unter dem Gästebett, an dem man in dem winzigen Raum kaum vorbeikam.

„Was machst du hier?“

Felix drehte sich erschrocken um. Horst stand in der Tür.

„Sauber“, sagte Felix.

„Mit bloßen Händen?“

„Warum bist du nicht im Laden?“

„Ich hatte Sehnsucht. Warum putzt du ausgerechnet hier? Hier ist doch nie jemand.“

Felix zögerte. Dann trat er zu Horst und griff ihm in den Schritt. „Hier sollte ich auch mal feucht durchwischen.“

Horst grinste. „Geile Sau.“

Felix ging auf die Knie und öffnete den Reißverschluss von Horsts hellbraunen Chinos.

„Du bist hungrig“, sagte Horst und stöhnte auf, weil Felix seinen Schwanz in den Mund genommen hatte. Er hielt den Kopf von Felix mit beiden Händen.

Felix würgte.

„Braver Junge“, sagte Horst und stieß weiter zu. Felix ließ den Schwanz aus seinem Mund ploppen, drehte den Kopf nach oben und sah Horst ins Gesicht.

„Soll ich dich in deinen kleinen Arsch ficken?", fragte Horst.

Felix zog Horst auf das Gästebett, schlüpfte aus seiner Sporthose, setzte sich rittlings auf ihn und führte sich den Schwanz ein.

Horst keuchte, als er in den Jungen eindrang.

Felix stützte sich auf Horsts Schultern ab und bewegte sich auf und nieder.

„Nimm ihn dir", sagte Horst und schloss die Augen.

Da holte Felix mit einer Hand aus und verpasste Horst eine Ohrfeige.

„Was soll das?", schrie Horst. „Das tut weh." Auf seiner linken Wange zeichneten sich die Striemen der Finger ab.

Felix grinste.

„Du willst spielen? Kannst du haben." Horst warf Felix von sich ab und drehte ihn auf den Bauch. Er drückte mit einer Hand auf das Steißbein, penetrierte Felix und legte sich auf ihn.

Felix ächzte unter Horsts Gewicht. Horst fickte mit harten Stößen. Felix presste die Lippen zusammen. Horst rammte seinen Schwanz noch ein paar Mal in Felix, bevor er zuckte. Felix hörte ihn dicht an seinem Ohr schnauben.

„Ich liebe dich, du bist der Wahnsinn", flüsterte Horst. „Ich muss zurück in den Laden."

„Okay", sagte Felix.

Horst stand auf und ging.

Felix blieb liegen. Er ballte eine Hand zur Faust und biss hinein, bis ihm die Tränen in die Augen schossen.

***

So viele Leute. Manni freute sich, aber ihm war auch mulmig zumute. Dem Anlass entsprechend trug er ein Sakko mit Krawatte. *Selbst die Muslima vom ZDF ist da, obwohl … die soll eigentlich Christin sein. Na, wer's glaubt.* Manni stieg auf eine Holzkiste neben dem Verkehrsschild für Tempolimit 30 km/h. Vor ihm leuchtete in der Dämmerung ein Meer aus brennenden Kerzen. Er hatte vorab an der Stelle einen Kranz niedergelegt. Auf die Schleife hatte er „RIP Dominik Nemec“ schreiben lassen und „Asylchaos stoppen!!!“

An der Straßenseite gegenüber lag das Notaufnahmelager. Die Polizei hatte die Prinzregentenstraße mittlerweile aus Sicherheitsgründen für den Verkehr gesperrt. Polizistinnen und Polizisten bildeten einen lockeren Kordon auf dem Gehweg vor dem Heim, dessen Fenster dunkel waren.

Manni steckte eine Hand in die Hosentasche, mit der anderen hielt er ein Mikrofon. „Herzlichen Dank, dass Sie heute Abend gekommen sind. Mein Name ist Manni Schablonski, jung gebliebene vierzig Jahre alt, gelernter Einzelhandelskaufmann und Ihr Bezirksverordneter von der AfD. Ich habe eine dreistellige Mitgliedsnummer. Das sage ich deshalb, weil ich damit zu den Pionieren unserer Bewegung gehöre.“

Rechts von Manni brandete Applaus auf und er spürte, wie ihn der Beifall stark machte. *Wir sind die Mehrheit!* Auf dem Gehweg und auf der Straße standen Menschen dicht an dicht, ein paar Deutschlandfahnen ragten aus der Menge. Abseits Richtung Badensche Straße hielten Aktivisten ein Transparent, auf dem ‚Enough is Enough! Stop Homophobia! Stop Racism!‘ zu lesen war. Einer von ihnen trug eine Einhornmaske.

„Wir gedenken heute eines großen Mannes. Seine kritische Stimme wurde jäh zum Verstummen gebracht, seine unvoreingenommene und investigative Stimme.“

Es ertönte ein Bravo-Ruf aus der Menge, dann Applaus.

„Er ging offen mit seiner Homosexualität um und kämpfte gegen die Diskriminierung schwuler Männer durch den Islam. Das haben einige, verzeihen Sie mir den Ausdruck, Berufsschwestern, nicht kapiert." Diesen Satz bellte Manni in Richtung der schwulen Aktivisten. „Dominik warnte uns davor, naiv auf den Islam zu schauen. Er schwieg nicht angesichts der großen Gefahr, die die Islamisierung Europas für deutsche Homosexuelle darstellt. Dominik Nemec benannte die Problemstellen, aber das darf man in der Märchenwelt der Islamversteher heutzutage unter keinen Umständen tun. Ich sage aber, wenn die Mehrheit der Bevölkerung eine islamische Masseneinwanderung ablehnt, ist das nicht rassistisch, sondern demokratisch."

Aus der dunklen Seite des Parks schob sich ein weißes Transparent mit der Aufschrift „AfD? Boah nee! Kein Raum für rassistische Hetze!" vor Manni. Eine junge Frau brüllte in ein Megafon. „Wieder einmal werden Menschen, die aus einem anderen Flecken dieser Welt kommen und es gewagt haben, ihren Fuß auf deutschen Boden zu setzen, ausgegrenzt, bedroht und mit Hasstiraden überzogen."

Die Polizei reagierte rasch und drängte die junge Frau und die Träger des Transparents zurück in den Park. Die Stimme verstummte, während rechts von Manni Buhrufe ertönten.

„Wie sehr muss man die Freiheit und unser Land hassen", schrie Manni, „dass die Mahnwache für das Opfer eines Gewaltverbrechens nicht ungestört stattfinden kann? Es ist eine Schande!" Beim Wort „Schande" überschlug sich seine Stimme. Er sprach weiter, aber niemand hörte ihn, weil das Mikrofon plötzlich ausgefallen war.

***

„Dem hamse den Strom jekappt, dem Lackaffen." Ingeborg lachte.

Vicky und Ingeborg standen im Dunklen am Fenster des Flüchtlingsheims und schauten vom ersten Stock auf die Prinzregentenstraße. Ali hatte auf Anweisung von Max dafür gesorgt, dass nirgends Licht brannte und dass sich kein Heimbewohner vor dem Gebäude blicken ließ. Max hatte auch Vicky empfohlen, im Heim zu bleiben, bevor er nach draußen in der Menge verschwunden war, um in zivil die Kollegen zu verstärken.

„Wer hat den Stecker gezogen? Der hat einen gut bei mir." Vicky schüttelte den Kopf.

„Kiek ma, det Fernsehen is ooch da." Ingeborg zeigte auf den hellen Lichtkegel, der inmitten der dunklen Menschenmenge aufgeleuchtet war.

***

Dietrich Wald blinzelte wegen des Scheinwerfers. Vor seiner Nase hatte er das Mikrofon mit dem ZDF-Logo. „Wären diese Antifanten auch nur ansatzweise mutig, würden sie jeden Tag ein Transparent für die Opfer des islamischen Faschismus vor einer der über zweitausend Moscheen in diesem Land hinhalten!", bellte er. „Es gibt immer zwei Sorten von Faschisten: Die einen greifen andere Menschen an und die anderen ignorieren diese Angriffe." Dietrich fuchtelte mit der Faust Richtung Park. „Euch passiven faschistischen Unterstützern wünsche ich den Islam in seiner ganzen Breitseite, heute noch! Ihr seid feige! Wartet ab, bis ihr vom Islam überrannt werdet und wie die Ameisen konvertiert."

***

Fips rollte das Transparent zusammen und nahm die zitternde Lena in den Arm. Sie standen mit anderen Aktivisten im dunklen Park an einer Baumgruppe. Polizisten versperrten den Weg zurück zur Mahnwache.

Raffael trat an die beiden heran. „Tutto bene?"

„Die haben mir das Megafon weggenommen." Lena schluchzte. „Sie verletzen mein Recht auf Meinungsfreiheit. I hate the cops."

„Wir dürfen nicht aufgeben", sagte Raffael und schlich durch die Büsche davon.

***

„Kriegt die Lusche det mit dem Mikro heute noch jebacken? Der soll ma fertig machen, ick will mit Petra und Yaseen nach Hause." Ingeborg schaute zu Vicky.

Vicky grinste. „Schön, dass du die Liebe deines Lebens gefunden hast."

„Lang jenuch hab ick ja jesucht, wa? Und mit meene Männer hatt' ick bald die Faxen dicke!"

Ingeborg und Vicky lachten.

„Kiek ma, die Lusche macht weiter. Oder is det 'n Neuer am Mikro?"

„Das ist Heidis Deutschlehrer!", rief Vicky erstaunt.

***

Sebastian Pöhls räusperte sich. Die Lautsprecherbox zu seinen Füßen koppelte mit einem fiesen Pfeifen zurück.

„Sorry", sagte Pöhls, „aber es funktioniert zumindest wieder." Er trug einen taillierten weißen Anzug und seine schwarzen Haare hatte er mit Gel akkurat gescheitelt. Er trat auf der Holzkiste einen kleinen Schritt zur Seite. „Ich hoffe, nicht zu tief zu fallen." Pöhls lachte, dann hielt er inne. „Sorry. Wir sind hier nicht zum Witzeln zusammengekommen. Wir gedenken eines Mannes, den ich persönlich kennenlernen durfte. Wir waren nicht immer einer Meinung, aber die Diskussion zwischen uns war stets konstruktiv. Selbst wenn wir am Ende übereinstimmten, dass wir unterschiedlicher Meinung sind."

„Komm zur Sache, Hübscher!", schrie jemand aus der Menge und einige lachten höhnisch.

Pöhls blickte pikiert. „Mir als bekennendem Schwulen machen in Deutschland die Islamisten mehr Angst als die Neonazis."

Jetzt klatschte die Menschenmenge. Die Dämmerung war vorbei; einige hatten Fackeln entzündet.

„Islamisten bedrohten mich. Ich bin Lehrer und auch an der Schule offen schwul. Väter mit Vollbart und Mütter mit Kopftuch wollen den Unterricht beeinflussen."

Pöhls Worte gingen im erneuten Pfeifen des Lautsprechers unter. Direkt vor der Holzkiste standen junge Männer, die T-Shirts mit der Aufschrift „Defend Europe" trugen und sich die Ohren zuhielten.

„Entschuldigung, mein Fehler." Pöhls trippelte zur Seite, das Pfeifen hörte auf. „Meiner Erfahrung nach ist der politische Islam die größere Gefahr. Es ist absoluter Quatsch, dass alle den Rechtsextremismus blind bekämpfen, ohne zu reflektieren. Wir alle sollten zum Beispiel gegen das Schächten von Tieren auftreten, denn das ..."

Die jungen Männer vor Pöhls jaulten auf, weil der Lautsprecher wieder ohrenbetäubend zu pfeifen begonnen hatte.

Entnervt stieg Pöhls von der Holzkiste und drückte Manni das Mikro in die Hand. „Dilettant", zischte er und ging Richtung Park davon.

***

Dietrich Wald ärgerte sich, weil sie die Reden nicht fortsetzten. Er konnte Nelly nirgends entdecken, deshalb checkte er sein Handy.

– **Exklusiv auf bild.de:** Dominik Nemec hatte vor seiner Ermordung passiven Analverkehr! Insider zitieren aus dem Obduktionsbericht, den uns die Polizei vorenthalten will.

Wald schüttelte sich und hob die Faust. „Arschficker!", schrie er gegen das Flüchtlingsheim.

***

Der Scheinwerfer flammte am Rande der Menschenmenge auf. Die Schriftstellerin Karin Kastan stand im Licht und nestelte am Ausschnitt ihrer Bluse mit Leopardenmuster. „Warum ich hier bin? Haben Sie schon mal auf YouTube gesehen, wie der oberste Prediger der Salafisten in Deutschland muslimische Knaben indoktriniert? Da kann man nur erschrecken."

Neben Karin Kastan stellte sich eine blonde Frau mit rundlichem Gesicht, die ein schwarzes Kostüm und ein violettes Seidentuch um den Hals trug. Karin Kastan blickte irritiert auf die Frau, die unbeirrt in die Kamera lächelte.

„Vielleicht reden die am Podest weiter?", sagte Karin Kastan und drehte sich weg.

Ein Brüllen ließ beide Frauen vor laufender Kamera zusammenzucken.

***

„Rassismus ist keine Meinung, sondern ein Verbrechen! Nazis stoppen!", brüllte Raffael inmitten der Menschenmenge.

Er bekam sofort einen Schlag in die Magengrube und krümmte sich. Doch dann schnellte er hoch und verpasste dem Angreifer im „Defend Europe"-Shirt einen Kinnhaken, der deshalb nach hinten wankte. In diese

Lücke drängten andere Männer und schlugen auf Raffael ein, der die Arme hob, um seinen Kopf zu schützen, aber die Schläge prasselten gegen seinen Bauch und auf seinen Rücken. Ein Mann trat nach ihm. Raffael verlor das Gleichgewicht und ging zu Boden. Der Mann setzte an, den liegenden Raffael noch einmal zu treten, doch ein Schlag von hinten hinderte ihn daran.

Überrascht drehte sich der Mann um. Da stand Max und schlug noch einmal zu. Der Mann taumelte. Hinter Max tauchte Fips auf und schaute verwundert.

„Bring deinen Freund hier raus", sagte Max zu Fips und verschwand in der Menge.

Fips zog Raffael hoch.

Plötzlich wimmelte es von linken Aktivisten in der Menge, denn sie waren unbeobachtet von der Polizei über den Zaun der Nelson-Mandela-Schule geklettert und so mitten in die Menschenmenge der Mahnwache gelangt. Sofort gingen sie zur Attacke auf die Männer über, die Raffael geschlagen hatten.

Fips schleppte Raffael bis in die nahegelegenen Büsche. Dort setzte er ihn auf den Boden und streichelte ihm über die Wange. „Mein kleiner Italiener, du hast einen Schutzengel bei den Bullen", sagte er und rannte zurück zur Straße.

***

Ingeborg tippte sich mit dem Zeigefinger gegen die Stirn. „Jetzt vakloppen die sich ooch noch."

„Hört auf!" Vicky war entsetzt über die Schlägerei.

Vom Fenster aus sahen die beiden Frauen, wie sich in der Mitte der Prinzregentenstraße mehrere Dutzend Menschen anbrüllten, schubsten und schlugen. Einige waren vermummt, andere hatten Halstücher über den Mund gezogen. Die Besucher der Mahnwache strömten in Wellen zur Seite, um Platz zu machen. Viele filmten mit den Handys. Immer wieder lösten sich aus den Rändern Menschen und teilten einen Nackenschlag aus, um dann wieder in der Menge zu verschwinden. Ein Mann nahm einen anderen in den Schwitzkasten, während andere Männer auf ihn eintraten. Sie zerrten an den Jacken, zerrissen T-Shirts. Einer ging durch einen Schlag zu Boden, kam wieder hoch und schlug jemand anders nieder.

„Die Polizei tut endlich was." Ingeborg zeigte auf die Parkseite, wo eine Einheit hinter Schutzschilden langsam zum Zentrum der Schlägerei vorrückte.

„Himmel, das Fernsehen filmt noch immer." Vicky zeigte auf den Lichtspot im Vorgarten der nahegelegenen Wohnhäuser.

***

Die blonde Frau im schwarzen Kostüm und dem violetten Halstuch lächelte in die Kamera und sprach mit mädchenhafter Stimme. „Mein Name ist Barbarella Kettkarz, Sie kennen vermutlich meine konservativ-liberale Kolumne ‚Scharfe Sicht'. Ich bin zum Beobachten hier. Das, was gerade abläuft, ist streng zu verurteilen. Ich bin gegen Rechtsextreme, aber wer Gewalt gegen Rechte anwendet, geht gar nicht. Wer das in Ordnung findet, geht gar nicht. Das ist klassische Doppelmoral, das kratzt an der schönen politischen Kultur unseres Landes. Geht alles nicht! Ich rate den Linken, auch im eigenen Lager nicht wegzusehen, was radikale Strömungen angeht."

„Lügenpresse!", brüllte ein Mann direkt neben Kettkarz in die Kamera und lief weiter Richtung Schlägerei.

Kettkarz duckte sich erschrocken weg, um gleich darauf wieder in die Kamera zu lächeln.

***

Dietrich Wald stand in der Menschenmenge am Rand der Prügelei und brüllte Richtung linker Aktivisten. „Ihr habt den totalen Faschismus verdient, weil ihr euch faschistisch verhaltet. Der wahre Faschismus wird kommen und zwar von einem virtuellen Oberfascho namens Allah gesegnet. Ihr Selbsthasser!"

Lena sprang vorbei, gab Dietrich Wald eine Ohrfeige und verschwand im Getümmel. Dietrich Wald war perplex. Nach der Schrecksekunde brüllte er ihr nach: „Du linksradikaler, stinkender, nutzloser Bodensatz unserer Gesellschaft! Mit tatsächlichen Nazimethoden gegen angebliche Nazis. Was für ein Witz!"

***

Vicky sah die Flasche fliegen. Sie kam nicht aus dem Zentrum der Prügelnden, sondern flog aus der dunklen Ecke, wo der Behälter der Kleidersammlung von Humana stand. An der Glasflasche brannte die Lunte mit einer kleinen Flamme. Als die Flasche am Heimeingang auf den Stufen zerbrach, wuchs sofort ein mächtiger Feuerball bis unter das gläserne Vordach.

Vicky griff nach Ingeborgs Arm. „Hol Petra und Yaseen, wir müssen raus!"

***

Manni kauerte hinter der Holzkiste. *Ogottogott.* Der Eingang vom Flüchtlingsheim brannte; ein Mann von der Security hielt einen Feuerlöscher dagegen und versuchte mit weißem Schaum die Flammen zu ersticken. Die Polizei hatte sich inzwischen von der Prügelei zurückgezogen und bildete eine Absperrung rund um das Heim. Die Absperrung war dicht. Manni hörte Sirenen aus der Ferne näher kommen, während sich vor ihm die Leute weiterprügelten. *Das werden immer mehr.* Einige hatten Latten, mit denen sie auf andere einschlugen.

Zwei Schüsse fielen und Manni duckte sich. Polizisten lösten sich aus der Absperrung und zogen einen jungen Mann aus der Prügelei, den sie auf Mannis Straßenseite zerrten und gegen ein parkendes Auto drückten. Ein Polizist entriss dem Mann die Pistole. Manni hörte den Polizisten „Nur Schreckschuss" schreien. Als sie den Mann umdrehten, konnte Manni „Defend Europe" auf dem Shirt lesen. Außerdem sah er einen dunklen Fleck auf den Jeans des Mannes, genau im Schritt. *Der hat sich vollgepisst.*

Rauchschwaden wehten durch die Prinzregentenstraße und Manni sah die Prügelnden, die sich immer weiter Richtung Park bewegten, nur mehr als Schatten. Aus der Motorhaube eines unter den Bäumen abgestellten Autos stieg weißer Qualm auf. Manni hörte ein Plopp und das Auto stand in Flammen, die hoch nach oben züngelten. Manni schüttelte den Kopf. *Was wird Mutti bloß sagen?*

***

„Ich beruhige sie", sagte Vicky.

„Mach das. Ich unterstütze die Kollegen", sagte Max und lief zum Eingang des Tennisplatzes. Vicky kauerte sich zu Ingeborg, Petra und Yaseen. Auf der anderen Seite saß Samira.

„Alles wird gut", sagte Vicky leise.

Der Tennisplatz im Park war voll mit evakuierten Menschen aus dem Heim. Vicky hörte leises Jammern, sonst war alles still. Polizisten standen rund um den Platz und hielten Wache. Manchmal wehte der Wind Schreie von der Prügelei herüber. Mit einem Mal wurde es hell und Vicky blickte hoch. Zwei Bäume an der Prinzregentenstraße standen in Flammen.

***

Menschen rannten kreuz und quer die Prinzregentenstraße hoch, als sie vor den brennenden Bäumen flüchteten. Feuerwehrfahrzeuge rückten an, hinter ihnen Polizeiwägen. Sirenen heulten und tauchten die Straße in blaues Licht. Rauchschwaden hüllten die Flüchtenden ein und Barbarella Kettkarz musste husten. In schwarzen Pumps tippelte sie mit der Menge mit, als sie einen Rempler von hinten spürte.

„Aua!" Kettkarz drehte sich um.

Der Mann mit der Einhornmaske sagte „scusi" und lief weiter.

„Mehr Anstand!", rief ihm Kettkarz nach. „Ich frage mich wirklich, was manche Leute sich erdreisten." Sie stakste weiter und knurrte: „Homolobby!"

***

Raffael lag in den Büschen und ächzte bei jeder Bewegung, denn er hatte Schmerzen. Die Feuerwehr war vorgefahren und Männer in blauen Uniformen mit reflektierenden, gelben Streifen rollten die ersten Schläuche aus. Die Flammen hatten alle Bäume und Sträucher an der Parkseite erfasst. Raffael sah durch das Blätterversteck, dass es nun vor Polizisten wimmelte. Neben ihm raschelte es. Raffael drehte sich um.

„Wen haben wir denn da? Den kleinen Wichser."

Vier Männer in „Defend Europe"-Shirts waren beim Versuch, sich in den Büschen vor der Polizei zu verstecken, auf Raffael gestoßen und bauten sich vor ihm auf.

Raffael sprang hoch und lief in den dunklen Park davon. Plötzlich spürte er keine Schmerzen mehr.

Die vier Männer rannten hinterher.

***

Sebastian Pöhls stand am Kifferhügel und blickte auf den brennenden Park. Er sah, wie Flammen an den Bäumen hochzüngelten und sich in den Büschen rasant ausbreiteten. *Vögel flattern auf. Eichhörnchen hetzen von Ast zu Ast. Feuerbälle fliegen durch die Luft und schlagen wie Meteoriten zwischen den flüchtenden Tieren ein. Baumstämme glühen. Baumkronen brechen zusammen. Die Äste stürzen krachend zu Boden und versperren den fliehenden Kaninchen den Weg. Panisch schlagen sie Haken quer durch das Unterholz. Ein Fuchs rettet sich mit einem Satz knapp vor einem stürzenden Baum. Die glühenden Blätter lassen beim Aufprall auf der Wiese neue Brandherde auflodern. Inmitten einer Lichtung liegt ein junges Reh. Mühsam richtet es sich auf. Zu spät. Das Reh ist von Feuerwänden umgeben.*

Sebastian Pöhls weinte, zog das dunkle Einstecktuch aus seiner Brusttasche und trocknete die Tränen.

Die Schriftstellerin Karin Kastan ging an ihm vorbei, eine Hand hielt sie sich vor den Ausschnitt ihrer Bluse mit dem Leopardenmuster. Ihr folgte ein Hund. Sie blieb neben Pöhls stehen und schaute wie er auf den brennenden Park.

„Es ist ein Interludium", sagte sie. „Der Park ist nur noch ein halber."

„Ist das Ihr Hund?", fragte Pöhls.

„Ich glaube nicht", sagte Kastan und ging weiter. Der Hund trottete ihr nach.

Sebastian Pöhls hörte noch, wie Karin Kastan mit rauer Altstimme sang. „Oh sir, my fire is very small, it will not warm thy heart at all."

***

Raffael rannte. Er rannte und rannte und rannte. Die Freiherr-vom-Stein-Straße entlang, wo die Bäume des Parks rechts vorüberflogen, vorbei an der Carl-Zuckmayer-Brücke bis zum Rathaus Schöneberg, drei, vier, fünf große Schritte zwischen den parkenden Autos über den John-F.-Kennedy-Platz. Raffael spürte keine Schmerzen mehr, er atmete gleichmäßig. Im Rennen checkte er nach links, rechts und sprintete über die Fahrbahnen der Martin-Luther-Straße, seine Beine trugen ihn vorbei am Wartburgplatz, vorbei am Kulturzentrum Die Weiße Rose. An der Kreuzung beim Amtsgericht stand die Ampel für ihn auf Rot. Raffael hechtete, ohne zu halten, über den Fußgängerübergang – jemand hupte – und rannte und rannte weiter die Martin-Luther-Straße Richtung Norden. *Nach Hause.* Esso Tankstelle, Edeka, Taekwon-Do-Center. An der nächsten Kreuzung hatte er grün, weiter die Martin-Luther-Straße dann nach links in die Winterfeldtstraße. *Zu Hause.*

Da sah er die vier Männer in „Defend Europe"-Shirts auf ihn zukommen. Raffael machte kehrt und rannte wieder los. Die Schmerzen waren wieder da und er rannte und rannte und rannte.

***

Durch die Akazienstraße vor Horsts Laden schossen Polizeiautos Richtung Belziger Straße und Park. Die Sirenen ließen Horst von seinem Schreibtisch aufblicken. Er hatte bereits abgeschlossen, der vordere Teil des Geschäftslokals war dunkel. Horst war aufgewühlt, was aber nicht am Sex mit Felix am Nachmittag lag. Und doch hatte es damit zu tun, denn als Horst ejakulierte, hatte sich ein Bild vor sein inneres Auge geschoben. Es war der Anblick von Dominiks zerstörtem Gesicht, so wie er ihn zuletzt auf der Metallbahre gesehen hatte.

Horst war im halbdunklen Laden zum Weinen zumute, aber er konnte noch nicht nach Hause gehen. Deshalb zog er die unterste Schublade des Schreibtischs auf. Nach kurzer Prüfung zwischen zwei Flaschen, entschied er, den billigeren Whisky herauszuholen. Den billigeren, weil er davon heute noch viel trinken wollte.

***

Raffael rannte und rannte. Ein Blick zurück und er sah, dass die vier Männer hinter ihm her waren. *Wohin?* Abrupt bog er in eine Seitenstraße und hockte sich zwischen zwei parkende Autos. Er keuchte und überlegte. Dann sprang er hoch, lief zum nächsten Hauseingang und suchte die Namensschilder ab. *Ibarra/Nemec.* Raffael klingelte. *Komm schon.* Er klingelte Sturm.

„Ja?“, hörte er Felix durch die Gegensprechanlage.

„Ich bin's“, rief Raffael. „Sie jagen mich, lass mich rein.“

Sofort summte der Türöffner.

***

Nelly befühlte ihre Zehen. *Keine kalten Füße mehr.* Sie rollte die Strümpfe nach unten, lief barfuß ins Badezimmer und sah im Spiegel ihr Gesicht. Nelly saugte die Wangen nach innen. *Die Hamsterbäckchen lasse ich irgendwann wegmachen.* Sie bedauerte, dass sie wegen Ursula von Übelbach nicht mehr zur Mahnwache gekommen war. *Was für ein Schisser, die Alte.* Nelly blinzelte. *Trotzdem gut, dass Dominik die Gräfin ins Team geholt hatte, denn sie kann noch nützlich sein. Obwohl sie auch nur mit Wasser kocht.*

Nach allem, was Nelly auf Facebook gelesen hatte, war die Mahnwache eine erfolgreiche Aktion gewesen. *Dominiks Tod war nicht umsonst.* Nelly fühlte, wie eine Welle der Euphorie durch ihren Körper schwappte. *Ich ziehe das jetzt durch. Ich starte die Aktion für den Widerstand. Für dich, Dominik.* Sie warf ihrem Spiegelbild einen Kuss zu.

***

Max begleitete Vicky nach Hause, die ihr Fahrrad auf dem Gehweg schob. Beide schwiegen.

„Hier gibt's exotische Eissorten", unterbrach Vicky das lange Schweigen auf Höhe von Esmeralda's Inka-Café in der Belziger Straße. „Guave, Chili-Orange, blauer Mais und so."

„Ich kenne es. Bin manchmal hier, um Pisco Sour zu trinken", sagte Max.

„Heidi liebte das Eis, als sie klein war. Cocktails habe ich hier noch nicht getrunken."

„Ich lade dich mal nach dem Schwimmen ein", sagte Max, „aber nur nach dem Training am Abend."

Vicky lächelte.

Sie schwiegen wieder.

„Ist Heidi deine Tochter?", fragte Max.

„Technisch gesehen ist sie meine Schwägerin. Heidi ist Olivers Schwester." Vicky machte eine Pause. „Die Eltern der beiden sind bei einem Verkehrsunfall ums Leben gekommen, als Oliver noch studierte. Wir waren schon verheiratet und Heidi ein Baby. Uns war beiden klar, dass sie zu uns kommt." Vicky blieb stehen und schaute Max an. „Was treibt diese Menschen an?"

„Du meinst die Menschen eben?"

„Ja."

„Schwer zu sagen. Angst, sagen die einen. Geiz und Neid, sagen andere. Manche von denen nutzen die Stimmung aus, weil sie geil nach Aufmerksamkeit sind."

„Narzissmus statt Nazi?"

Max lachte.

Beim Grün der Fußgängerampel überquerten sie die Grunewaldstraße.

„Mich fasziniert, dass sie die Mehrheit der Bevölkerung hinter sich glauben", sagte Max.

„Wer ständig mit dem gesunden Volksempfinden argumentiert, kommt leicht auf so etwas", sagte Vicky. „Ich finde die Gemeinsamkeiten zwischen Neurechten und Salafisten immer wieder erstaunlich."

„Extreme Ränder sind kommunizierende Gefäße", sagte Max.

„Du hast recht." Vicky lachte. „Beide Gruppen glauben, dass Menschen nicht gleich sind. Früher sagten sie andere Rasse; das trauen sie sich heute nicht mehr. Heute heißt es fremder Kulturkreis. Und die anderen sagen Ungläubige."

Sie erreichten den Barbarossaplatz.

„Max, wie schaffst du das eigentlich?"

„Was?"

„Das mit den Toten. Gewöhnt man sich daran?"

„Es ist jedes Mal hart", sagte Max. „Zum Glück, denn Abstumpfen wäre keine Alternative."

Vicky nickte. Sie bogen in eine Seitenstraße ab.

„Wie geht es dir?", fragte Max.

Sie passierten ein Jugendstilhaus, an dessen vierstöckiger Fassade Efeu bis unter die Dachrinne wuchs. Lautes Vogelgezwitscher war darin zu hören, obwohl kein einziges Tier zu sehen war.

„Durchwachsen", sagte Vicky. „Sein nackter Oberkörper, ich sah nur das eine Auge. Schrecklich. Wer hat ihn ausgezogen, wer hat seinen Kopf mit Steinen zerschmettert? Die Fragen platzen manchmal in mir wie Blasen voll schwarzer Galle." Vicky blieb stehen. „Hier wohnen wir."

„Antworten auf deine Fragen zu finden, ist meine Aufgabe. Wir klären den Mord auf." Er berührte Vickys Arm. „Hier wohnst du? Schönes Haus."

„Wir wohnen gerne hier“, sagte Vicky und sperrte die Tür auf. „Ich würde dich mit hinaufbitten, aber …“

„Kein Ding“, sagte Max. „Schon spät.“

Vicky legte eine Hand auf die Schulter von Max, dabei berührte sie seinen Hals. Sie küsste ihn auf die Wange. Dann schob sie das Rad in den dunklen Hausflur.

Max blickte ihr nach und wartete, bis Vicky verschwunden war. Er sah sich um. *Links oder rechts?* Max entschied sich für rechts. Er hatte keine Ahnung, wohin ihn diese Entscheidung heute Nacht führen würde. In seinen Earpods startete Musik.

– Let me photograph you in this light, in case it is the last time that we might be exactly like we were.

Der fünfte Tag

„Ich gehe heute nicht laufen", sagte Vicky und küsste Oliver an der Tür zum Abschied.

Oliver knöpfte sich die Jacke zu und runzelte die Stirn.

„Aber alles in Ordnung", beeilte sich Vicky zu sagen. „Halt deinen Kopf frei, du operierst heute noch einen Querschnitt."

„Du sagst Bescheid, wenn ich was für dich tun kann, oder?"

„Klar", sagte Vicky und küsste Oliver ein zweites Mal, bevor er die Treppen hinunterdüste.

Vicky ging in die Küche, befüllte den Wasserkocher und hängte einen Teebeutel in die Hertha-BSC-Tasse. Schwarzer Bio-Tee, fair trade. Weil sie Heidi noch nicht gesehen hatte, klopfte sie an ihre Tür.

„Jetzt nicht", tönte es aus dem Zimmer.

Aha. Vicky ging zurück und brühte den Tee auf. Kurz danach lief Heidi fertig angezogen zur Wohnungstür.

„Willst du mit mir frühstücken?", fragte Vicky.

Heidis Smartphone summte. Sie las eine Nachricht und begann die Antwort zu tippen.

„Jemand zu Hause?", fragte Vicky.

„Nein. Was? Keine Zeit." Heidi griff nach ihrem Seesack.

„Nach der Schule gemeinsam essen?", rief ihr Vicky nach.

„Ja", sagte Heidi und packte ihr Longboard.

„Wir hatten schon lange nicht mehr Arabisch. Machen wir Habibi?"

„Ja", hörte Vicky. Dann fiel die Tür ins Schloß.

***

Sein nackter Oberkörper. Max dachte nach dem Aufwachen an Vickys Worte und schaute an die Decke. *Wo ist Dominiks T-Shirt? Dominik trug ein blaues T-Shirt von Fred Perry, als ich ihn zum letzten Mal gesehen habe. Ibarra.* Max versuchte im Zimmer etwas zu erkennen, aber die Vorhänge waren zugezogen. *Da habt ihr euch versteckt! Da is er, meen Kleener. Hilal, hier deine Wäsche. Wir ham nich so viel Platz in der Wäscherei, det die tagelang rumstehen kann. Ingeborg Pofalla.* Max schob vorsichtig den Arm von seiner Brust und setzte sich auf. Er griff nach der Wäsche neben dem Bett und tastete sich nackt zur Zimmertür. Im Vorraum schlüpfte er in die grauen Boxershorts, danach in die Jeans. Am Schluss zog er das schwarze T-Shirt über. *Zuerst frisches Shirt holen, dann ins LKA.* Nachdem er die Schuhe angezogen hatte, trat er aus der Wohnung und zog die Tür leise von außen zu.

***

Gewaltiger, unendlicher Gott! Du siehst in die Tiefen meines Herzens und durchschaust meine sündigen Gedanken. Siehe, ich liege vor deinem heiligen Angesichte und bitte um Erbarmen.

Ursula von Übelbach lag auf dem Steinboden der Sankt-Matthias-Kirche und spürte eine Hand auf der Schulter. Sie drehte den Kopf. Über ihr stand eine alte Frau, die eine Brille mit dicken Gläsern trug und deren Haare einen Blaustich hatten.

„Mädel, du musst aufstehen."

„Aber ich bete", sagte Ursula.

„Schon kapiert, Mädel. Obwohl ich zuerst dachte, dir ist schlecht geworden und du liegst deshalb vor dem Altar."

„Ich bin noch nicht fertig."

„Die Laudes beginnt gleich. Also aufstehen, aber dalli!" Die Frau stupste Ursula an der Schulter.

„Frechheit." Ursula erhob sich.

„Der liebe Gott hört dich auch, wenn du auf der Bank sitzt und betest."

„Wer sich zu viel in Gesellschaft einer Schlange bewegt, wird selbst zur Schlange", zischte Ursula und ging zur hintersten Bank in der Sankt-Matthias-Kirche.

***

Die Erde war schwarz. Einzelne Baumstämme ragten als Stümpfe in den bedeckten Morgenhimmel. Dunst lag über dem Park und Hilal hatte den Geruch von Verbranntem in der Nase. *Ich bringe Schande über meine Familie, ich handle gegen Gott. Namus! Ich habe mich der Familienehre nicht würdig erwiesen.* Hilal presste die Lippen aufeinander. *Ich bin krank.* Er ging den Hauptweg entlang Richtung Rathaus Schöneberg und trug über die Schulter geworfen eine schwarze Sporttasche. *Suchet eures Herrn Verzeihung, denn Allah ist allverzeihend. Er sendet Regen hernieder in Fülle und stärkt euch mit Glücksgütern und Kindern und schafft euch Gärten und Flüsse.* Hilal bog in einen Seitenweg. Die Bank, wo er mit Namit und Yaseen gekifft hatte, war verbrannt. Es standen nur noch die Metallfüße. Hilal musste weiter. *Allah liebt die Reumütigen, und Er liebt die, die sich reinhalten.*

***

Dietrich Wald war nervös und schob die Gardine nur wenig auf, um durch den kleinen Spalt auf die Martin-Luther-Straße zu schauen. Der blaue Nissan stand noch dort, wo er ihn heute um vier Uhr früh geparkt hatte. Nelly hatte ihm das Go gegeben. *Endlich.* Er setzte sich an den Küchentisch und lächelte selig. *Noch zehn Stunden, dann erwartet mich Nelly.* Sein Blick fiel auf das Foto an der Wand. *Ich werde bei Nelly bleiben und ich werde es besser machen als du, Vater!* Dietrich überlegte, ob er die „Zugfahrt nach Wernigerode im Harz“ gucken sollte. *Nein, heute nicht notwendig.*

***

Max trug ein weißes T-Shirt unter der Lederjacke, als er in der Prinzregentenstraße die zwei Polizisten in Uniform begrüßte. Er hatte sie angefordert. Vor der Tür standen Busse und warteten auf die Geflüchteten, um sie nach den Vorkommnissen der vergangenen Nacht auf andere Heime zu verteilen. Es war beschlossen worden, das Heim zu schließen.

Ali stand an der Eingangstür, wo sich rußige Flecken über die Hauswand bis zum ersten Stock zogen. Das gläserne Vordach war zerborsten, nur noch die nackten Stahlträger ragten aus der Fassade.

„Kaputt“, sagte Ali und es klang wie eine Entschuldigung.

„Wo kommst du hin, wenn hier dichtgemacht ist?“, fragte Max.

„Container am Flughafen Tempelhof“, antwortete Ali.

Max klopfte ihm auf die Schulter. „Wir wollen zu Hilal“, sagte er.

„Hilal ist weg“, sagte Ali.

***

Christian biss in ein Vollkorncroissant und wischte Krümel von der Schreibtischplatte. Vor ihm lag das Smartphone von Dominik Nemec. *Here we are again. Für welche Zahlenkombi hatte sich die Spaßkanone Nemec entschieden?*

Als eine Hand nach dem Smartphone fasste, blickte Christian erschrocken auf. Die Parlikova war wieder lautlos ins Büro gekommen.

„Das Smartphone des Mordopfers?", fragte sie.

„Ja, Chefiza!"

Parlikova drehte das Gerät in ihren Händen. „Knack das mal."

„Gute Idee." Christian grinste.

„Warum musste ich mich heute Morgen beim Badmintonspielen mit dem Innensenator über Analverkehr unterhalten?"

Christian schaute sie fragend an.

„Bild.de brachte exklusiv unseren Obduktionsbericht", sagte die Parlikova.

„Das habe ich noch gar nicht ...", sagte Christian.

Die Parlikova brachte ihn mit einer Handbewegung zum Schweigen. „Nicht gut. Ich musste den Innensenator gewinnen lassen." Sie legte das Smartphone zurück auf den Tisch. „Bitte Multitasking: Handy knacken und Leak zum Versiegen bringen." Parlikova griff nach einem Vollkorncroissant. „Meins?" Ohne eine Antwort abzuwarten, biss sie hinein und verschwand durch die Bürotür.

Christian schluckte, weil ihm heiß eingeschossen war, wo das Leak zu finden sein könnte. Er öffnete am PC die Aufzählung aller LKA-Mitarbeiter, die Zugang zu den Informationen hatten, und scannte mit einem Blick die Liste. *Im entscheidenden Moment immer dabei gewesen, aber natürlich nicht gelistet.* Er griff zum Hörer. „Ich brauche Dienstfahrzeug Nummer Zwofünfdrei ... Ja, ich bin der Behinderte ... Nein, ich brauche den Wagen auf der Stelle oder willst du mich chauffieren? Geht auf die Kostenstelle ‚Ein Rolli auf Reisen' ... Ich komme sofort." Wütend packte Christian das Smartphone ein und rollte aus dem Büro.

***

„Warum bleibst du stehen?“ Harry drehte sich im leichten Trab nach seiner Frau um.

Cornelia stand auf dem südlichen Hauptweg im Volkspark Schöneberg, der in einem leichten Anstieg auf das Gebäude von Deutschlandfunk Kultur zuführte. Sie wischte an ihrer Laufhose hinunter. „Ich kann nicht weiterlaufen“, sagte sie.

Harry kam zu ihr. „Was ist los? Dort hinten wollten wir heute nicht laufen, weil alles verbrannt ist. Hier ist es besser, hast du gesagt.“ Er zupfte an seinen weißen Haaren.

„Ich spüre eine Energieblockade, Harry. Ich kann da nicht weiter.“ Sie deutete auf die Büsche und Bäume.

„Lass den Quatsch, Cornelia! Verunreinigt beim Weiterlaufen etwas deine Chakren, gehen wir zu Hause fix mit der Schmutzbürste drüber und gut ist. Komm!“

Cornelia fixierte einen Punkt hinter der dichten Blätterwand, bevor sie Harrys Hand nahm und ihn in die Büsche zog.

Mit der freien Hand musste Harry Äste und Blätter aus seinem Gesicht wischen. Er blinzelte und erschrak.

„Das habe ich gespürt“, sagte Cornelia, aber in ihrer Stimme lag keine Genugtuung.

„Wir müssen die Polizei rufen“, sagte Harry.

„Armer Junge.“ Cornelia und Harry schauten an dem Stamm nach oben. An einen Ast war ein Ledergürtel geknüpft, in dem mit dem Kopf ein junger Mann hing. Am Fuße des Baums lehnte eine schwarze Sporttasche.

***

„Hallo, hier Christian vom LKA. Können wir kurz reden? … Nein, live wäre besser. Hast du jetzt Zeit? … Nicht nötig, ich stehe vor der Tür. Bis gleich." Christian beendete das Telefonat.

Einen Moment später trat Judith aus der Eingangstür des Polizeiabschnitts 42 in der Schöneberger Hauptstraße und blickte sich am Treppenabsatz der Gründerzeitvilla um.

Christian tippte auf die Hupe.

Judith lief zum Auto und öffnete die Tür auf der Beifahrerseite. „Du fährst …?", fragte sie.

„Ist eine Spezialanfertigung. Drehen wir eine Runde." Er blinkte und fädelte sich in den fließenden Verkehr Richtung Rote Insel.

„Was verschafft mir die Ehre? Gibt es was Neues im Mordfall Nemec?"

Christian räusperte sich. „Houston, wir haben ein Problem."

***

Als Namit zu weinen begann, kaute Samira auf ihrer Unterlippe. „Man kann nicht über alles sprechen", sagte sie.

„Doch", sagte Max und wiederholte seine Frage. „Was ist in dieser Nacht im Park geschehen?"

Namit rollten die Tränen über die Wangen, bis sie in seinem Oberlippenbart verschwanden. Yaseen saß daneben und schaute starr auf die Wäschekartons im Regal vor sich.

Max setzte nach. „Hilal hat sich erhängt. Er hat sich umgebracht. Dieser Selbstmord ist kein Zufall, denn in seiner Sporttasche fanden wir das T-Shirt des Ermordeten."

Samira übersetzte schnell. Namit antwortete leise und unterdrückte ein Schluchzen.

„Namit sagt: Wir waren im Park. Wir haben nichts getan. Ist es in Deutschland verboten, nachts im Park zu sein? Das wussten wir nicht. Wir wollen uns dafür entschuldigen."

„Mir reicht's!", rief Max und seine Stimme hallte durch die Kleiderkammer. Erschrocken sahen ihn alle an. Max trat an Namit heran, der sofort zu Boden blickte, doch Max hob mit seiner Hand das Kinn von Namit, damit er ihm in die Augen sehen konnte.

„Dieses Lied hatte das letzte Mal auch Hilal gesungen. Und jetzt ist er tot."

Samira wollte übersetzen, aber Max winkte ab. „Lass mal, Namit versteht mich ganz gut." Er hielt noch immer Namits Kinn. „Wir klären das, Namit. Ein für alle Mal." Dann wandte sich Max an den Polizisten, der an der Tür stand. „Bringt mir die beiden ins LKA."

„Handschellen?", fragte der Polizist.

„Noch nicht", antwortete Max.

***

Am Wohnzimmertisch wollte Dietrich Wald nicht sitzen bleiben. Er trat nahe ans Foto, das seinen jungen Vater zeigte. *Ich mache es besser als du und werde Nelly nicht verlassen.* Sein Vater war im Lebensborn-Heim „Harz" in Wernigerode zur Welt gekommen. Als junger Mann hatte er Dietrichs Mutter geschwängert und war danach verschwunden. Alles, was Dietrich von ihm hatte, war dieses Foto und die Selbstüberzeugung, von einem Lebensborn-Arier abzustammen. *Heute Abend wirst du stolz auf mich sein, Vater!*

Dietrich lief zum Wohnzimmerschrank und legte seine Lieblings-CD ein. *Bis es so weit ist, können wir es uns auch mit André Rieu schön machen.* Dietrich drehte laut auf, damit er die Musik in der gesamten Wohnung hören konnte. *Bart ab und dann Kölnisch Wasser.* Im Badezimmer rasierte er sich mit dem Trockenrasierer und summte zum Gesang der drei Sopranistinnen.

– Your faith was strong but you needed proof, you saw her bathing on the roof, her beauty and the moonlight overthrew ya.

Dietrichs Gesicht war glatt. Er überlegte kurz, bevor er sein Pyjamaoberteil auszog und seine Brust rasierte. Weiße Haare fielen büschelweise ins Waschbecken. Manche auch auf den braunen Badezimmerteppich, aber Dietrich störte das nicht. *Wenn alles vorbei ist, bin ich schön glatt für Nelly.*

– She tied you to a kitchen chair, she broke your throne, and she cut your hair and from your lips she drew the Hallelujah.

Danach erwartet mich Nelly im siebenten Himmel, so Gott will. Dietrich zog die Hose aus und rasierte weiter. *Nelly ist eine besondere Frau. Nicht so emotional. Die bekommt keine wässrigen Augen, wenn sie Bilder von Flüchtlingskindern sieht. Nicht wie die kleine Kommunistennutte von der Mahnwache gestern Abend.* Dietrich strich sich prüfend über die Brust. *Ich hätte der dreckigen Schlampe eine betonieren sollen. Oder besser gleich totficken.* Dietrich lachte. *Das darf ich nicht mal denken!* An den Beinen setzte er die Rasur fort. *Nelly ist anders. Die wählt keine Parteien, die Grenzen aufreißen und daran schuld sind, dass Frauen vergewaltigt werden und in Zukunft Schleier tragen müssen. Hätten in den letzten Jahren Frauen nicht mitgewählt, hätten wir jetzt keine Masseneinwanderung plus Islamisierung.* Dietrich schaute auf seinen Penis. Er wurde steif. *Schuld an allem ist der Feminismus, weil er die Weiber wider die Natur von Herd und Kindern getrennt hat.* Dietrich rasierte seine Schamhaare. *Je kürzer die Hecke, desto größer das Haus. Nelly wird ihn lieben. Zum Glück ist Nelly nicht wie andere Frauen.* Jetzt sang Dietrich laut mit.

– Hallelujah, Hallelujah, Hallelujah.

***

Der Wagen war noch nicht eingeparkt, da öffnete Judith bereits die Autotür. „Judith, warte!“, hörte sie Christian rufen, aber sie blieb nicht stehen, sondern stürmte die Treppen zum Eingang des Polizeiabschnitts hoch. Hastig gab sie den Code ein und stieß die Glastüre auf.

„Wo ist er?“, rief sie in das Großraumbüro.

„Wer?“, fragte die Sekretärin am ersten Tisch, doch Judith war schon weitergelaufen. Alle Köpfe flogen ihr nach.

Im Aufenthaltsraum mit der Kaffeemaschine war niemand. Judith lief über die Holztreppe in den Keller und riß die Tür zur Männertoilette auf. An einem Pissoir stand ihr Kollege Mario Haschkey und sah sie erschrocken an.

„Hey!“, rief er.

„Du Schwein!“, schrie Judith.

„Ich pisse gerade!“ Mario versuchte sich wegzudrehen.

„Du hast alles, was ich dir vom Mordfall Nemec erzählt habe, der Bild gesteckt.“ Judith schubste ihn an der Schulter.

„Spinnst du? Ich pisse mir auf die Hosen!“

„Wie viel Geld hast du bekommen?“

„Hör auf! Ich habe kein Geld genommen. Ich bin kein Charakterschwein, aber ich war sauer!“

„Du mieser Verräter! Ich dachte, wir sind ein Team!“

„Team? Du immer so auf wichtig mit den Schnöseln vom LKA? Vergiss es!“ Mario Haschkey war am Pissoir fertig, drehte sich mit offener Hose zu Judith und sah sie herausfordernd an.

„Toll, dass du einen großen Pimmel hast. Ich melde dich trotzdem.“ Judith trat einen Schritt auf ihn zu.

Mario zuckte und hielt die Hände vor seinen Penis.

Da zog ihm Judith blitzschnell die Sonnenbrille aus der Brusttasche des Uniformhemds, ließ sie ins Pissoir fallen und rannte aus der Toilette. Die Beschimpfung, die ihr Mario nachschrie, hörte sie nicht mehr.

***

Teneriffa.

„Von vorne", sagte Max.

„Wie?", fragte Namit auf Deutsch.

„Ich will den Ablauf des Abends noch einmal von dir hören." Max nickte dem arabischen Kollegen zu, der als Dolmetscher mit am Tisch saß.

Der Kollege übersetzte.

„Er soll anfangen, wie sie den Plan fassten, in den Park zu gehen", setzte Max nach.

Namit zog an der Goldkette, die er um den Hals trug. Als er sah, dass es Max bemerkte, legte er seine Hände nebeneinander auf dem Tisch ab. Er sprach leise und schnell.

„Hilal und ich hatten Sport gemacht, haben neben dem Heim Gewichte gestemmt. Ali von der Security hat uns dafür volle Kisten mit Wasserflaschen gegeben. Yaseen kam dazu, wollte auch probieren. Wir haben uns verabredet, wenn es dunkel ist, zusammen in den Park zu gehen." Namit ließ nervös seinen Bizeps zucken. „Im Park hatten wir auf der Bank gesessen, auf der wir immer saßen."

„Welche war das?", fragte Max.

„Gleich neben dem Hügel, wo die jungen Deutschen immer liegen."

„Habt ihr gekifft?"

Namit wich dem Blick von Max aus. „Wir kiffen nicht", sagte er und fuhr mit einem Finger seine dunklen Augenbrauen entlang. „Die jungen Deutschen kiffen. Die Mädchen lachen laut und viel. Eines hat den Mann mit den vielen Hunden ausgelacht."

„Was war los?"

„Keine Ahnung, wir saßen nicht nah genug, aber der Mann ist wunderlich. Manchmal redet er mit uns. Er ist immer schön angezogen und gibt sich locker, sagt dann aber, dass wir den Park nicht verschmutzen dürfen, dass in Deutschland immer alles sauber bleiben muss, damit die Tiere im Park gut leben können. Wir waren immer freundlich zu ihm."

„Warum hat sich Hilal erhängt?"

Namit zuckte, als er die Übersetzung hörte. „Ich weiß es nicht."

„Aber ich weiß es", sagte Max.

Namit blickte auf.

„Ihr seid wie immer in den Park zum Kifferhügel, um eure Geschäfte zu machen", fuhr Max fort.

„Masa Yanie?" Namit wandte sich an den Übersetzer.

„Ihr habt den jungen Deutschen am Hügel das Dope verkauft, um euer Taschengeld vom Staat aufzubessern. Dominik Nemec hat euch beobachtet und drohte, euch bei der Polizei anzuzeigen. Ihr seid ihm nach, habt ihn in die Büsche gezogen und mit Steinen erschlagen. Ihr habt ihn brutal ermordet, um eure illegalen Geschäfte zu schützen."

Namits Augen wurden groß, als er die Übersetzung hörte.

„... laqad qataltumuhu biuahshia", sagte der Dolmetscher.

„Hua yakseb!", brüllte Namit, sprang hoch und ging mit den Fäusten auf Max los. Der Übersetzer schrie vor Schreck auf.

Max parierte zwei Schläge, nutzte eine Bresche, um Namit am am Hals zu packen, und drückte seinen Kopf mit einem Knall auf die Tischplatte. Namit ächzte. Max drehte ihm den Arm auf den Rücken und deutete dem Übersetzer, die Kollegen zu rufen. Dann flüsterte er in Namits Ohr.

„Chill, we're not finished yet."

***

Heidi kippte das aufgeklappte Deutschbuch an der Kante des Schultischs so, dass sie ihr Smartphone dahinter verbergen konnte. Noch hatte die Deutschstunde nicht begonnen, aber sie wollte vorbereitet sein, heimlich zu chatten. Die Tür zum Klassenzimmer stand offen, Sebastian Pöhls kam herein und ging zum Lehrerschreibtisch. Heute trug er zum dunklen Anzug keine Krawatte, dafür hatte er einen grauen Schal um den Hals gelegt und seine schwarzen Haare waren nicht pomadisiert. Die obersten Knöpfe seines weißen Hemds standen offen und in der Hand trug er einen Stapel Blätter. Das Gemurmel hörte auf.

„Er schaut wieder genervt aus“, sagte Arian zu seinem Sitznachbarn Dariusz eine Spur zu laut in die plötzliche Stille.

Pöhls blieb stehen. „Ab in den sozialen Trainingsraum, Arian.“

„Nee“, sagte Arian gedehnt, stand auf und trottete betont langsam aus dem Klassenzimmer.

„Tschüss“, sagte Pöhls.

Heidis Smartphone blinkte.

– Keine Panik. Raffael ist safe. Er ist bei mir.

Pöhls wandte sich an die Klasse. „Eigentlich war ich gut gelaunt, aber jetzt …“ Er legte die Blätter auf den Tisch in der ersten Reihe. „Austeilen. Jeder kriegt drei Blätter. Wer nur zwei oder eines bekommt … selbst schuld.“

Während die Schüler den Stapel durchreichten, tippte Heidi vorsichtig, um nicht aufzufallen.

– Was heißt bei dir? Du bist doch bei Ibarra?

„Ihr findet auf den Blättern drei Balladen. Erlkönig, Handschuh, Maynard. Sucht euch eine davon aus.“

Heidi tippte weiter.

– mir ist total mulmig. zuhause reden sie viel über nemec. kann ich iwie helfen?

„Die Ballade lernt ihr bis nächsten Freitag auswendig. Heute lesen wir sie in Arbeitsgruppen und bestimmen das jeweilige Metrum. Heidi, was geht?"

Heidi blickte erschrocken auf. Pöhls stand vor ihrem Tisch.

„Du glaubst, ich bemerke das nicht? Gib mir dein Handy!"

Heidi klappte das Deutschbuch zu, aber es wölbte sich deutlich über dem Smartphone.

„Lass das!", sagte Pöhls.

In diesem Moment öffnete sich die Tür zum Klassenzimmer. Arian kam zurück, gefolgt von einem weißbärtigen Mann, der ein rotes Hemd und eine rote Krawatte trug. Arian setzte sich an seinen Platz.

„Herr Pöhls, auf ein Wort", sagte der Mann.

„Was ist mit Arian, Herr Direktor?", fragte Pöhls.

„Mit Arian?" Der Direktor war irritiert. „Mit Arian ist nichts."

„Was dann?", fragte Pöhls.

„Herr Pöhls, ich suspendiere Sie hiermit wegen einer zu verfolgenden Dienstpflichtverletzung vom Unterricht."

***

„Was passiert mit Mario?" Judith saß neben Christian im Auto und zitterte nach dem Vorfall in der Herrentoilette.

„Disziplinarverfahren", sagte Christian.

„Wird er gefeuert?"

„Vermutlich nicht. Sie werden ihn nach Spandau strafversetzen, Soko Obstallee."

Beide lachten.

„Wie geht es sonst mit dem Mordfall Nemec voran?", fragte Judith.

Christians Augen verengten sich zu Schlitzen. Dann grinste er.

Judith boxte ihm die Schulter. „Menno, das Leak ist dicht. Ich erzähle ab jetzt niemandem mehr davon, versprochen!“

Christian zog Nemec’ Smartphone aus der Jackentasche. „Ich muss sein Handy knacken. Keinen blassen Schimmer, wie ich das angehen soll.“

„Gib mal“, sagte Judith. „Vielleicht nutzte Nemec Einstellungen, die einen Trick zulassen.“ Sie hielt die Home-Taste gedrückt und der Bildschirm wurde schwarz. Eine Stimme fragte: „Wie kann ich behilflich sein?“

„Hey, Siri, wer bin ich?“, fragte Judith.

„Dominik Nemec“, sagte Siri.

„Wow!“ Christian kratzte sich am Kopf.

Judith legte einen Zeigefinger auf ihre Lippen. „Zeige Nachrichten“, sagte sie.

„Sonntag, Fünfzehnuhrneunundvierzig: Dominik, wir sind ein Team, vergiss das nicht“, las Siri vor.

Christian riß sein Smartphone aus der Jackentasche und versuchte, es hastig zu aktivieren, um Siri aufzuzeichnen.

Judith legte ihre Hand beschwichtigend auf Christians Arm. „Keine Hektik! Siri macht das immer wieder, wenn ich will.“

„Sonntag, Einundzwanziguhrzwölf: Wenn du diesen Schritt jetzt gehst, Dominik, dann war es das mit uns. Mir bricht das Herz dabei.“

„Die Mordnacht“, flüsterte Christian.

„Sonntag, Dreiundzwanziguhrfünzehn: Hey, bin schon im Bull. Wann kommst du? Hier ist noch gar nichts los. Montag Nulluhrsiebenundfünfzig: Es tut mir so leid, Dominik, ich wollte dir nicht wehtun.“

Christian und Judith sahen sich an.

„Ab ins LKA“, sagte Christian und fuhr los, ohne Judith zu fragen, ob sie mitkommen will.

***

La Gomera.

Der Dolmetscher schüttelte den Kopf. „Ich spreche Paschtu, ich verstehe ihn auch gut, aber ich weiß nicht, was er sagt. Es hat nichts mit Ihrer Frage zu tun."

„Übersetzen Sie mal", sagte Max.

Max gegenüber saß Yaseen und lächelte freundlich. Er hatte seine Baseballkappe auf dem Tisch abgelegt. Max sah zum ersten Mal, dass Yaseen dichte, schwarze Locken hatte.

„Ich versuche es", sagte der Dolmetscher. „Ein Löwe fragte einen anderen Löwen: ‚Magst du mich?' – Der andere Löwe sagte Nein. Er fragte: ‚Findest du mich hübsch?' – ‚Nein'. ‚Bin ich in deinem Herzen?' – ‚Nein'. ‚Weinst du um mich, wenn ich weggehe?' – ‚Nein'. Traurig ging der Löwe davon. Da packte ihn der andere an der Tatze und sagte: ‚Ich mag dich nicht, ich liebe dich. Ich finde dich nicht hübsch, ich finde dich wunderschön. Du bist nicht in meinem Herzen, du bist mein Herz. Ich weine nicht um dich, ich würde für dich sterben!' Da freute sich der Löwe."

Yaseen wandte seinen Blick nicht von Max ab, während der Dolmetscher übersetzte.

„Fragen Sie ihn, ob er sich des Ernstes der Lage bewusst ist", sagte Max zum Dolmetscher.

„Kann ich machen, aber ich befürchte, dass es nichts bringt."

Es klopfte an der Tür. „Max, komm mal. Ist wichtig", sagte Christian ins Verhörzimmer.

***

– Hallo, ich bin Nelly Nollendorf. Ich bin die Neue in Dominik Nemec' Blog. Ich halte sein Erbe in Ehren und muss mich gleich mit einer ernsten Sache an euch wenden. Vögelchen haben mir gezwitschert, dass der patriotische Lehrer eines Berliner Gymnasiums vom Dienst suspendiert wurde, weil er auf der Mahnwache für unseren Dominik eine Rede gehalten und dabei moderate Islamkritik geübt hatte. Ein Wahnsinn! Sie wollen die Wahrheit vor unseren Kindern verbergen! Das ist ein Anschlag auf die Meinungsfreiheit. Seht genau hin (auch die Unpolitischen)! Democracy is dying right NOW! Wenn man sich mal erlaubt, die Wahrheit zu erforschen bzw. darüber zu diskutieren, ist man sofort ein Rechter. Die Einschränkung der Meinungsfreiheit ist die letzte Waffe einer an Hilflosigkeit nicht zu überbietenden Regierung! Dem tapferen Lehrer gilt unsere uneingeschränkte Solidarität.

In eigener Sache: Wenn ihr den Blog finanziell unterstützen wollt, müsst ihr wissen, dass ich keine Spenden von Lesern annehme, die selbst nicht viel haben. Das möchte und verlange ich ausdrücklich nicht! Ihr sollt wissen, dass ich nicht häufig darum bitte und dass alles generell auf freiwilliger Basis abläuft. Meine Inhalte sind und bleiben natürlich kostenlos. Nur wer einen kleinen Beitrag für unabhängigen, kritischen Journalismus leisten möchte, soll dies tun. Unterstützen kann man mich einfach per PayPal. Ich freue mich sowohl über kleine als auch größere Beträge.

Nelly klickte auf „Veröffentlichen". Zufrieden blickte sie auf die Uhr. *Nur noch wenige Stunden und dann brechen die Dämme.* Sie warf ein Auge auf ihr Smartphone. *Keine Nachricht von der Übelbach. Die Schreckschraube betet sich vermutlich gerade die Finger wund, damit sie in den Himmel kommt.* Nelly lachte. Es klang tief und kehlig.

***

Heidi schaute auf ihr Smartphone. Diesmal nicht heimlich, denn seit Herr Pöhls gegangen war, waren sie in der Klasse auf sich allein gestellt. *Noch immer keine Antwort.* Heidi bekam Angst.

***

Drei Köpfe beugten sich über das Handy von Dominik Nemec.

„Die erste Nachricht klingt nach Ibarra", sagte Max. „Nachricht Nummer zwei kann ich niemandem zuordnen. Scheint eine Verabredung für den Abend gewesen zu sein. Vielleicht derjenige, mit dem er Sex hatte? Die dritte Nachricht …"

„… ist von Nemec' Mörder", sagte Judith.

Max lächelte. „Beinahe, aber Mörder schreiben dem Opfer selten ‚Es tut mir so leid, ich wollte dir nicht wehtun' nach der Tat." Er lachte, als sich Judith mit der Hand gegen die Stirn klopfte.

„Stimmt im Obduktionsbericht die Tatzeit, kam die dritte Nachricht rein, knapp vor oder während Nemec ermordet wurde", sagte Max. „Es hilft nichts, wir müssen den Code zum Smartphone bekommen."

„Gibt's Croissants?", fragte eine laute Stimme.

Alle schreckten hoch.

Senta Parlikova hatte unbemerkt das Büro betreten. „So weit kommt es noch, dass ich anklopfe. Wie ist der Stand?"

Max zeigte auf das Smartphone und erklärte der Chefin den Status.

„Knackt endlich den verdammten Code. Noch so eine verkackte Mahnwache und ich muss mit dem Innensenator nach dem Badminton auch in die Sauna. Wird doch nicht so schwer sein, den Code dieses Antichristen zu ermitteln." Die Parlikova rauschte ab. Noch in der

Tür drehte sie sich zu Judith um. „Mit mir ist sonst gut Kirschen essen. Wer sind Sie eigentlich?“ Und weg war sie.

Im Büro war es still.

„Die ist eigentlich ganz nett. Also meistens“, sagte Christian.

„Sie schläft zur Zeit schlecht, weil ihr missratenes Söhnchen auf Schüleraustausch in Neuseeland ist“, sagte Max.

„Kontrollverlust hält manchmal wach“, sagte Judith.

Christian rollte ans Fenster und blickte auf das Tempelhofer Feld. „Antichrist“, sagte er. „Einen Versuch wagen. Nur einen einzigen, just for fun.“

„Was?“ Max zog die Stirn kraus.

„Ich hatte eben eine Epiphanie“, sagte Christian und blickte weiter aus dem Fenster.

„Wie passend“, sagte Judith.

Christian kicherte, nahm das Smartphone, drückte den Home-Button und 6-6-6. Er schaute auf.

„Der Antichrist“, sagte Judith. „Aber eine Ziffer fehlt.“

„Was beschäftigt fromme Katholiken besonders?“, fragte Christian.

„Sex, vor allem der von anderen“, sagte Max.

„Guter Hinweis. Nur ein einziger Versuch, just for fun.“ Christian tippte eine weitere 6. Das Nummernfeld am Display verschwand und elegant flogen die Apps von den Seiten auf den Bildschirm. „Ach, Nemec! Wie simpel.“ Christian feixte.

Max blickte auf das Display. „Los, mach Grindr auf!“

„Max!“, rief Christian erstaunt.

***

Jesus sagt, viele werden unter meinem Namen auftreten und sagen: Ich bin der Christus! Und sie werden viele irreführen. Ursula von Übelbach saß in der hintersten Bankreihe der Sankt-Matthias-Kirche und verfolgte trotz gesenkten Kopfes die Bewegungen der alten Frau mit den dicken Brillengläsern. *Alte, was willst du?*

Die Frau stellte eine Vase mit frischen Lilien von der einen Seite des Altars auf die andere Seite.

Zuvor muss der Abfall vom Glauben kommen und der Mensch der Sünde offenbar werden. Der Widersacher, der sich erhebt gegen alles, was Gott heißt und Gegenstand der Anbetung ist, er setzt sich in den Tempel Gottes und gibt sich für Gott aus. Ursula hielt inne. *Wenn unser Ding klappt, fallen allen rechtschaffenen Menschen heute noch die Schuppen von den Augen, sie erwachen endlich und stehen auf!*

***

„Was nimmst du?", fragte Vicky.

Heidi schaute von ihrem Smartphone hoch. „Falafel-Teller."

„Orangensaft dazu?"

„Nee." Heidi scrollte weiter auf dem Handy.

„Einmal Falafel-Teller und einmal Habibi-Teller, bitte beides nur mit Mangosoße", sagte Vicky zum Mann hinter der Theke.

Der Mann nickte und lächelte Heidi zu. „Netter Knutschfleck!"

„Häh, was?" Heidi schüttelte den Kopf und nestelte an der Kapuze ihres Sweatshirts.

Der Libanese lachte und reichte zwei kleine Gläser mit schwarzem Tee über die Theke. „Aufs Haus", sagte er.

„Was meinte er denn?", fragte Vicky, nachdem sie sich an den Tisch neben der kleinen Wandgrotte gesetzt hatten.

„Hier komme ich nicht mehr her", sagte Heidi. Als ihr Smartphone blinkte, wischte sie enttäuscht die Nachricht weg.

„Nicht wichtig?“, fragte Vicky.

„Nicht wichtig.“ Heidi blickte aus dem großen Fenster auf die Akazienstraße, wo in der Baustelle ein Bagger fuhr.

„Hast du einen Knutschfleck am Hals? Ich kann wegen deines Pullis nichts sehen.“ Vicky lächelte.

„Weiß nicht.“

„Ist ja nichts Schlimmes. Wo ist der Knutschfleck?“

„Fragen, Fragen, Fragen! Lass mich doch …“

„Falafel-Teller und Habibi-Teller“, rief der Mann hinter der Theke in den Gastraum.

Heidi sprang auf, um das Essen zu holen.

***

Christian las eine Message laut vor.

„User catch me schreibt: Auf der Suche? Will ficken. Dazu ein Bild von seinem Hintern. Nemec antwortet: Kein Interesse. catch me schreibt: Fick dich selbst, Wichser.“

„Da geht's zur Sache“, sagte Judith. Sie blickte Christian über die Schulter.

Max saß auf dem Schreibtisch von Christian. „Die Nachrichten tragen das Datum der Mordnacht?“

„Ja“, sagte Christian. „Chronologisch gelistet.“

„Lies die letzte vor“, sagte Max.

„Kein Userbild, keine Stats, nur das Emoji Kaffeetasse.

– Nemec schreibt: Hey, how are you?

– Kaffeetasse antwortet: fine

– Nemec: Like your muscular chest

„Er hatte ein Bild online“, sagte Max.

– Kaffeetasse: thx man

– Nemec: Got a face for me?

„Das Bild war nur ein Torso“, sagte Judith.

„Das Wesentliche eben“, sagte Max.

– Kaffeetasse: sorry no face here
– Nemec: Ok looking for?
– Kaffeetasse: fun
– Nemec: Fun is for ladies. I am looking for sex
– Kaffeetasse: Smile-Emoji
– Nemec: Wanna have sex with me?
– Kaffeetasse: why not?
– Nemec: Now?
– Kaffeetasse: in 1 hour but i need some taschengeld
– Nemec: Ok. You are Arab?
– Kaffeetasse: yes
– Nemec: You fuck me?
– Kaffeetasse: yes. you can host?
– Nemec: No
– Kaffeetasse: meet in the park?
– Nemec: Ok. Have a friend to join us?
– Kaffeetasse: 2 if you like. but it's more taschengeld.
– Nemec: Ok the more the merrier
– Kaffeetasse: sorry?
– Nemec: Nothing. Yes I like two. Arabs too?
– Kaffeetasse: 1 arab, 1 little afghan lion

„Das war's!" Max sprang auf.

„Was?", fragte Christian.

„Das ist die Konversation zweier Männer, die jetzt tot sind. Der zweite Araber und der kleine afghanische Löwe sitzen im Stockwerk unter uns und warten darauf, weiter verhört zu werden."

„Wie jetzt?", fragte Christian.

„Kommt mit!" Max lief aus dem Zimmer.

***

Ursula beobachtete, wie die Frau mit den dicken Brillengläsern die Treppen vom Altar herabstieg. *Wehe, du kommst zu mir, alte Schachtel!* Die Frau schlenderte langsam im östlichen Seitenschiff Richtung Orgel. Mit einer Hand berührte sie jede Bankreihe. Die Frau blieb auf Ursulas Höhe stehen und betrachtete ausgiebig den Wetterhahn aus Metall, der an der Wand befestigt war. Ein Blitz hatte ihn von der Turmspitze geschleudert, weshalb ihm die Gemeinde einen Ehrenplatz im Kirchenraum verschafft hatte. Ursulas Augen verengten sich zu Schlitzen. *Soll dich der Blitz beim Scheißen treffen.* Die Frau promenierte weiter und verschwand aus Ursulas Blickfeld.

Der Widersacher tritt in der Kraft Satans auf, wirkt Scheinwunder, um die Menschen zum Abfall von der Wahrheit zu verführen und in das Verderben zu stürzen. Ursula schaute absichtlich nicht nach der Frau. *Beten ersetzt nicht den Kampf! Ich werde mutig sein, um den guten Kampf zu kämpfen.* Ursula drehte sich nach der Frau um, die am Eingang zur Turmhalle neben dem kunstvollen Gittertor stand und zu ihr hersah. Blitzschnell wandte sich Ursula ab. *Hat mir das Miststück eben die Zunge gezeigt?*

***

Zwei Schritte hinter Vicky überquerte Heidi die Grunewaldstraße. Seit sie das Habibi verlassen hatten, war zwischen ihnen kein Wort gefallen. Vicky blieb stehen und ließ am Gehweg eine Radfahrerin passieren. Heidi schloss nicht auf, sondern blieb auf Abstand stehen. Vicky begann sich wegen ihrer Schwägerin Sorgen zu machen.

***

„Schauen Sie mich nicht an, bitte." Namit vergrub das Gesicht in seinen Händen. „Ich bitte Sie sehr."

Max nahm einen Stuhl, setzte sich dicht neben den jungen Syrer und sprach an seinem Ohr mit leiser Stimme.

Namit sollte glauben, nur er konnte Max hören. Christian, Judith und der Dolmetscher saßen auf der anderen Seite des Tischs.

„Du bist safe, Namit. Erzähl mir alles."

Namit blickte Max ins Gesicht. „Ich war so glücklich. Germany. Safety. In Aleppo sie haben Freunde zum Militär geholt. Einer aus meiner Straße hat Nein gesagt, den haben sie vor der Haustür erschossen. Wir alle sollten es sehen. Mein Vater und mein Onkel haben mir das letzte Geld gegeben und mich losgeschickt." Tränen standen in Namits Augen. „Endlich Germany. Safety. Ich will arbeiten, Geld verdienen und raus aus dem Heim. Ich will, ich will. Dann habe ich lange auf den Deutschkurs warten müssen und plötzlich sitze ich zwei Jahre in der Notunterkunft. Zwei Jahre! Mein Kumpel Bassam hat es früher geschafft. Er arbeitet als Optiker. Ich bin mit ihm zu Fuß durch Mazedonien gelaufen. Wir waren so!" Namit drückte seinen Daumen gegen den Zeigefinger. „Als Bassam nicht mehr im Heim wohnte, habe ich ihn nicht mehr oft gesehen. Dann gar nicht mehr. Ich habe ihn vermisst. Und ich vermisse meine Familie." Namit senkte den Kopf. „Ich wollte so schnell wie möglich das Geld zurückzahlen. Ich wollte arbeiten. Mein Deutsch war nicht gut genug. Noch kein B1. Ich durfte nicht."

Christian wollte etwas sagen, aber Max deutete ihm, still zu sein.

„Dann kam Hilal. Wir haben Sport gemacht, viel Kraft." Namit fasste sich an den Bizeps. „Hilal wollte Geld nach Turkey schicken. Zur Familie im Flüchtlingslager. Hilal, immer wütend. Ich sagte, hab Geduld, Mann. Er schrie sofort. Was in Syrien mit ihm passiert ist, hat er nie geredet. Was auf dem Weg nach Germany passiert ist, hat er nie geredet. Er sagte, dass er ein guter Moslem ist. Ein guter Moslem muss seine Familie unterstützen, wenn sie in Not ist. Mir war das zu viel Blabla. Ich frage, was willst du? Er sagt: Ich habe einen Job für uns.“ Namit stockte. „Ich schäme mich so.“

Max legte eine Hand auf Namits Schulter. „Niemand verurteilt dich. Erzähl weiter.“

„Hilal sagte, du musst nichts tun, nur schön und stark sein. Das kannst du, hat er gesagt. Zwanzig Euro. Für zehn Minuten. Yaseen wollte auch. Hilal war großzügig, er sagte, ja, du auch, mein Freund, darfst Geld verdienen. Wir gingen in den Park, als es dunkel war. Yaseen und ich sollten bei den Büschen warten. Dann kam Hilal mit einem Mann. Der Mann war groß, dünn und nervös. Yaseen gefiel ihm. Er ist ein Engel, sagte der Mann, und ein Löwe gleichzeitig. Der Mann kniete vor uns hin. Es war leicht, sehr leicht. Ich dachte an nichts. Dann stand der Mann auf und zog sein T-Shirt aus. Er diskutierte mit Hilal. Hilal sagte ‚nur mit, nur mit‘ und verteilte Kondome. Der Mann bückte sich und Hilal stellte sich hinter ihn und spuckte in seine Hand. Ich dachte an nichts. Der Mann zog Yaseen an sich heran, so dass Yaseen vor ihm stand. Hilal lachte mich an. Dann war ich an der Reihe. Es war leicht, ich dachte an nichts. Hilal sagte auf Arabisch, ich soll zum Ende kommen. Ich habe fertig gemacht. Der Mann hat Hilal Geld gegeben. Wir sind sofort weggegangen.“

„Wo seid ihr hin?“, fragte Max.

„Wir wollten zu unserer Bank neben dem Kifferhügel und sind durch die Büsche, damit uns niemand sieht.“

„Hat euch jemand gesehen?“, fragte Max.

„Es waren Leute in den Büschen.“

„Wer?“

Als Namit plötzlich auflachte, zuckte Judith zusammen.

„Die Ehefrau des Mannes, hat Hilal gesagt“, antwortete Namit und lachte weiter. Er hörte nicht mehr auf zu lachen.

***

Ist wohl eine pubertäre Verstimmung. Vicky saß auf dem Sofa im Wohnzimmer und tippte eine Einkaufsliste in ihr Smartphone. Da stellte sich Ingeborg vor das Sofa.

„Ick bin an Püppis Zimmer vorbei. Hab die Kleene durch die Tür heulen jehört. Et reicht doch, wenn meen Kleener auf der Polizeiwache sitzt und traurig ist, wa? Ick kann nüscht machen, mach du aba wat, Vicky!"

***

La Gomera.

„Der Löwe lief durch den Busch. Er musste vorsichtig sein, denn die Jäger lauerten im Busch."

Yaseen lächelte Max ins Gesicht, als der Dolmetscher übersetzte. Dann wandte er seinen Blick zu Christian und Judith und lächelte auch die beiden an.

„Konnte der Löwe die Jäger sehen?", fragte Max.

„Es war zu dunkel", sagte Yaseen.

„Löwen sehen gut im Dunkeln", sagte Max.

„Der Löwe musste schnell laufen, er hat nur Schatten gesehen."

„Hat der Engel etwas gesehen?"

„Du kennst den Engel?" Yaseen drehte den Kopf weg.

„Ja", sagte Max und legte Yaseens Hände in seine.

Yaseen zuckte, zog seine Hände aber nicht weg.

„Der Engel hat die Jäger gesehen, Yaseen", sagte Max.

„Der Engel muss stillhalten, nur stillhalten."

„Bei mir muss der Engel nicht stillhalten. Bei mir darf der Engel erzählen, was er gesehen hat."

Yaseen schwieg.

Max betrachtete das Profil von Yaseen. Ein feiner Bart zog vom Kinn über die Wangen und verschmolz mit den schwarzen Locken. Dazu der Oberlippenbart und große Kinderaugen. *Ein Löwe und ein Engel.*

Yaseen drehte sich wieder Max zu. „Die Hyäne hat laut geschimpft, als der Löwe weggelaufen ist. Der Engel musste mitlaufen und den Jägern ausweichen. Zuerst dem Mann mit den goldenen Haaren und dann der Frau."

Max drückte sanft die Hände von Yaseen. „Danke."

Yaseen lächelte.

„Ich muss sofort los", sagte Max. „Judith, du begleitest mich in Uniform. Christian, check alle Verhörprotokolle. Vielleicht bekommst du eine Ahnung, wer die Frau-Querstrich-Ehefrau sein könnte."

***

Vicky klopfte an Heidis Zimmertür. Sie bekam keine Antwort und klopfte noch einmal. „Heidi?"

Stille. Vicky überlegte und begann zu singen. „I'm in the corner, watching you kiss her, ohh, I'm right over here, why can't you see me, ohh."

Vicky hörte nach. Noch immer keine Antwort, weshalb sie eine Spur lauter weitersang. „I'm not the girl you're taking home, ohh, I keep dancing on my own."

Die Tür öffnete sich.

„Du singst so schlecht!" sagte Heidi. „Ich will nicht lachen." Sie hatte feuchte Augen und warf sich bäuchlings auf das Bett. An der Wand dahinter hing ein großes Poster, das die schwedische Sängerin Robyn in Minirock, Lederjacke und mit riesigen, regenbogenfarbenen Flügeln zeigte.

Vicky setzte sich neben sie und zupfte an der roten Bettdecke. „Es tut mir leid. Ich hätte nicht so oft nachfragen sollen. Das war übergriffig. Der Typ von Habibi ist auch doof. Auch er war übergriffig. Soll ich ihm die Meinung geigen?"

„Nein!“ Heidi fuhr hoch. „Das ist peinlich. Ich will es vergessen. Der Heini hat es auch längst vergessen.“

„Smart“, sagte Vicky und streichelte über Heidis Beine. „Fight only battles worth fighting for.“ Ihr Blick fiel auf den Knutschfleck auf Heidis Hals.

„Ja, es ist ein Knutschfleck“, sagte Heidi

„Ich sage nichts, ich frage nichts.“

Heidi schluchzte und verbarg ihr Gesicht im Kissen.

„Du erzählst, wenn du erzählen willst.“ Vicky streichelte weiter Heidis Beine.

„Ich bin verliebt“, sagte Heidi ins Kissen.

„Ist doch schön.“ Vicky umfasste Heidis Fußgelenke.

„Ich bin verliebt in zwei Jungs.“

„Interessant“, sagte Vicky nach kurzem Zögern. „Kenne ich die beiden?“

„Nein. Oder vielleicht doch. Einer wohnt bei Horst Ibarra. Der andere ist jetzt heimlich dort. Aua! Das tut weh!“

„Sorry“, rief Vicky, denn sie hatte wohl zu stark Heidis Fußgelenke gedrückt. „Heidi! Ibarra ist in einen Mordfall verwickelt, das ist kein Spiel. Du musst mir alles erzählen!“

***

Felix öffnete die Wohnungstür und zuckte, als er Max sah. „Ja?“, fragte er. Um die Hüften trug er ein Handtuch, sonst war er nackt. Seine Haare waren nass.

„Sorry, dass ich Sie wieder bei der Körperpflege störe, Herr Admon“, sagte Max.

Felix war irritiert. „Kein Ding“, sagte er.

„Meine Kollegin und ich wollen zu Horst Ibarra.“

„Er ist in der Küche.“

Max und Judith gingen hinter Felix durch den Flur und Max sah, wie Judith auf die schmale Taille des jungen

Mannes schaute und zwinkerte ihr zu. Reuig zog Judith die Schultern hoch und grinste.

„Du hast Besuch", sagte Felix in der Küche.

Horst blickte erschrocken auf. Er saß am Tisch und hatte vor sich eine Tasse stehen. „Gibt es was Neues zum Mord an Dominik?", fragte er.

„Ja", sagte Max.

„Bitte setzen Sie sich. Wollen Sie Tee?"

„Nein, danke. Sehr freundlich." Sie nahmen am Küchentisch Platz. „Herr Ibarra, worüber haben Sie mit Ihrem Mann am Nachmittag vor seinem Tod gestritten?"

Horst sah zu Felix, der in der Tür stand.

„War es, weil Dominik Nemec auswärts speisen wollte, wie Sie es formulierten?"

„Herr Kommissar, noch einmal. Dominik und ich führten keine traditionelle Beziehung. Auswärts zu speisen war kein Grund, um zu streiten." Horst verschränkte die Arme vor der Brust.

„Worüber waren Sie sich nicht einig?"

„Wer sagt eigentlich, dass wir gestritten haben?"

Judith wartete ab, dass Max ihr zunickte, bevor sie langsam in Richtung Horst zu sprechen begann. „Dominik, wenn du diesen Schritt jetzt gehst, dann war es das mit uns. Mir bricht das Herz dabei."

Horst riss die Augen auf. „Sie haben Dominiks Handy gefunden."

„Ja", sagte Max. „Wo waren Sie in der Nacht, als Dominik Nemec ermordet wurde?"

Horst sprang hoch. „Sie verdächtigen mich? Das kann nicht sein!"

Max lehnte sich zurück. „Sie haben sich gestritten. Sie sind ihm gefolgt bis in den Park. Dort haben Sie ihn beobachtet, wie er Sex mit drei geflüchteten Arabern hatte ..."

„Oh", sagte Felix.

„… das war zu viel für Sie. Sie haben einen Stein genommen und Dominik damit getötet."

Horst schnaufte. „Absurd."

„Setzen Sie sich!"

Horst schüttelte den Kopf und setzte sich.

„Erzählen Sie mir den Ablauf des Abends. Also, wo waren Sie?", fragte Max.

„Hier", sagte Horst.

Max schüttelte den Kopf. „Das ist nicht wahr."

„Felix?", fragte Horst.

„Mit Herrn Admon unterhalten wir uns später", sagte Max. „Wir wissen mittlerweile, dass Sie im Park an der Stelle waren, wo Ihr Mann ermordet wurde."

„Nelly!", schrie Horst und knallte mit der Faust auf den Tisch.

Max war irritiert.

Judith schnellte nach vor und fixierte Horsts Arm. „Ruhig", sagte sie.

„Entschuldigung", sagte Horst und atmete einmal laut aus, bevor er sich in seinem Sessel mit geradem Rücken aufrichtete. „Ich war im Park, ich habe gelogen. Keine gute Optik, ich verstehe. Aber ich habe meinen Mann nicht getötet, ich habe ihn geliebt." Entschlossen blickte er Max an.

„Kann auch ein Motiv sein", sagte Max.

Horst sprach weiter, ohne darauf einzugehen. „Ich erzähle, wie alles war. Ich sage jetzt die Wahrheit. Ich muss neu anfangen."

Felix wollte die Küche verlassen.

„Felix, bleib hier", sagte Horst. „Der Neuanfang hat auch mit dir zu tun."

***

Vicky und Heidi schwiegen. Die junge Schwägerin hatte sich an Vickys Brust geschmiegt und Vicky streichelte ihren Kopf, als es an der Tür klopfte.

„Na?", sagte Vicky zu Heidi. „Ist dein Zimmer."

„Herein", murmelte Heidi.

Ingeborg öffnete die Tür. „Ick bin dann mal so frei. Ooch, niedlich. Allet wieder jut, Püppi?"

Heidi grummelte in Vickys Schulter.

„Det wird wieder, bis du Kinder kriegst, wa?" Ingeborg lachte. „Hab jute Nachrichten. Kripo hat anjerufen, Petra und ich dürfen Yaseen heute Abend abholen, weil se ihn nich mehr verdächtigen."

„Das ist sehr gut." Vicky nickte.

„Ick würd jern die Zeit bis dahin überbrücken und hätte vor, die Fenster zu putzen."

„Klar. Nimm dir etwas zu essen, wenn du hungrig bist. Ich gehe ohnehin gleich einkaufen." Vicky schaute auf den Wuschelkopf an ihrer Schulter. „Begleitest du mich, Heidi?"

Heidi grummelte.

„Nu aba ran an de Buletten!", sagte Ingeborg und verließ das Zimmer.

„Kätzchen, kommst du mit?"

Heidi schaute auf. „Weiß nicht."

„Komm mit. Lass uns auch ein Eis essen."

Heidi lachte. „Ich bin nicht mehr zehn!"

Vicky küsste sie auf die Stirn. „Für mich schon." Sie stand auf. „Ich schreibe wie besprochen Max eine Nachricht mit deinen Infos über Raffael und Felix. Okay? Glaub mir, es kann wichtig sein."

Heidi verzog das Gesicht. „Okay, aber dann krieg ich ein Eis!"

***

Felix stand in der Küchentür, hielt die Arme vor der nackten Brust gekreuzt und starrte Horst an.

„Ja, wir haben uns gestritten an diesem Nachmittag", sagte Horst. „Es begann mit einer politischen Diskussion. Dominik hatte in letzter Zeit immer wieder Anerkennung für die Aktionen der Identitären veröffentlicht. Ich wollte das nicht."

„Was gab es darüber zu diskutieren?", fragte Max.

Horst lächelte. „Sie kannten Dominik nicht."

„Was mir nicht leidtut. Ich schlage vor, Sie beantworten schlicht meine Frage. Alles andere ist überflüssig."

Horst schaute grimmig.

„Na?", sagte Max.

Horst sprach weiter. „Dominik bewunderte die kreativen Ideen dieser jungen Männer, um die Heuchelei der Mehrheitsgesellschaft aufzudecken. Wie diese Gesellschaft mit den jungen Männern umgeht, war für Dominik Nazi-Mentalität."

„Starker Vorwurf", sagte Max.

„War das eine Frage?"

„Weiter", sagte Max.

„Ihre Autos werden angezündet, Banken kündigen ihre Konten, Twitter und Facebook löschen ihre Profile, alles ohne Begründung. Medien verunglimpfen die Aktivisten monatelang ohne jedes Maß und geben sie zur Jagd frei …"

„Klingt, als waren sie gar nicht verschiedener Meinung gewesen, oder? Das ist jetzt eine Frage", sagte Max.

„Ich bin realistisch. Ich bin gegen ungeregelte Einwanderung, die Islamisierung und Abschaffung Deutschlands. Aber Sympathien für junge Männer, die der Verfassungsschutz beobachtet, bringen uns nicht weiter. Dafür kriegen wir keine Mehrheit. Stimmt's, Felix?"

„Ich sollte mal was anziehen", sagte Felix.

„Bleib", sagte Horst, aber Felix war schon weg.

„Wie ging es an diesem Nachmittag weiter?", fragte Max.

„Dominik traf sich mit Nelly im Café am Winterfeldtplatz, kam wieder nach Hause und duschte. Da sagte er zum ersten Mal, dass er ausgehen wolle, um auswärts zu speisen." Horst sah Judith angeberisch an.

Wichser, dachte Max. „Warum sind Sie ihm dann bis in den Park gefolgt?"

„Ich hatte vorgeschlagen, doch zu Hause zu bleiben und mit mir und Felix …" Horst zögerte. „… nun ja, zu speisen." Wieder beobachtete er grinsend Judith, wie sie auf seine Aussage reagieren würde.

Wichser hoch zwei. „Sie boten ihm Sex mit Felix zur Versöhnung an?"

Horst lächelte. „Das haben jetzt Sie gesagt, Herr Kommissar."

„Ja oder nein?", fragte Max.

„Ja, aber Dominik lehnte ab. Er wolle etwas anderes, sagte er, dunkler und behaarter. Das machte mich stutzig. Schon länger hatte ich befürchtet, dass Dominik Sex mit Geflüchteten hat. Das geht in seiner exponierten Position gar nicht. Deshalb folgte ich ihm. Davor schickte ich ihm noch die Nachricht, die Sie so wunderbar vorgetragen haben."

„War nicht so schwer", sagte Judith.

Felix stellte sich wieder in den Türrahmen und trug ein schwarzes Shirt und eine schwarze Sporthose, die bis knapp über das Knie ging. Seine Füße waren noch immer nackt.

Horst lächelte. „Mein Engel."

„Wie ging es weiter?", fragte Max.

„Dominik ging ins Bull. Es ist das einzige Lokal im Homokiez, wo er reinkann."

„Warum?", fragte Max.

„So schummrig dort, dass sie ihn nicht erkennen und rauswerfen wie überall sonst. Alles Linksfaschisten."

Max schüttelte den Kopf.

„Wen hat er dort getroffen?“, fragte Judith.

„Sie stellen auch Fragen?“

„Antworten Sie“, sagte Judith.

„Okay, okay. Manni Schablonski.“

Judith und Max wechselten Blicke.

„Sie waren auch im Bull?“, fragte Max.

„Ich habe Schablonski nur reingehen sehen, ich stand auf der anderen Seite der Kleiststraße. Als Dominik rauskam und mit seinem Rad zum Park fuhr, bin ich auf dem Rad hinterher. Auf der Brücke traf er sich dann mit einem muskulösen Araber, einer mit Glatze und Vollbart, aber jung. Sie gingen in die Büsche. Dort warteten zwei andere Araber. Es kam zum … Vollzug.“

„Sie waren so wütend, dass Dominik sich ausgerechnet von moslemischen Geflüchteten ficken ließ, dass Sie in ihrem Zorn einen Stein nahmen …“ Max sprach nicht zu Ende.

„Nein! Nein!“ Horst schüttelte den Kopf. „Ich war wütend, aber noch mehr war ich traurig. Mir wurde in diesem Moment bewusst, dass es mit Dominik aus ist. Vorbei nach zwanzig Jahren. Aber ich war auch erleichtert. Ab jetzt nur mehr die Wahrheit.“ Er schaute Felix an. „Mir war klar, dass ich ohne diesen Engel nicht mehr sein wollte.“ Er wandte sich wieder Max zu. „Mir war klar, dass ich Felix liebe.“

Er setzte eine erwartungsvolle Pause, aber Felix schaute nur zu Boden. Plötzlich war das Vibrieren eines Handy zu hören.

Max zog das Smartphone aus der Innentasche seiner Lederjacke. „Einen Moment.“ Nachdem er die angekommene Nachricht gelesen hatte, blickte Max auf. „Wer befindet sich noch in der Wohnung?“

Niemand sagte ein Wort.

„Nein!“, rief Felix und stellte sich mitten in die Küchentür.

„Wie meinen Sie das?“, fragte Horst.

Max stand auf. „Komm, Judith.“ Er schob Felix zur Seite.

„Nein!“, rief Felix noch einmal.

„Was soll das?“ Horst war aufgesprungen.

Max und Judith gingen ins Wohnzimmer.

Horst lief hinterher. „Wer soll noch in der Wohnung sein?“ Breitbeinig baute er sich neben dem Sofa auf.

„Sie wissen gar nichts“, sagte Max.

„Was soll ich wissen?“

Max taxierte die Tür zum Berliner Zimmer. „Es soll sich noch eine tatverdächtige Person in der Wohnung befinden.“

Horst schüttelte den Kopf. „Sind Sie verrückt? Hier ist niemand, außer mir und Felix. Felix? Komm her!“

Max sah, wie Felix von der Küche durch das Berliner Zimmer in den hinteren Teil der Wohnung huschte, und setzte ihm sofort nach.

„Halt!“, rief Horst. „Haben Sie einen Durchsuchungsbefehl?“

Judith wollte Max folgen, aber Horst stellte sich vor sie. „Gefahr im Verzug, weg da!“, rief sie und machte sich mit einem Bodycheck den Weg frei.

Horst wankte kurz, bevor er Judith hinterherrannte, die im Arbeitszimmer verschwand. Als er im Zimmer ankam, stand Max vor der geöffneten Tür des Kabuffs. „Wen haben wir denn da? Magnoni!“, hörte Horst ihn rufen. Horst drängte sich nach vor und sah, wie Felix schützend vor Raffael stand.

„Wer ist das?“, schrie Horst.

„Mein Freund, du rassistischer Arsch!“, sagte Felix und drückte Raffael an sich.

„Alle ab ins LKA, Judith“, sagte Max. „Getrennt in drei Autos!“

***

„Wir sind dann einkaufen", rief Vicky ins Wohnzimmer, wo Ingeborg auf einer Leiter stand und einen geöffneten Fensterflügel putzte.

„Püppi jeht ooch mit? Knorke!" Ingeborg winkte vergnügt mit dem Fensterwischer.

„Ingeborg, pass auf. Nicht, dass du runterfällst!"

„Null problemo, ick kenn 'nen juten Arzt, wa?"

„Ach, Ingeborg." Vicky schüttelte grinsend den Kopf und verließ mit Heidi die Wohnung.

***

Teneriffa.

„Und wieder sitzt du hier", sagte Max. Er warf einen Blick auf das Aufnahmegerät. *Funzt.*

Raffael hob beide Hände. „Diesmal ohne Handschellen", sagte er und grinste.

„Nicht witzig", sagte Max. „Stay out of trouble habe ich dir das letzte Mal mit auf den Weg gegeben."

„Kings of Convenience." Raffael grinste wieder.

„Was?"

„Stay out of trouble ist ein Song von Kings of Convenience."

Max schnaubte. „Ich steh mehr auf Mucke mit kräftigem Schlagzeug, Foo Fighters und Dave Grohl zum Beispiel."

Raffael lachte. „Das ist härter."

„Wie das Leben", sagte Max und setzte sich mit seinem Stuhl neben Raffael. „Wie das Leben", wiederholte er. „Du hast Todesdrohungen gegen das Mordopfer im Internet veröffentlicht, du warst in der Mordnacht in der Nähe des Tatorts. Du hast auf einer Mahnwache für das Mordopfer eine Massenschlägerei provoziert und jetzt finde ich dich als U-Boot in der Wohnung des Mordopfers."

Raffael sah Max an. „Okay, klingt nicht gut."

Max sagte nichts, fixierte aber Raffaels Silberblick.

„Keinen Fußbreit den Faschisten", sagte Raffael, „aber ich bringe niemanden um." Er fuhr sich mit der Hand durch die dunklen Haare und senkte den Blick.

„Ibarra sollte euer nächstes Opfer werden", sagte Max. „Dein Freund und du, ihr zieht das zusammen durch. Als queere Todesschwadron. Nur ein toter Faschist ist ein guter Faschist."

„Nein", rief Raffael. „Gewalt ist nur zur Selbstverteidigung ein legitimes Mittel."

„Hat euch Dominik Nemec mit seinen menschenverachtenden Postings nicht angegriffen? War sein Geschreibsel für euch nicht eine Attacke auf die Würde jedes einzelnen Menschen! Ihr habt den Fall der Selbstverteidigung ausgerufen, für alle, die sich selbst nicht verteidigen können! Du hast Dominik Nemec getötet. Und als Nächstes stand Ibarra auf deiner Todesliste."

„Nein, nein!" Raffael sprang auf.

Max drückte ihn wieder in den Stuhl. „Was hattet ihr sonst vor in Ibarras Wohnung?"

„Ich musste mich vor den Identitären verstecken, diese Fascho-Hipster haben mir vor meiner Wohnung aufgelauert. Nur deshalb war ich dort. Denkst du, ich lasse meinen Freund von diesen notgeilen Rassisten ficken, nur um sie dann zu exekutieren? Zu viel Aufwand, um ein paar kümmerliche Neurechte um die Ecke zu bringen. Wir waren einer großen Sache auf der Spur. Felix hat sich in die Wohnung eingeschleust, um vor Ort zu recherchieren. Er ist mein Held."

„Welche große Sache?"

„Nemec plante ein Superding. Von dem wusste nicht mal Ibarra, wie Felix herausgefunden hat."

„Aber ihr wusstet davon?"

„Ja, Nemec hatte auf Facebook neben seinem Profil noch einen halbheimlichen Chatraum geführt. Da haben wir uns eingeschlichen."

„Klar doch. Da schummeln sich zwei Antifa-Kids rein und dürfen brav zuhören, wenn die neurechten Erwachsenen reden."

Raffael zog die Nase kraus. „Nicht schwer, da reinzukommen. Sind zwar alle paranoid, aber pinselt man ihnen nur ein bisschen den Bauch, vergessen sie jede Sicherheitsmaßnahme."

„Wer ist da drin?"

„Die üblichen Empörungstanten. Neurechte Promis wie die Erika Steinbach oder ein paar Nummern kleiner der David Berger und die Heidi Mund. Sogar die Katholiban von Übelbach ist dabei. Ganz schön Querfront."

„Und die hecken dort ein Superding aus?"

„Dort nicht. Dort geilen sie sich bloß an ihren Untergangsfantasien auf. Deutschland schafft sich ab, Deutschland wird islamisiert. Oder sie raunen sich was zu, Bilderberger und so. Was Verschwörungstheoretiker eben tun im Netz. Ein Eintrag von Nemec hat uns aber stutzig gemacht. Der Thread war am nächsten Tag auch weg."

„Sag!"

„Nemec laberte vom Schmetterlingseffekt und wie man den nutzen sollte. Dann schrieb er noch ‚Lassen wir es knallen, die Korken natürlich, Smiley. Mehr dazu woanders'. Er stand darauf, verschwörerisch zu tun."

„Wo ist woanders?"

„Diese Frage stellten wir uns auch. Dieses Woanders war der noch geheimere Ort einer geheimen Gruppe. Dort wollten wir hin. Felix entschied, dass einer von uns in Nemec' Wohnung muss, um danach zu suchen."

Max stand auf, ging zum Wandtelefon neben der Tür und wählte vier Ziffern. „Christian, wirf alle PCs an. Es gibt gleich satt zu tun."

***

„Ciao, bella, drei Kugeln fragole come sempre?“

Heidi nickte.

Der Besitzer des Cara mia in der Goltzstraße reichte ihr den Becher über die Eistheke. „So klein warst du mal, dass ich dich hinter der Vitrine nicht sehen konnte.“ Er lachte. „Große und hübsche Tochter hast du“, sagte er und zwinkerte Vicky zu.

Vicky wollte das richtigstellen, aber Heidi winkte ab. „Zu kompliziert.“

Sie setzten sich vor dem Laden auf eine Bank und blickten auf die Straße. Jede Seite war mit Autos zugeparkt. Zwei Lieferwagen hatten in zweiter Spur gehalten, nur ein paar Meter versetzt. Ein gelber von DHL, der braune von UPS. Dadurch staute sich der Verkehr auf der Goltzstraße und ein Radfahrer überholte riskant ein Auto, was zu einem lauten Hupkonzert führte.

Vicky schüttelte den Kopf. „Die liefern nur Online-Bestellungen aus“, sagte sie und nahm den Löffel Erdbeereis, den Heidi ihr anbot.

„Darf ich deshalb nichts bei Amazon bestellen?“ Heidi rollte mit den Augen.

„Genau. Unsere elektrischen Zahnbürsten kriegen wir bei den lustigen Männern von Miarka in der Akazienstraße und mit den Brillen von Goltz Optick sind du und Oliver auch zufrieden“, sagte Vicky. „Und ich mit meinen zwei Hübschen sowieso.“ Sie streichelte Vicky über den Kopf.

Mütter wuselten mit ihren Kindern durch den Engpass zwischen den Tischen des Cara mia und der Straße. Kinder auf Laufrädern, Mütter mit Christiana-Bikes.

„Ich will ein Eis“, quengelte ein kleiner Junge. Die Mutter antwortete barsch etwas auf Polnisch und schubste ihn weiter.

„Auch auf dem Gehweg Stau“, sagte Vicky.

Heidi kicherte. „Die Kitas machen Feierabend.“

„Du fühlst dich besser?"

„Klar." Heidi steckte sich einen Löffel mit Erdbeereis in den Mund. „Besser als die da." Sie deutete Richtung Winterfeldtplatz.

Vicky sah eine Frau mit langen Haaren und aufgestelltem Blusenkragen, die sich einen Weg durch die vielen Kinder und Mütter zu bahnen versuchte.

„Sie will lächeln, klappt aber nicht", sagte Heidi.

Als sie an Heidi und Vicky vorbeikam, hörten sie die Frau murmeln: „Jesus, der für uns Blut geschwitzt hat, Jesus, der für uns gegeißelt worden ist ..."

Sie schauten ihr nach, wie sie Richtung Grunewaldstraße weiterging.

„Die hatte eine Perlenkette in der Hand", sagte Heidi.

„Die betet den Rosenkranz, du Berliner Heidenkind", sagte Vicky.

„Whatever", sagte Heidi.

„Ich kenne die Frau von irgendwo. Vermutlich aus dem Fernsehen."

***

La Gomera.

Als Max den Verhörraum betrat, stand Felix am Fenster und blickte auf das große Wasserbecken im Innenhof. Kurz schaute er zu Max, dann wandte er den Kopf wieder ab. Er trug zum schwarzen T-Shirt nun schwarze Jeans und Sneakers.

Was für eine weiße Haut. Max setzte sich.

„Wo ist Raffael?", fragte Felix, ohne Max anzusehen. „Tun Sie ihm nichts!"

„Würde ich nie."

„Sie haben sich schon mal auf offener Straße auf ihn geworfen."

„Warum sorgen Sie sich um Raffael?"

„Er ist zu temperamentvoll. Ich muss auf ihn aufpassen."

Max stand auf und stellte sich neben Felix. „Geben Sie auf sich selbst acht, denn Sie sind in einem Mordfall tatverdächtig."

„Sie wissen genau, dass wir Dominik Nemec nicht getötet haben."

„Ich weiß einiges, aber nicht alles." Max musste zu Felix aufblicken. „Setzen Sie sich, Felix." Er legte eine Hand auf Felix Schulter und führte ihn zum Stuhl am Tisch.

„Was war los im Hause Nemec-Ibarra an jenem Nachmittag?", fragte Max, nachdem er gegenüber von Felix Platz genommen hatte.

Felix zuckte mit den Schultern. „Sie stritten sich wieder mal."

„Über was konkret?"

„Sie spielten vor mir immer das glückliche Ehepaar, deshalb zogen sie sich beim Streiten zurück."

„Sie haben sicher gelauscht, oder?"

Felix grinste. „Klar. Aber war schwer, was zu verstehen. Ibarra kabbelte von roten Linien, die Nemec überschreiten würde. Nemec ging dann runter zum Markt, um Nelly zu treffen."

„In welcher Beziehung stand Nelly zu Nemec und Ibarra?"

„Die doofe Nazisse war in Nemec verknallt. Ibarra war es egal. Der wusste, dass Nemec sie nur als willfährige Stimmungsmacherin für ihn auf Facebook brauchte."

„Nemec kam noch einmal in die Wohnung zurück?"

„Zum Duschen. Ibarra war klar, dass er ficken gehen wollte. Sie haben sich im Badezimmer weitergestritten."

Max grinste. „Was konnten Sie diesmal hören?"

„Der Hall im Bad ist ein guter Verstärker." Felix lachte. „Nemec deutete an, dass bald etwas Großes passieren würde. Dann erkennt die Mehrheit der Schwulen endlich, dass der Islam die größte Bedrohung des Universums ist. Nur so ließe sich verhindern, dass wir Schwule in Berlin von den Hochhausdächern geworfen werden."

„Haben Sie eine Idee, was das Große sein könnte?", fragte Max. „Sie recherchierten doch undercover."

Felix schaute betreten. „Woher wissen sie das?"

„Wie gesagt, ich weiß einiges."

Felix stützte beide Ellenbogen auf den Tisch, legte sein Kinn in die Hände und atmete durch.

Max schaute auf die Unterarme. *Weiße Haut, keine Haare.*

„Raffael", sagte Felix. „Temperamentvoll und gesprächig, bei Ihnen gesprächig." Er seufzte. „Deshalb bestand ich darauf, dass ich mich bei Nemec einschleuse."

„Tun Sie es Raffael gleich." Max legte eine Pause ein. „Bei mir", setzte er nach. „Was haben Sie entdeckt?"

„Nichts Konkretes. Nemec war verschlossener als Ibarra. Und Ibarra, der Lauch, wusste von gar nichts. Ich vermute, Nemec betrieb eine doppelte Haushaltsführung."

Max stutzte. „Was heißt das?"

„Er hatte ständig Angst, dass er überwacht wird, weil er ja so wichtig ist. Ich glaube, dass er über das große Superding nur auf einem separaten Device kommunizierte."

„Device?"

„Smartphone, iPad, Laptop. Ich habe ihn mal mit einem iPad gesehen. Danach nie wieder. Nach seinem Tod war dieses iPad in der ganzen Wohnung nicht zu finden."

„Wie ging es in der Dusche weiter?"

„Ibarra schlug vor, dass wir zu dritt Sex haben sollten. Ich als Trophäe der Versöhnung."

„Sie hatten mit beiden auch schon vorher Sex gehabt?"

Felix blickte überrascht, wie Max das fragen konnte. „Das war doch meine Eintrittskarte in die Wohnung."

***

Sebastian Pöhls scrollte zu den Kommentaren unter Nellys Beitrag über seine Suspendierung. Die Mischlingshündin Kira trabte an den Schreibtisch, legte ihre Schnauze in seinen Schoß und ließ sich von Sebastian den Kopf kraulen.

„Gleich, Kira. Ab jetzt habe ich viel Zeit, mit euch in den Park zu gehen." Er warf einen Blick auf das Sofa, wo der kleine Flash eingerollt dicht an der Flanke des großen Sonny lag. Beide Hunde dösten. Sebastian lächelte und las weiter.

– Nicht aufgeben, sehr geehrter Herr Pöhls! Retten Sie unsere Kinder!

– Erzwungene Toleranz ist ein Attentat gegen die Meinungsfreiheit. Und das ausgerechnet in der Schule! Sie gehirnwaschen schon unsere Kinder!!!!

– Bitte weitermachen! Man ist sofort ein Nazi, wenn man mal seine Meinung sagt. Ich bin aber liberal wie Herr Pöhls. So wie er aussieht, wählt er sicher FDP. Er kann also kein Nazi sein.

Sebastian lehnte sich zurück und kraulte Kiras Kopf. „Ich gehe in Berufung, Kira. Für freie Menschen sind Drohungen wirkungslos."

***

Gran Canaria.

Max schaute auf die Dünen von Maspalomas. In dem fensterlosen Verhörraum hatte es jemand gut gemeint und ein Tourismusplakat an die Stelle gehängt, wo ein Fenster sein könnte.

Horst weinte. Max sagte nichts.

„Ich möchte mich in einer Höhle verkriechen", sagte Horst. „Ganz weit weg."

„Noch nicht", sagte Max. „Sie sind nach wie vor tatverdächtig."

Horst machte eine wegwerfende Geste mit seiner Hand. „Ich habe ihn nicht umgebracht. Das Jahr 2015 hat ihn auf dem Gewissen, das Flüchtlingschaos, die Herrschaft des Unrechts. Wie kann man nur so fies sein. Felix. Linke Zecke!"

Max schaute wieder auf die Düne von Maspalomas. Sand, Himmel, Meer. *Er ertrinkt in Selbstmitleid, arme Sau.* „Sind die Geflüchteten auch für Ihre private Situation verantwortlich?", fragte Max.

„Hat das so geklungen?"

Max stand auf. „Wir gehen mittlerweile davon aus, dass dieses von Nemec geplante Superding mit seiner Ermordung in Zusammenhang steht. Und Sie wollen davon nichts gewusst haben?"

Horst sah Max überrascht an. „Hatte Dominik recht? Er meinte immer, sie haben es auf ihn abgesehen, sie wollen ihn mundtot machen. Haben die ihn getötet?"

„Wer sind die?" Max lief hinter Horst hin und her. Auf der einen Seite das Plakat, auf der anderen Seite der obligatorische Spiegel. Max betrachtete sich und zog die Schultern nach hinten, um seine Brustmuskeln zu dehnen. *Verkackt kleiner Verhörraum.*

„Die, das sind … nun ja, die Eliten, das Schweigekartell und alle sonst, die gegen freie Meinungsäußerung sind. Was weiß ich!"

„Richtig, Sie wissen nichts! Hat Dominik Nemec auch mit Aluhut geduscht?"

„Häh?"

„Bevor er auswärts speisen wollte, hatten Sie an diesem Nachmittag ein hitziges Gespräch im Badezimmer."

Horst ballte die Faust. „Felix", sagte er zischend. „Können Sie mal aufhören, hinter mir herumzulaufen?"

Max lief weiter hin und her. „Weiter im Text", sagte er.

Horst schnaubte. „Dominik hatte was vor, ja. Aber er hatte immer etwas vor, was Großes, es gab immer ein Superding. Diese Begeisterungsfähigkeit liebte ich an ihm. Mich hat er dabei oft außen vor gelassen. Um mich zu schützen, wie er sagte."

„Wie kann ich mir das Außen-vor-Lassen vorstellen? Ging er auswärts Komplotte schmieden?"

Horst warf Max einen giftigen Blick über die Schulter zu. „Treten Sie ruhig auf einen Mann ein, der am Boden liegt. Ich will nicht mehr."

„Dann lassen Sie es uns abkürzen. Erzählen Sie mir, wie Nemec Sie außen vor gelassen hat. Wie ging das mit einem Ehemann? Ich meine, Sie haben doch Bett und Tisch geteilt. Unter anderem."

„Ich bin ein erfolgreicher Geschäftsmann und ich war sein Ehemann, ich habe ihn natürlich finanziell unterstützt, damit er seine Projekte durchziehen konnte. Aber wenn er sich mit seinem Tablet auf den Lounge-Chair zurückzog, dann wusste ich, dass ich besser nicht nachfrage."

„Tablet?"

„Ja, iPad oder so. Ich kenne mich mit diesen neumodernen Dingen nicht aus. Das war Dominiks Revier."

„Wo ist das Tablet jetzt?"

„Keine Ahnung. Stimmt, jetzt, wo Sie danach fragen, ich habe es seit dem Tod von Dominik nicht gesehen."

„Wo steht der Lounge-Chair?"

„Er stand im Wohnzimmer neben dem Sofa."

„Stand?" Max trat an Horsts Seite.

„Ich habe den Sessel an eine Kundin verborgt."

Max blickte auf das Plakat von Gran Canaria mit dem Meer hinter den Dünen. *Kraulen, Dreierzug, eleganter Beinschlag.* Er drehte sich wieder zu Horst.

„Viktoria Meier?"

„Woher wissen Sie das?"

Ohne zu antworten, lief Max zur Tür hinaus. „Pass auf den auf!", rief er dem uniformierten Kollegen vor der Tür zu.

***

– Party girls don't get hurt, can't feel anything, when will I learn, I push it down, push it down.

Ingeborg zog im Takt den Fensterwischer nach unten, während sie auf der Leiter stand und die Oberlichten der Fenster im Balkonzimmer putzte. Das Radio lief.

– One, two, three, one, two, three, drink.

Runter.

– One, two, three, one, two, three, drink.

Runter. Ingeborg hielt inne. „Vicky?" Sie verdrehte unbeholfen ihren Kopf, um die Tür zum Wohnzimmer zu sehen, die angelehnt war. Ingeborg zuckte mit den Schultern und drehte sich wieder zum Fenster.

– I'm gonna swing from the chandelier, from the chandelier.

Ingeborg sang laut mit und bewegte ihr Becken im Takt. Sie hatte gute Laune und freute sich auf den Abend mit Petra und Yaseen. *Alles wird gut.*

– On for tonight. On for tonight.

Das Lied war zu Ende. Stille. Ingeborg drehte sich abrupt um. Jetzt stand die Tür zum Wohnzimmer offen.

„Bist du's, Püppi?" Sie horchte nach. „Dat is nich komisch."

Ingeborg stieg von der Leiter und ging mit dem Fensterwischer in der Hand auf die Tür zu. Sie spähte ins Wohnzimmer und ließ ihren Blick vom Sofa über den Lounge-Chair bis zu den Pflanzen am Fenster wandern. *Niemand.* Sie drehte um und ging zurück zur Leiter. Dabei sah sie im Augenwinkel einen Schatten durch das Wohnzimmer huschen.

„Verdammich!", rief sie und stapfte zurück zum Wohnzimmer. Als sie über die Türschwelle trat, traf sie von links ein Schlag am Kopf. „Aua!" Wütend holte Ingeborg mit dem Fensterwischer aus und zog ihn durch.

Das Querstück ließ den Kopf einer mit einem Schal vermummten Person nach hinten fliegen. Dabei löste sich an der Rückseite der Knoten des Schals und es kamen lange Haare zum Vorschein.

„Haste 'nen Knall?", schrie Ingeborg.

Da ging die Person zum Gegenangriff über und trommelte mit beiden Fäusten gegen das Gesicht und die Brust von Ingeborg. Sie wankte durch die Attacke, ein Faustschlag traf sie im Gesicht und der Aufprall ließ sie zu Boden gehen. Die Person lief über sie hinweg zur Wohnungstür. Ingeborg wollte ihr nach, aber konnte nur noch den Kopf drehen, bevor alles um sie schwarz wurde.

***

„Manni, mach die Tür auf!"

Keine Reaktion. „Öffne sofort die Tür, oder ich breche sie auf. Ich bin deine Mutter!" Sie trat gegen die Tür und horchte nach. Schlurfende Schritte waren zu hören.

Der Schlüssel drehte sich im Schloss. Als Manni die Tür öffnete, verpasste ihm seine Mutter eine Ohrfeige.

„Bist du bescheuert?", rief Manni und hielt sich die Wange.

„Willst du noch eine? Ich bin deine Mutter, ich mache mir Sorgen, wenn du dich für zwei Tage einsperrst." Sie drängte ins Zimmer. „Hier mieft es." Mit Schwung schob sie die geblümte Gardine zur Seite und öffnete das Fenster. Der Lärm des Autoverkehrs in der Hauptstraße rauschte ins Zimmer.

Mit hängenden Schultern stand Manni neben seinem Bett.

„Was ist los, Manni? Hamse dich wieder im Internet geärgert?" Sie schaute auf den PC. „Nanu, der ist ja gar nicht an."

„Mama, ich muss dir was sagen."

Mannis Mutter stemmte eine Hand in die Hüfte. „Spuck's aus!"

„Mit der Politik bin ich fertig." Er senkte den Kopf. „Ich steig aus."

Mannis Mutter ließ die Hand sinken und drückte Manni an ihren Busen. „Sehr gut, Söhnchen, denn die da oben sind kein guter Umgang für dich." Sie drückte ihn noch einmal. „Und ich dachte, du sagst mir, dass du ein warmer Bruder bist."

***

Heidi hielt Ingeborgs Hand.

„Ach, Püppi." Ingeborg lag im Lounge-Chair. Sie fuhr hoch, als Vicky mit einem Eisbeutel aus der Küche kam. „Isset schlimm?"

„Das Coldpack tut dir gut", sagte Vicky und drückte sie wieder sanft in den Sessel.

„Mag Petra Blumen? Dann freut sie sich über dein Veilchen." Heidi kicherte.

Es klingelte.

„Das ist Max", sagte Vicky und ging zur Tür.

„Ach, Püppi." Ingeborg lachte. „Ick hab der ollen Schachtel ooch kräftig eens einjeschenkt."

„Schuhe ausziehen?", fragte Max an der Tür zum Wohnzimmer.

„Nee, nee, Herr Kommissar. Lassen Se Ihre Treta an, ick mach hier schon sauba", rief Ingeborg zur Tür.

„Du machst jetzt mal gar nichts", sagte Heidi.

„Frau Pofalla, Sie haben den Einbrecher mutig in die Flucht geschlagen. An der Tür habe ich keine Spuren entdeckt, er hat wohl eine Kreditkarte benutzt."

„Det war 'ne Trulla, Herr Kommissar. Fahnden Sie nach eener mit 'nem blauen Auge. Ick hab die nämlich ooch erwischt!"

„Das machen wir, Frau Pofalla. Eine Kollegin kommt gleich und nimmt Ihre Aussage auf.“ Er wandte sich an Vicky. „Ist das der Lounge-Chair von Horst Ibarra?“

Vicky nickte.

„Können Sie aufstehen, Frau Pofalla? Ich muss mal an den Sessel.“

Ingeborg stand auf. „Klaro, Herr Kommissar, hab zwar wat abjekriegt, bin aber janz frisch an der Birne.“

„Sie kommen mir frisch wie immer vor, Frau Pofalla.“ Max tastete die Sitzpolster ab. „Vorsicht.“ Mit Schwung wuchtete er den Sessel hoch, um ihn mit dem Sesselfuß nach oben wieder abzustellen.

Ingeborg deutete hinter dem Rücken von Max anerkennend auf seinen Bizeps. Heidi grinste.

Max untersuchte die Bodenfläche und tastete den Bereich rund um den Sesselfuß ab. „Voilà“, sagte er, öffnete den Reißverschluss hinter einer Stoffblende und zog ein Tablet aus der Faltentasche. „Samsung, doch kein iPad.“

„Wem gehört das?“, fragte Vicky.

„Es gehörte Dominik Nemec. Wir nehmen an, dass er damit eine Verschwörung plante. Ich muss damit dringend zurück ins LKA.“ Max ging zur Tür. „Ich melde mich später. Alles Gute, Frau Pofalla!“

Vicky wollte ihn zur Tür bringen.

„Keine Umstände, Vicky, ich finde selbst hinaus“, sagte Max und ging.

„Hui. Und weg war er“, sagte Ingeborg.

„Mensch, Vicky, du hast nie erzählt, wie sexy dieser Kommissar ist“, sagte Heidi.

„Quatsch.“ Vicky schüttelte den Kopf.

***

Ursula von Übelbach saß auf der Kirchenbank am äußersten Rand, ganz hinten und blickte sich um. *Was für ein Glück, die Alte ist nicht da.* Ursula kramte in der Seitentasche ihres Lodenstutzers, zog einen Taschenspiegel heraus und betrachtete darin den Schnitt über ihrer linken Augenbraue. Mit einem Finger tippte sie dagegen. *Au!* Sie verzog das Gesicht vor Schmerz. *Dieses Monster in Crocs!* Ursula legte ihre Haare so, dass sie die Wunde verdeckten. *Meine EC-Karte habe ich an der Wohnungstür auch ruiniert. Agnes muss mir Geld schicken.* Sie fasste sich an die Ohrläppchen, um zu checken, ob die weißen Perlenstecker noch an ihrem Platz waren.

Jetzt die Nollendorf anrufen. Während sie darauf wartete, dass Nelly abhob, suchte ihr Blick den verklärten Christus auf dem Kirchenfenster hinter der Apsis. *Die erste Versuchung, die Satan einsetzt, um uns zu zerstören, ist die Mutlosigkeit.*

„Von Übelbach hier", sagte Ursula mit gedämpfter Stimme. „Leider keine guten Nachrichten. Ich kam zwar in die Wohnung rein, aber es war noch eine Berufskollegin von Ihnen anwesend … nein, eine Haushälterin. Ich konnte das Objekt nicht an mich bringen. Dieses Mannweib hat mich sogar verletzt …"

Eine Hand packte Ursula hart von hinten an der Schulter.

„Telefonieren verboten, Mädel", sagte eine Stimme.

Ohne sich umzudrehen, wusste Ursula, wem die Stimme gehörte.

***

Christian und Judith sahen Max erwartungsvoll an.

Max balancierte das Samsung-Tablet auf seiner Hand. „Bevor wir dieses Schatzkästlein öffnen, ein Spezialauftrag für Judith. Ab zu Viktoria Meier und Aussage der Haushälterin aufnehmen. Nimm die Spurensicherung mit, denn der Einbruch kann im Zusammenhang mit dem Mordfall stehen."

Judith setzte sich die Uniformkappe auf.

„Bitte auch emotional kümmern, die liegen mir am Herzen. Beratung für besseren Einbruchschutz und so. Die sind alle aufgewühlt."

„Geht klar." Judith tippte sich mit zwei Fingern an die Kappe. „Darf ich danach wiederkommen?"

„Hast du was Besseres vor? Wir brauchen dich hier", sagte Max.

Judith grinste und verschwand durch die Tür.

„Ein Update, bitte", sagte Max und setzte sich auf Christians Tisch.

„Namit und Yaseen kommen am Abend raus. Wir warten noch auf den Sozialdienst für Namit. Yaseen ist ausreichend versorgt."

„Passt", sagte Max.

„Ibarra und die zwei Jungs bleiben. Wir haben Wunsch nach weiterer Befragung kommuniziert."

Max nickte.

„Judith und ich sind über Nemec' Smartphone in die Diskussionsgruppe auf Facebook. Gruselig." Er blickte auf den Bildschirm und las vor: „Hier eine kleine Auswahl. ‚Die Feinde Deutschlands sitzen mittlerweile in Positionen, wo sie durch unsere Altparteien gelandet sind'. Oder: ‚Der gemeine Buntblödel ist narkotisiert von Marietta Slomka und Claus Kleber'. Auch fein: ‚Alle asylbesoffenen Gutmenschen nach Afrika deportieren. Sollen sie vor Ort helfen!' Und so weiter und so fort. Sie werden dabei nicht müde."

„Hinweise auf ein Komplott?"

„Sie träumen zwar davon, dass das deutsche Volk endlich aufwacht, aber es bleibt beim Jammern."

„Okay. Dann finden wir in diesem Ding hoffentlich mehr. Auch über den Mord an Nemec." Max legte das Tablet vor Christians Tastatur.

„Welcher Code?", fragte Christian.

Max zuckte die Schultern.
„6-6-6-6", sagte Christian beim Tippen.
Das Tablet entsperrte sich.
„First try", rief Christian.

***

Blaublütige Inzest-Tussi. Nelly kicherte. *Legt die von Übelbach einfach auf.* Nelly dachte nach. *Egal, ob sie Dominiks Tablet gefunden hat oder nicht. Vielleicht hat er es nicht in dem Sessel versteckt. Und wenn schon! Heute Abend knallt es und ab morgen haben alle andere Sorgen.*

Nelly wandte sich wieder ihrem Übungstext zu. Konzentriert modulierte sie ihre Stimme nach oben. „Wartet nur, bald bekommt ihr von mir einen richtigen Grund zum Feiern! Abschaum, Meerschaum!" Nelly lachte. *Wie passend.* Sie war zufrieden. *Mit dieser Stimme werde ich in den Talkshows exzellent rüberkommen.*

***

Ursula saß vor der Kirche auf den Stufen, nachdem die alte Frau mit den dicken Brillengläsern hinter ihr die Kirchentür mit einem Rums geschlossen hatte. *Dumme Kuh.* Ursula tippte in ihren Blackberry.

– Liebes Nesilein, ich bleibe eine weitere Nacht in Berlin. Macht euch keine Sorgen. Eurer Maman geht es gut.

Sie drückte auf Senden, stand auf und spazierte in der einsetzenden Dämmerung zum Nollendorfplatz. Zwei Männer in karierten Hemden kamen ihr in der Maaßenstraße entgegen. Beide hatten einen kleinen Jungen an der Hand, der zwischen ihnen ging, und vor ihnen trippelte ein zweiter Junge, schon etwas älter. Die Hautfarbe der Kinder war schwarz und beide liefen stolz mit Sportschuhen, in deren Sohlen LED-Leuchten rot blinkten.

Der ältere Junge lachte Ursula an. Ursula schüttelte den Kopf. *Arme Kinder, keine Mutter.* Sie sah, dass die Kuppel des U-Bahnhofs in Regenbogenfarben strahlte, was sie noch einmal den Kopf schütteln ließ.

***

„KakaoTalk? Nie gehört", sagte Max.

„Ist eine südkoreanische App. Der Messenger-Dienst verschickt die Nachrichten optimal verschlüsselt", sagte Christian.

Max klickte auf das Icon. „Was du alles weißt", sagte er.

Christian beugte sich neben ihm über das Tablet. „Fachzeitschriften gelesen."

„Echt?"

„Quatsch, eben Wikipedia überflogen. Gib mal her." Christian nahm Max das Tablet aus der Hand und öffnete den einzigen Thread.

„Mit wem chattete Nemec?", fragte Max und sein Gesicht berührte fast die Haare von Christian.

„Einen Nachteil hat KakaoTalk. Es lassen sich keine Mobilfunknummern zuordnen. Ich meine, die verkaufen es natürlich als Vorteil." Christian scrollte durch den Thread. „Gibt nur zwei User, mit denen Nemec kommunizierte. Die tragen die klingenden Namen NoMoreRaute und Schwarzbrotspiritualität."

„Mist. Da können wir uns die Nase blutig raten, wer das sein könnte. Lass mich", sagte Max und und griff nach dem Tablet. „Ich überflieg das mal."

„Warum du?"

„Weil Chef. Wenn du scrollst, wird mir schwindlig beim Zusehen." Er sah schnell durch die Messages. „Nein, das gibt's nicht! Nemec hatte was konkret geplant! Ausgerechnet dort!"

„Was?", fragte Christian.

„Lies!" Max reichte ihm das Tablet und lief zu seinem Schreibtisch. „Gefahr im Verzug. Ich aktiviere unsere Truppe und fahr sofort hin. Besorg mir die Telefonnummer von dort."

Christian las den Chat. „Ach, du Kacke", sagte er und öffnete Google, um die Telefonnummer zu recherchieren.

***

„Du bist schon unterwegs? Super!", sagte Vicky ins Telefon.

„Ja", antwortete Oliver über die Freisprecheinrichtung des Autos. „Wollte schnell zu euch, nachdem der Einbruch passiert ist. Aber leider hat mich die Klinik eben angerufen. Ich muss umdrehen."

Vicky sagte nichts.

„Wir haben einen jungen Patienten mit Cauda-Syndrom reinbekommen. Den muss ich heute noch operieren."

„Blöd, Oliver. Aber du musst ihm helfen."

„Dir und Heidi geht's gut, oder?"

„Alles gut. Eben ist eine Polizistin da, um die Aussage von Ingeborg aufzunehmen. Ist übrigens dieselbe, die als Erste zum Tatort im Park kam."

„Wie dieselbe?"

„Ach, nicht wichtig. Erzähle ich dir später."

„Danke, Hase. Ich muss auflegen und melde mich nach dem MRT. Dann weiß ich, wann es losgeht."

„Ja, mach das", sagte Vicky.

Aber Oliver hatte schon aufgelegt.

***

Der leitende Psychologe legte den Telefonhörer auf die Gabel. *Na, so was.* Er beugte sich unter den Schreibtisch und sagte „Komm“ zur Dobermann-Hündin, die dort in einem Korb lag.

Die Hündin mit dem glänzend schwarzen Fell und den rotbraunen Abzeichen sprang heraus, gähnte herzhaft und streckte elegant ihre langen Vorderfüße, bevor sie zur Tür schritt.

Der leitende Psychologe trat mit ihr aus dem Büro ins Café der Beratungsstelle Mann-O-Meter und sprach an der Theke leise mit einem Mann, der ein Klemmbrett in der Hand hielt. Im Wartebereich saßen circa fünfzehn Männer an den Bistrotischen oder in den tiefen Ledersofas. Manche waren jung, einige älter. Sie warteten auf einen HIV-Schnelltest. Der Mann mit dem Klemmbrett schaute überrascht, ging dann zu dem Wartenden, der am nächsten saß, und deutete auf die Hintertür der Beratungsstelle, die zur Else-Lasker-Schüler-Straße führte. Dann sprach er den nächsten an. Ein Mann nach dem anderen stand auf und ging durch die Hintertür hinaus.

Der leitende Psychologe trat in den Eingangsbereich mit der großen Glasfront zum Nollendorfplatz, versperrte die Tür und blickte prüfend in den angrenzenden Extraraum. *Alle draußen, sehr gut.*

„Komm“, sagte er zu seiner Hündin und verließ als Letzter die Beratungsstelle Mann-O-Meter.

***

Dietrich Wald saß im blauen Nissan. Er trug wieder das beige Jackett über dem gestreiften Hemd und lenkte das Auto auf der Martin-Luther-Straße nach Norden. Er war nervös, aber konzentriert.

Dietrich blinkte, bog in die Motzstraße ein und hielt sich genau an das Tempolimit. Auf Höhe der Buchhandlung Eisenherz schossen zwei Teenies in knallengen Jeans zwischen den parkenden Autos auf die Fahrbahn. Beide

Jungs trugen die Haare ins Gesicht gekämmt wie Justin Bieber. Dietrich stieg scharf in die Bremse. *Scheiß-Schwuletten.* Er hupte, aber die Jungs grinsten frech und liefen weiter. Dietrich hupte noch einmal. Da sah er, wie die Köpfe der vielen Männer, die aufgefädelt vor dem Café Romeo & Romeo saßen, in seine Richtung flogen. *Okay, jetzt nicht auffallen und keinen Scheiß bauen.* Er drehte den Kopf zur anderen Seite, um sein Gesicht nicht zu zeigen, und fuhr langsam weiter.

Vorsichtig bog er an der Mündung in die Kleiststraße, um sich an der nächsten Kreuzung ganz links zum Abbiegen einzuordnen. Die Ampel zeigte Rot. Dietrich sah die gelben Waggons der U2 in den Hochbahnhof einfahren; die Kuppel darüber leuchtete in Regenbogenfarben. Er schüttelte angewidert den Kopf.

Bei Grün bog er nach links, wo ihn die Fahrbahn unter dem Bahnsteig des Bahnhofs durchführte. Die nächste Ampel zeigte Rot und Dietrich hielt wieder an. *Alles wie geübt.* Mit einem kurzen Blick checkte er den Beifahrersitz, wo der Personalausweis lag, den Nelly ihm gegeben hatte. *Muhammad Sasoli. Ein Kamelficker.* Dietrich grinste, als die Ampel auf Grün sprang. Jetzt begann der Teil, den er noch nicht hatte üben können.

Dietrich bog vorschriftswidrig nach rechts, lenkte den Nissan über die Abbiegespur der Bülowstraße und fuhr auf den Gehweg. Ein Autofahrer hupte. *Schnauze.* Dietrich spürte das Blut in seinen Ohren pochen, als er das Auto vorsichtig in die optimale Position brachte. *Scheißblumenrabatten.* Dietrich atmete schwer, stieg in die Kupplung und drückte mit Wucht auf das Gaspedal. Der Motor jaulte auf. Dietrich nahm den Fuß von der Kupplung, der Nissan schoß nach vorne und krachte durch die Glastür der Beratungsstelle Mann-O-Meter.

Der Aufprall schleuderte Dietrichs Kopf in den Airbag. Glas splitterte, die Metallrahmen der Türflügel rissen aus der Verankerung und flogen quer durch den Warteraum. Der Wagen raste in die Theke und kam mit einem Ruck zum Stehen. Aus der eingedrückten Motorhaube qualmte es.

Benommen hob Dietrich den Kopf. *Weiter im Plan. Jetzt im Chaos verschwinden.* Während der Qualm aus dem Auto den Wartebereich vernebelte, öffnete er die Wagentür, ließ sich sanft herausfallen und robbte vom Auto Richtung Eingangstür. Ein Metallstück fiel mit dumpfem Knall zu Boden und aus dem Auto zischte es, sonst war es um ihn herum still. Verwundert hob Dietrich den Kopf. Die Silhouette eines jungen Mannes trat vor ihm aus dem Nebel. Dietrich sah zuerst die schwarzen Jeans, dann die Lederjacke des Mannes, bevor er in die Mündung einer Walther-PPK starrte, die der Mann auf ihn richtete. *Was zum Teufel?*

„Keine Bewegung", sagte der Mann und trat neben ihn.

Dietrich spürte, wie das Knie des Mannes ihn zwischen den Schulterblättern am Boden fixierte.

„Sie sind verhaftet", sagte Max.

„Allahu akbar!", rief Dietrich, so gut er es liegend konnte.

„Ach, halt's Maul!", sagte Max und drückte sein Knie fester auf Dietrichs Rücken.

Dietrich schrie vor Schmerz auf.

***

Vicky schaltete das Licht im Wohnzimmer aus. Nur die Stehlampe neben dem Lounge-Chair ließ sie für Oliver an. Er hatte eben angerufen, dass er mit der OP nicht loslegen konnte, weil noch kein Saal frei war.

„Warte nicht auf mich, es wird spät", hatte er gesagt.

Vicky warf eine leere Packung Geleebananen in den Müllbehälter für die Wertstofftonne. *Eine ganze Packung.* Sie verschloß die Flasche Rotwein, pumpte die Luft ab, stellte ihr Weinglas in den Geschirrspüler und warf ihn an. Anschließend füllte sie Müsli mit Joghurt und Rosinen in ein Schüsselchen, bevor sie eine zweite Schüssel für Olivers Frühstück befüllte. *Alles paletti.*

Auf dem Weg ins Schlafzimmer sah Vicky durch den Schlitz unter der Tür, dass in Heidis Zimmer kein Licht mehr brannte. Sie zog ihr T-Shirt für die Nacht an, bettete Olivers Decke auf, löschte das Licht und legte sich auf ihre Seite der Matratze.

Sie starrte in der Dunkelheit an die Zimmerdecke. In einem Blitzlicht grinste sie von dort der tote Dominik Nemec mit dem einen Auge an. Vicky fuhr hoch. *Spinne ich?* Mit der Hand schlug sie auf den Schalter der Nachttischlampe und es wurde hell. Ein kalter Schauer schoss durch ihren Körper, der Puls fuhr hoch wie beim Joggen. Weil Vicky zu ersticken glaubte, sprang sie aus dem Bett und trat ans Fenster. Schnell einen kühlen Luftzug auf der Haut spüren. Sie atmete ein, sie atmete aus und schüttelte den Kopf, dass ihre langen Haare herumflogen. *So ein Blödsinn.* Sie lachte und ihr Atem war wieder da.

Vicky griff nach dem Smartphone neben dem Bett und schrieb eine Nachricht.

– Danke, dass du heute die nette Kollegin zu uns geschickt hast. Sie hat uns sehr geholfen.

Vicky überlegte. Sie fügte das Emoji mit dem fliegenden Kuss an und drückte auf Senden. Dann beschloss sie, heute Nacht bei Licht zu schlafen.

***

Sehr laut geknallt hat es nicht. Ursula beobachtete von der gegenüberliegenden Straßenseite den Eingang zur Beratungsstelle Mann-O-Meter. *Mehr ein kurzes Knirschen.* Der Platz war erhellt vom Blaulicht der Polizeiwagen und Rettungsfahrzeuge. *Sodom und Gomorrha, begraben in einem Regen aus Feuer und Schwefel.* Sie zog ihren Blackberry aus der Tasche und war enttäuscht, denn Agnes hatte ihre letzte Nachricht gelesen, aber nicht geantwortet.

Ursula schaute wieder zum Ort des Attentats und nestelte den Rosenkranz aus der Jackentasche. Als sie ihn in der Hand hielt, besann sie sich eines Besseren und steckte ihn wieder ein. *Beten ersetzt nicht den Kampf!* Ursula machte auf den kurzen Absätzen ihrer Ballerinas kehrt und ging mit federnden Schritten zurück zum Winterfeldtplatz. Sie strahlte. *Der Kampf hat soeben begonnen!*

***

In allen Wipfeln spürest du kaum einen Hauch. Sebastian Pöhls blickte vom menschenleeren Kifferhügel auf den von der Feuerwalze verheerten Baumbestand des Parks. Vor ihm in der Senke tollten Sonny und Kira um einen angekokelten Baumstumpf. Nur der faule Flash hatte sich zu Sebastians Füßen zusammengerollt. Es war schon dunkel im Park, aber Sebastian Pöhls Stimmung besserte sich. Zum grauen Sakko trug er ein Einstecktuch mit rosa Paisleymuster. *Der Wald ist gelichtet, aber er wächst nach. Die Tiere finden wieder Schutz und Nahrung, niemand hinterlässt mehr seinen Müll. Kein Sex im Park, keine toten Babykaninchen mehr.* Er kniete sich zu Flash. *Hat sich alles zum Guten gewendet.* Sebastian kraulte Flashs Kehle und war zufrieden. *Warte nur, balde ruhest du auch.*

***

Max lächelte.

– Gerne.

Er tippte auf das Emoji mit dem fliegenden Kuss und drückte auf Senden.

Hinter ihm packte die Spurensicherung die letzten Koffer ein, denn die Arbeit war beendet. Der Bereich rund um das Beratungszentrum war trotzdem noch großräumig abgesperrt und bewacht.

Das Smartphone von Max klingelte.

„Ja, Chefin ... Keine Toten, auch keine Verletzten. Das heißt, bis auf den Wahnsinnigen ... Schleudertrauma. Er hat noch ein paarmal ‚Allahu akbar' gerufen, bis ihn die Kolleginnen Sterner und Neheider etwas abrupter in die Wanne gesetzt haben. Dann war er still ... Ob Terrorverdacht oder nicht, klären wir morgen. Der Wahnsinnige muss mal runter von seinem Trip, bevor er zu einer vernünftigen Aussage fähig ist ... NoMoreRaute und Schwarzbrotspiritualität. Christian ist an den Pseudonymen dran ... Ja, ich mache ab sofort Feierabend ... Nein, ich wusste nicht, dass es jetzt zwölf Uhr mittags in Neuseeland ist."

Max beendete das Gespräch. *Wir sind knapp davor, den Mord aufzuklären.* Er war sich sicher und spürte ein Gefühl der Genugtuung. In dieses Gefühl hinein meldete sich aber auch eine Befürchtung. *Bekommen wir die Tat aufgeklärt, bevor doch noch jemand zu Schaden kommt? Die extremen Ränder spielen in diesen Zeiten verrückt und alles scheint möglich.* Er blickte hoch und sah den Mond fast voll über dem Hochhaus am Nollendorfplatz stehen. *Ja, ich mache ab sofort Feierabend. Parlikova ist eine gute Chefin.*

Heute Nacht links oder rechts? Max entschied sich für geradeaus, steckte die Earpods ein und winkte dem Uniformierten zu, der am rotweiß-gestreiften Absperrband stand. Der Kollege hob es hoch und Max schlüpfte geschmeidig darunter durch. Während seine Schritte ihn Richtung Motzstraße führten, bewegte Max lautlos die Lippen zum Lied in seinen Ohren.

– We're no strangers to love, you know the rules and so do I, a full commitment's what I'm thinking of.

Max grinste beim Gehen.

Der sechste Tag

Kurz nach halb sechs Uhr früh lief Max die Grunewaldstraße entlang und seine Augen waren klein, denn er war noch ganz verschlafen. Mit einer Hand rieb er sich den kahlen Kopf, um wacher zu werden. Eben ging die Sonne über dem Kleistpark auf. Es fuhr kein Auto auf der Straße, nur ein weißbärtiger Mann mit riesigem Schlüsselbund und einem Korb voller Zeitungen radelte auf dem Gehweg an ihm vorbei. Max tippte in der Musik-App seines Handys auf zufällige Wiedergabe, zog die Lederjacke aus und warf sie sich über die Schulter. Die Morgenluft war klar und kühl.

– You can dance, you can jive, having the time of your life.

Max schmunzelte. *Zufällige Wiedergabe.* Ausgelassen setzte er am Gehweg zwei Ausfallschritte im Takt der Musik, hielt sich an der Stange eines Verkehrsschilds fest und kreiste mit seinem Becken.

Im Hauseingang neben dem koreanischen Restaurant Wawa stand eine alte Frau mit Rollator und beobachtete Max. Sie trug eine rote Baskenmütze und lachte ihn an. „Wenn ich nur ein bisschen jünger wäre", rief sie.

Max blieb stehen. „Wenn ich nur ein bisschen älter wäre", sagte er und tätschelte lachend ihre Hand, die den Lenker des Rollators hielt. Die Frau zwinkerte ihm zu.

Max lief weiter und bog in die Akazienstraße. Vor dem Laden „Erste Rheinländische Bäckerei Mälzer" stand ein Lieferwagen mit offenen Hintertüren und ein Mann schaffte Paletten mit Backwaren aus dem Wagen. Der Laden hatte noch nicht geöffnet, aber Max blieb trotzdem stehen.

„Morgen, darf ich ein Croissant kaufen?", fragte er den Lieferanten.

„Isch verkauf Dir nix. Nix Kassa."
Max nickte und ging weiter.
„Hey, Mann", rief ihm der Lieferant nach und hielt ein Croissant hoch. „Isch geb dir gratis."
Max grinste. „Darf ich noch zwei haben? Für den besten Kollegen und die strengste Chefin der Welt?"
Der Mann fischte zwei weitere Croissants aus der Palette. „Hier, aber zeig disch nie wieder."

***

Vicky schlug die Augen auf und streckte sich unter der Bettdecke. Ihr Blick fiel auf Olivers Seite. *Leer.* Sie schreckte hoch, griff nach dem Handy und sah nur die WhatsApp-Nachricht von Max. Besorgt schrieb sie an Oliver.
– Wo bist du?
Sie legte sich wieder hin und zog die Bettdecke bis unter das Kinn hoch. Ein paar Minuten später vibrierte ihr Smartphone.
– OP hat lange gedauert. Bin in der Klinik geblieben. Sorry. Muss gleich zur Frühbesprechung. Freu mich auf heute Abend.
Vicky zog die Decke wieder hoch und schaute ängstlich an die Zimmerdecke. *Ich gehe auch heute nicht laufen.*

***

Christian wachte auf, weil ihm der Arm eingeschlafen war. Er hatte wohl mit seinem Kopf darauf gelegen. Verwirrt blickte er um sich und sah, dass der Platz von Max leer war. Christian schaute auf die Uhr. *6:23 Uhr. Kacke, ich bin im Büro eingeschlafen.*
Christian hatte sich bis spät in die Nacht die gesamte Diskussionsgruppe von Nemec auf Facebook reingezo-

gen. Seine Hoffnung war gewesen, einen Hinweis zu finden, an dem sie weiterarbeiten könnten. *Fehlanzeige.* Gefunden hatte er nur viel Aufregung in einer monotonen Echokammer. *Alle mit Schaum vor dem Mund.* Schaum, der durch Christians Träume waberte.

Merkels Asylpolitik ist ein Staatsstreich! Wir sind Beuteland, systematisch geplündert seit 1945! Gendergaga! Die Wahrheit über das Attentat auf Charlie Hebdo! Migrantenkrawalle! Die verschleierte Gefahr!

Christian hatte einen schlechten Geschmack im Mund. *Neurechtes macht Mundgeruch.* Aus der Thermoskanne vor sich schenkte er etwas Tee in eine Tasse und nahm einen Schluck. *Lauwarm.* Als er versuchte, mithilfe der Reflexion auf der Kannen-Oberfläche aus Edelstahl seine Haare glatt zu streichen, poppte auf dem Bildschirm seines PCs ein neuer Beitrag in der Diskussionsgruppe auf.

– Nelly Nollendorf, Heute, 6:29 Uhr: Die Cousine einer Freundin von mir hat gestern Abend beobachtet, dass ein Auto am Nollendorfplatz in die Beratungsstelle für schwule Männer gerast ist. Ich musste heute Morgen bei ‚Google News' fünf Seiten weiterblättern, um die einzige Meldung über den Vorfall zu finden. Dort war nur von einem Verkehrsunfall zu lesen. Auto rast in eine Einrichtung für Homosexuelle? Da schrillen in Zeiten der Kulturbereicherer doch alle Alarmglocken. Wir kennen das Täterschema! Die Cousine meiner Freundin hat auch einen südländisch aussehenden Mann vom Tatort weglaufen sehen. Jemand mehr Infos dazu? Warum berichtet unsere Presse zum wiederholten Male nicht über diese Attentate. Ist das Zufall? Wir brauchen guten Journalismus und weniger Lückenpresse! Ehrlich, ich bin kurz vor dem Nervenzusammenbruch!

Mit einem Mal war Christian munter, weil Nelly Nollendorf unter dem Beitrag Hashtags angefügt hatte.

– #Lügenpresse #Lückenpresse #Schauhin #FakeNews #WirKennenEureNamen #NoMoreRaute #Einzelfall

Christian griff zum Telefon und wählte die Nummer von Max. Als er das Freizeichen hörte, klingelte es auch in der Tür zum Büro, wo Max eben reinkam, in der Hand drei Croissants balancierte und mit der anderen in der Hosentasche seiner Jeans nestelte. Ein Croissant fiel hinunter, Max fing es gerade noch auf. Grinsend beobachtete Christian die akrobatische Einlage und ließ den Anruf weiter klingeln.

„Menno." Max hüpfte zu Christians Schreibtisch und legte die Croissants ab. Dann fasste er tiefer in seine enge Hose und zog das Handy heraus. Zuerst ein Blick auf das Smartphone, dann ein Blick zu Christian.

„Ups", sagte Christian und legte den Hörer auf die Gabel.

„Keins für dich", sagte Max und nahm die Croissants wieder an sich.

„Kein Vollkorn, kannste behalten. Dein Croissant darfst du auf dem Weg zu einer Befragung essen, denn ich habe etwas gefunden."

***

Vicky stand mit dem Staubsauger im Wohnzimmer, denn sie hatte Ingeborg freigegeben. „Lass dein Veilchen abklingen", hatte sie gesagt. „Nimm dir auch Zeit, dich um Yaseen zu kümmern."

Vicky saugte den Teppich vor dem Sofa, aber sie brach gleich wieder ab. *Eh alles sauber.* Als sie den Staubsauger zurück in die Kammer gebracht hatte, befeuchtete sie einen Lappen, um Staub von den Blättern der Pflanzen im Fenster zu wischen. Das war rasch erledigt und sie ließ sich auf das Sofa fallen. *Was jetzt? Geleebananen? Nicht schon wieder.* Vicky ging ins Badezimmer, zog die Waschmittelschublade der Waschmaschine heraus und entfernte in der Badewanne unter fließendem Wasser die seifigen Rückstände. Zum Trocknen legte sie die Schublade auf ein Handtuch, das sie auf dem Fliesenboden ausgebreitet hatte. Sie setzte sich auf den Rand der Badewanne und starrte lange auf die Waschmittelschublade. *Ich fühle mich leer.* Als ihr Handy klingelte, schreckte sie hoch.

„Samira, hallo! … Nein, du störst ganz und gar nicht. Wie geht es dir?“

***

Max sah, dass jemand durch den Spion der Wohnungstür schaute, und klingelte noch einmal.

„Moment“, hörte er Nelly hinter der Tür rufen.

Max klingelte ein drittes Mal.

Nelly riss die Tür auf. „Was soll das?“ Sie trug ein Handtuch als Turban um ihren Kopf gewickelt.

„Maximilian Kühn, Landeskriminalamt. Darf ich reinkommen?“ Max zeigte seine Dienstmarke.

Nach einem kurzen Erschrecken setzte Nelly ein breites Lächeln auf. „Ein Kommissar! Sie kommen sicher wegen des Mordes an meinem Mitstreiter Dominik Nemec.“

Nelly ging vor in die Küche, wo sie Max einen Stuhl an dem kleinen Esstisch anbot. Daneben hing ein Plakat mit der Aufschrift „Do something today that your future self will thank you for.“

Nelly setzte sich neben Max und schlug ein Bein über das andere. Sie trug gehäkelte Söckchen. „Ich dachte schon, Sie befragen mich nie.“

„Ich komme nicht wegen Nemec. Ich will den Kontakt der Cousine Ihrer Freundin.“

Nellys Augen weiteten sich. „Keine Ahnung, wovon Sie sprechen.“

„Doch, haben Sie. Ich zitiere: Die Cousine einer Freundin von mir hat beobachtet, dass ein Auto am Nollendorfplatz …"

Nelly stellte die Beine nebeneinander und setzte sich aufrecht hin. „Woher wissen Sie das? Das sind Stasi-Methoden."

Max lächelte. „Sie haben es sicher eine Nummer kleiner. Also, wie heißen Freundin und Cousine?"

„Als Journalistin berufe ich mich auf Informantenschutz. Ich verbreite die Wahrheit, dem Staat ist das gefährlich, weshalb er Sie zu mir schickt."

Max runzelte die Stirn.

„Ich kämpfe dafür, dass unser Linksstaat wieder ein Rechtsstaat wird, gegen die Islamisierung Europas, gegen den faschistischen Terror der Antifa und gegen die Einschränkung der Meinungsfreiheit, aber wie wird mir das gedankt?"

Max zuckte mit den Schultern.

„Ich bekomme Morddrohungen, denen aber kein Kommissar nachgeht." Nelly hob ihr Kinn beim Sprechen. „Dabei leiste ich moralisch legitimen Widerstand gegen die Inquisitionszensur, die SS-Zensur, gegen die Stasi-Zensur, ja gegen die Maas-Zensur, und alles nur, um unsere Demokratie zu retten!" Nelly schnappte nach Luft.

„Ich gehe davon aus, dass es weder die Freundin noch die Cousine gibt", sagte Max in Nellys Atempause. „Kennen Sie einen Dietrich Wald?"

„Nein! Wer ist das?", rief Nelly.

Max blickte auf seine Uhr. „Wir kennen uns erst fünf Minuten und Sie lügen mich bereits zum zweiten Mal an. Ich nehme Sie mit ins LKA."

Nelly sprang auf. „Sie verhaften mich?"

Max erhob sich. „Nein, aber packen Sie eine Zahnbürste ein. Sicher ist sicher."

***

„Huch!“

Der Fauteuil im Café Bilderbuch war tiefer als vermutet. Vicky war darin versunken, als sie sich gesetzt hatte. „Ich wollte dir noch schreiben, dass wir unbedingt im Hinterzimmer sitzen müssen, wo die hohen Bücherregale stehen“, sagte sie zu Samira. „Gut, dass du selbst nach hinten durchgelaufen bist.“

„Ich war neugierig“, sagte Samira und lächelte. Die junge Frau trug einen hellblauen Hidschab.

„Ich liebe die vielen unterschiedlichen Sofas und Sessel im Café Bilderbuch, es hat den Charme eines Wohnzimmers. Als ich das erste Mal mit Oliver hier war, fragte eine Frau alle Gäste, ob es stört, wenn sie Klavier spielt.“ Vicky deutete zu dem abgedeckten Flügel auf dem Podest. „Sie spielte Schubert und es war wie Hausmusik zu unserem Abendessen.“

Vicky und Samira bestellten Pfefferminztee.

„Wo bist du jetzt untergebracht, Samira?“

„Tempelhof. Ich bin dankbar, aber ich dort bald weggehen mit eigener Wohnung hoffentlich.“

„Kann ich verstehen. Oliver weiß übrigens Bescheid wegen deines Praktikums, ich hatte in letzter Zeit nur wenig Gelegenheit, länger mit ihm zu sprechen.“ Sie kniff die Lippen zusammen. „Aber bald habe ich Infos für dich. Das klappt bestimmt.“

„Danke, das ist sehr freundlich und ich freue mich sehr“, sagte Samira, pustete sanft in ihr Teeglas und nahm einen kleinen Schluck.

„Wie geht es Namit und Yaseen?“, fragte Vicky.

Samiras Blick verdüsterte sich. „Nicht über alles kann man sprechen“, sagte sie leise.

„Wie meinst du das?“

„Qur’an erzählt von Volk des Lot in Sodom.“

„Sodom und Gomorrha?"

„Ja."

„Du sprichst von Homosexualität, Samira."

Samira senkte den Blick. „Ja", sagte sie.

„Sind Namit und Yaseen homosexuell?", fragte Vicky.

Erschrocken blickte Samira auf. „Ich weiß nicht, aber als Moslems müssen sie bereuen."

Vicky beugte sich vor, um näher an Samira zu sein. „Vielleicht müssen die beiden etwas bereuen, aber nicht ihre Homosexualität. Wir reden über die Liebe zwischen zwei Menschen und die Liebe, die mag Gott, oder?"

Samira sah sie mit großen Augen an. „Ja!"

„Dein Praktikum machst du beim besten Freund von Oliver. Er ist leitender Oberarzt in der Dermatologie, er ist homosexuell und er hat einen Mann. Die beiden ziehen zusammen einen süßen Sohn auf."

Samira schaute ernst. „Ich weiß nicht, es ist nicht gottgefällig. Es ist schwer für mich, aber ich werde darüber nachdenken."

Vicky legte die Hand auf Samiras Arm. „Mach das, denke darüber nach." Sie lehnte sich zurück. „Ich habe etwas vergessen: Der leitende Oberarzt ist auch Moslem."

***

Gran Canaria.

Christian beobachtete Max durch das einseitig verspiegelte Fenster, wie er im Verhörzimmer Nelly Nollendorf befragte.

„Holt ihr jetzt halb Schöneberg zum Verhör ins LKA? Was soll der plötzliche Aktionismus?", fragte eine Stimme neben ihm.

Christian zuckte zusammen. „Warum tauchen Sie immer aus dem Nichts auf, Chefin? Irgendwann sterbe ich an einer Herzattacke."

„Mimimi." Senta Parlikova hob einen Absatz ihrer knallig roten Ankle-Boots. „Ich trage heute nicht mal die Anschleichschuhe." Sie deutete ins Verhörzimmer. „Warum ist die da? Ich mag ihre Zöpfe."

„Nelly Nollendorf, befreundet mit dem Mordopfer Dominik Nemec. Verdacht auf Planung eines Anschlags. War schwer, ihre Adresse zu ermitteln, weil sie in unseren Datenbanken noch als Mann geführt wird."

„Transfrau?"

„Yup."

„Das mit dem Anschlag habe ich überhört. Sonst könnt ihr die Akten sofort wieder zur Bundesanwaltschaft schieben. Wird das heute noch was mit dem Mordfall Nemec?"

„Welcher Anschlag?" Christian hüstelte. „Alle Tatverdächtigen befinden sich im LKA. Heute knacken wir den Fall, denke ich."

„Ui, die geht jetzt ab", sagte die Parlikova.

Christian sah durch das Fenster, wie Nelly heftig mit den Händen gestikulierte.

„Toll, wie die Zöpfe fliegen", sagte die Parlikova. „Machen Sie mal die Mithöranlage lauter."

Als Christian den Regler nach oben schob, kam die Stimme von Nelly schrill aus dem Lautsprecher.

– Die Taktik des Islam ist immer gleich: einwandern, ruhig verhalten, vermehren, Moscheen bauen, Islamverbände gründen, in die Politik gehen, Übernahme des Landes. Dagegen müssen wir doch was unternehmen!

„Zu diesen Zöpfen passt ein Hut mit breiter Krempe", murmelte die Parlikova.

Christian sah sie von der Seite an.

„Mit breiter Alukrempe", ergänzte Parlikova, ohne den Kopf vom Geschehen hinter dem Fenster abzuwenden.

Jetzt war Max zu hören.

– Sie haben auch etwas unternommen. Sie kommunizierten mit Nemec konspirativ über einen südkoreanischen Messenger, statteten Dietrich Wald mit einem Auto aus, das er nach ihrer Anweisung in die Beratungsstelle am Nollendorfplatz lenkte. Im Auto lag der gestohlene Personalausweis eines Algeriers. Ein islamistisches Terrorattentat nach Backrezept. Schwule von Islamist attackiert! Besser noch: Schwule von Moslem totgefahren! Sie spekulierten mit diesen Headlines, damit sich der Volkszorn erhebt.

– Nein, nein! Ich kann doch keiner Fliege etwas zuleide tun!

„Jetzt streichelt sie auch noch die Zöpfe. Davon träume ich heute Nacht“, sagte die Parlikova.

– Unser Land steuert in die größte anzunehmende Katastrophe. Ich sitze aber nur mit Popcorn am Rand und schaue zu. Zwar habe ich alles vorausgesagt, aber bitte. Die Leute wollten es so. Was habe ich außerdem mit Südkorea und KakaoTalk am Hut? Ich wasche meine Hände in Unschuld.

„Dieses Bibelzitat hätte ich nicht gesagt.“ Die Parlikova schüttelte den Kopf. „Wirkt immer verdächtig.“

– KakaoTalk? Frau Nollendorf, wie kommen Sie darauf?

– KakaoTalk?

– Sie haben den südkoreanischen Messenger beim Namen genannt. Ich nicht.

– Das ist nicht wahr!

„Max, das Aufnahmegerät!“, rief Christian.

Max wies auf das laufende Tonbandgerät am Tisch.

– Damit haben Sie uns die Möglichkeit eröffnet, die Daten Ihres Smartphones auszuwerten.

Nelly fasste sich an den Hals.

– Frau Nollendorf, ich weise Sie offiziell darauf hin, dass wegen Mitgliedschaft in einer kriminellen Vereinigung gegen Sie ermittelt wird. Es steht Ihnen frei, sich zu dieser Beschuldigung zu äußern oder einen Anwalt hinzuzuziehen.

Nelly wischte mit der Hand durch die Luft und reckte ihr Kinn in die Höhe.

– Mich anzuklagen endet für die Justiz als Desaster, das verspreche ich Ihnen. Sie machen mich zur Märtyrerin. Die Welle der Solidarität wird die Zahl meiner Fans und Follower weit übersteigen. Die Menschen werden aufbegehren. Ich opfere mich für die Meinungsfreiheit …

Nelly biss sich auf die Lippen.

„Die heilige Johanna der Neurechten", sagte Christian.

– … obwohl ich nur eine stille Beobachterin war. Sie war es. Die Gräfin hat alles organisiert. Wir kannten im Chat nur unsere Pseudonyme, Dominik wollte es so. Die wahren Identitäten haben wir erst nach seinem Tod herausgefunden. Sie stand plötzlich bei Horst vor der Tür. Sie war die treibende Kraft, die Gräfin hat alles ausgeheckt.

„Die heilige Johanna bekommt Angst vor der eigenen Courage", sagte die Parlikova.

– Wer ist die Gräfin?

– Ursula von Übelbach.

– Wer ist das?

– Die aus dem Fernsehen.

– Wo finden wir die Frau?

– Sicher beim Beten.

Max drehte sich zum Spiegel und zwinkerte.

***

„Das ist jetzt aber voll Kacke", sagte der Aktivist am Winterfeldtplatz. Er trug Jeans, Windjacke und eine Schildmütze, alles in schwarz, und trotz der warmen Temperaturen lag ein roter Schal um seinen Hals.

„Was ist los?", fragte Lena und drängte sich durch die Gruppe der anderen Aktivisten nach vorne.

„Die Loser canceln den Bürgerdialog", sagte der Aktivist.

Lena sah an der Tür zum Seminarraum Winterfeldtplatz einen Zettel kleben.

– Mir reicht's! Der Dauerbeschuss meiner politischen Arbeit durch die eigene Partei hat mich mürbe gemacht. Ich stehe für einen konservativ-patriotischen Aufbruch in Deutschland, aber ich steige aus der AfD aus. Der Bürgerdialog ist abgesagt. Ihr Manni Schablonski.

„Der arme Manni!", sagte Fips, der den Aushang ebenfalls gelesen hatte.

„Neue Lage! Sammeln in zehn Minuten im Paradiesgärtchen!", rief der Aktivist.

„Wo ist das?", fragte jemand.

„Hinter der Kirche, bei den silbernen Bänken." Der Aktivist deutete Richtung Sankt-Matthias-Kirche.

„Wo, wo?"

„Quer durch den Markt."

Mit einer Kopfbewegung deutete Lena Fips, ihr zu folgen. Sie bahnte sich einen Weg zwischen den vielen Marktbesuchern über den Platz, vorbei am Biobäcker, dem Fischwagen und einem türkischen Gemüseverkäufer, der lauthals zwei Schalen Erdbeeren für zwei Euro anpries. An einem Stand frittierte eine junge Frau spanische Churros im heißen Fett. Als sie Lena zuzwinkerte, drehte sich Lena zu Fips und deutete ein Schnuppern an. Dann lachte sie und lief weiter.

Im Paradiesgärtchen sammelten sich gleich darauf an die fünfzehn Aktivistinnen und Aktivisten. Die meisten trugen schwarz. Einer von ihnen ergriff das Wort.

„Die Lusche von der AfD zieht den Schwanz ein, Genossinnen und Genossen. Das ist ein Erfolg! Es gibt aber noch viel zu tun, wir holen uns auf der Straße die Diskursmacht zurück. Linksfront! Der Kampf geht weiter!"

Eine Sirene ließ ihn verstummen, denn drei Polizeiwagen mit Blaulicht fuhren von der Winterfeldtstraße ein.

„What the fuck! Kommen die wegen uns?“, rief der junge Mann.

„Wir haben doch noch gar nichts getan!“, sagte eine junge Frau und zog ihren Schal über den Mund.

„Los, los, lasst uns über die Goltzstraße abhauen. Better safe than sorry!“

Der Trupp setzte sich in Bewegung. Fips wollte ebenfalls los, doch Lena hielt ihn zurück.

„Was?“, fragte er.

„Lass uns was anderes machen“, sagte Lena.

Fips sah sie erstaunt an.

„Churros“, flüsterte sie weiter. „Und dann …“

„Dann?“

Lena flüsterte Fips ins Ohr.

„Endlich“, sagte Fips und ließ sich von Lena an der Hand zurück auf den belebten Markt führen.

***

Ursulas Augenlid zuckte, als sie in der Kirchenbank kniete und mit einem Finger den Perlenstecker des linken, dann den Perlenstecker des rechten Ohrläppchens berührte. *Sie sagen, es gibt kein Feuer in der Hölle. Sie lügen.*

Ursula hörte, wie sich in ihrem Rücken das Portal öffnete. *Göttliche Majestät, ich danke Dir, dass Du die Augen meiner Seele der Sonne der Gerechtigkeit auftust und vor der Finsternis der Hölle verschließt.* Ursula drehte sich um.

Am Gittertor stand die Alte mit den dicken Brillengläsern und deutete in Ursulas Richtung. Neben der Alten standen Polizisten in Uniform.

Ursula erhob sich.

Die Polizisten kamen auf sie zu. „Ursula von Übelbach?“, fragte einer.

„Was wollen Sie?“

„Ich verhafte Sie wegen Mitgliedschaft in einer kriminellen Vereinigung und wegen Anstiftung zu schwerer Körperverletzung."

„Sind Sie wahnsinnig? Sie befinden sich in einem heiligen Gotteshaus. Hier gilt kirchliche Immunität. Sie können hier gar nichts!"

Der Polizist fasste Ursula am Ellenbogen. „Los, gehen wir."

Ursula machte sich los, rannte die Stufen zum Altar hoch und riss beide Arme in die Höhe. „Kirchenasyl, ich beantrage Kirchenasyl!", rief sie laut.

Langsam umkreisten die Polizisten den Altar. Eine Polizistin trat auf Ursula zu und drückte ihre Arme nach unten. Handschellen klickten.

„Domine clamavi ad te!", brüllte Ursula in das Hauptschiff der Kirche.

„Aber jetzt", sagte die Polizistin und bugsierte Ursula zum Ausgang.

„Deus meus, ut quid dereliquisti me." Ursula schluchzte.

Am Gittertor stand die Alte mit den dicken Brillengläsern. „Vade cacare!", sagte sie lächelnd, als Ursula vorbeigeführt wurde.

Entsetzt riss Ursula die Augen auf.

***

Der Lärm des Presslufthammers erfüllte die Akazienstraße, vielfach zurückgeworfen von den Fassaden der Häuser. Vicky hatte sich eben brüllend von Samira vor dem Café Bilderbuch verabschieden müssen. Jetzt hielt sie sich die Ohren zu und ging mit schnellen Schritten Richtung Goltzstraße. Dort war der Lärm des Presslufthammers nicht mehr zu hören.

Sie betrat die Apfelgalerie und war in dem gefliesten Verkaufsraum wie immer vom Duft der Äpfel begeistert, der sie sofort umfing.

„Grüß Sie", sagte der vollbärtige Mann im Hofladen.

Vicky grüßte zurück und reihte sich an den Schütten mit den Apfelsorten in die Warteschlange ein, denn Selbstbedienung war hier nicht. War man an der Reihe, gab man seine Bestellung bekannt und der Mann nahm einen gewünschten Apfel aus der Schütte, um ihn von allen Seiten zu begutachten. War er zufrieden, legte er ihn vorsichtig in eine Tüte. Dann griff er nach dem nächsten Apfel. Vicky liebte es, diesen Vorgang zu beobachten. *Das Ritual eines Hohepriesters.*

„Sechs Stück Pinova, bitte", sagte Vicky, als sie dran war.

„Sie möchten die Äpfel eher klein, oder?", fragte der Mann.

„Das wäre super." Vicky freute sich, dass der Mann sie wiedererkannte und sich an ihre Wünsche erinnerte.

Ein Brüllen auf der Goltzstraße ließ Vicky aufhorchen und sie blickte durch die Glasfront des Ladens nach draußen. Auf der gegenüberliegenden Straßenseite sah sie eine Gruppe schwarz Vermummter, die einen schreienden Mann verfolgte. Er versuchte zwischen zwei parkenden Autos zu entkommen, aber die Vermummten schnitten ihm den Weg ab. Der Mann brüllte laut auf.

„Was ist da los?", fragte der Apfelverkäufer.

Vicky ging zur Tür. „Die jagen den Mann", sagte sie.

Ein mit rotem Schal Vermummter packte den Mann an seinem Jackett, zog ihn zurück auf den Gehweg und stieß dabei ein Fahrrad um. Der Gepackte war verstummt, wehrte sich aber, als ein anderer Vermummter auf ihn eintrat.

„Am helllichten Tag! Rufen Sie die Polizei", rief Vicky dem Apfelverkäufer zu und rannte auf die Straße. „Hey! Aufhören!", schrie sie.

Die Vermummten schleiften den Mann bis auf Höhe des Ladens für Kochutensilien, wo er wieder zu schreien begann.

Vicky schloss zur Gruppe auf, zwischen ihr und den Vermummten stand die Reihe geparkter Autos, als die Vermummten wieder auf den Mann einschlugen.

„Aufhören!“, schrie Vicky.

„Halt dich raus!“, brüllte eine vermummte Frau. „Der Mahnwachenfuzzi kriegt, was er verdient.“

Da flog hinter ihr die Tür des Ladens Kochen & Würzen auf.

„Seid ihr wahnsinnig?“ Eine Frau stand in der Tür. In der Hand hielt sie drohend eine metallene Grillpfanne.

„Hört auf!“, rief Vicky. „Die Polizei kommt schon!“

„Lasst den Mann in Frieden!“, schrie die Ladenbesitzerin.

„Los, abhauen!“, rief der Vermummte mit dem roten Schal und die Gruppe rannte Richtung Grunewaldstraße davon.

Vicky stürzte zwischen den geparkten Autos zu dem Opfer, das gekrümmt am Boden lag. Das Jackett des Mannes war verschmiert, die Hose zerrissen und er hatte einen Halbschuh verloren. Vicky sah, dass er hautfarbene Füßlinge trug. Der Mann blutete im Gesicht.

„Polizei ist gleich da“, sagte Vicky und hockte sich neben ihn. „Ich rufe auch einen Krankenwagen.“

Der Mann sah Vicky mit aufgerissenen Augen an. „Nein, nein. Ich muss nach Hause zu meinen Hunden“, murmelte er.

„Alles wird gut“, sagte Vicky und nahm die Hand des Mannes. „Sie sind doch der Deutschlehrer von Heidi, oder?“

***

Gran Canaria.

„Ich habe nichts getan! Ich bin unschuldig und grundlos hier. Diese Person hat mich verraten, sie hat mich verpetzt, sie hat mich ausgeliefert. Was sage ich ‚sie'? Diese Transe ist doch ein Er! Man darf ihm nichts glauben, denn er ist krank! Transgender ist ein Verhalten und kein unveränderliches Merkmal. Das lässt sich therapieren. Umpolen!"

Ursula reckte das Kinn in die Höhe.

„Ich trete mit reinem Herzen vor meinen Richter. Gott allein ist mein Richter!"

Ursula tippte mit zwei Fingern zum linken Ohrstecker, als müsste sie sich versichern, dass die Ohrstecker noch da waren.

„Das Böse zeigt seine Fratze immer unverhohlener. Wie kann man nur wegschauen? Aber was erzähle ich, Blinde brauchen nicht wegzusehen, denn sie sehen einfach nichts. Das ist unser größtes Problem. Sinkende Geburtenraten, Abtreibungen, gleichzeitige Masseneinwanderung und alle schauen weg. Dieser Wahnsinn! Homosexualität! Eine Kultur des Todes!"

Sie nickte heftig und machte eine Pause.

„Unfassbar! Mehr als siebzig Jahre nach dem Sieg über den Faschismus rottet sich wieder eine unchristliche Masse rot-grüner Hetzer zusammen, um konservative Patrioten zu hindern, Deutschland vor dem Untergang zu bewahren. Der Strudel der Migrationskatastrophe reißt uns alle mit."

Die Parlikova nahm den Blick vom verspiegelten Fenster „Jetzt hat sie alle Statements geübt, denke ich", sagte sie.

„Ja", sagte Max, der neben Parlikova durch das Fenster schaute. „Dann beginne ich mal mit dem Verhör."

***

Die Besitzerin des Kochen & Würzen stellte ein Glas Weißwein vor Vicky. „Nach der Aufregung", sagte sie. Statt der Pfanne in der Hand trug sie jetzt einen kleinen Hund mit hellem Fell auf dem Arm.

Vicky saß an dem Holztischchen vor dem Laden und die beiden Frauen prosteten sich zu.

„Schmeckt sehr gut", sagte Vicky.

„Grüner Veltliner", sagte die Frau. „Sie kaufen manchmal bei mir ein, oder? Ich erinnere mich an Sie, weil Sie die Einkäufe in einem Rucksack nach Hause transportieren."

„Muss ich. Ist rückenschonender, mein Mann ist Orthopäde."

Die beiden lachten.

Abseits davon lehnte Sebastian Pöhls an einem parkenden Auto, wo ein Polizist seine Aussage aufnahm. Während Pöhls die Fragen beantwortete, hielt er sich das rosa Einstecktuch mit Paisleymuster gegen die blutende Stirn. Nach einer Weile trat der Polizist an das Tischchen.

„Er will wegen seiner Hunde nicht ins Krankenhaus", sagte er. „Er meint aber, Sie würden ihn nach Hause bringen und versorgen, Frau Meier. Stimmt das?"

„Ich habe es ihm angeboten", sagte Vicky.

„Wir sind fertig, Sie könnten also."

„Wer waren diese Leute?", fragte die Ladenbesitzerin.

„Ist nicht bekannt. Chancen stehen auch nicht gut, die zu erwischen. Waren ja vermummt", sagte der Polizist.

„Alles klar", sagte Vicky. „Ich gehe gleich mit ihm los. Ich schreib noch meinem Mann eine Nachricht." Vicky nahm das Smartphone zur Hand, überlegte, dann tippte sie.

– Hey Max, Sebastian Pöhls, der Deutschlehrer von Heidi, wurde vor meinen Augen zusammengeschlagen. War krass. Ich versorge ihn gleich zu Hause. Kannst du da was bei den Ermittlungen anschieben?

***

Gran Canaria.

„Sie halten mich doch wegen dieses Verkehrsunfalls hier fest. Und jetzt wollen Sie wissen, ob ich im Park war, als Dominik Nemec ermordet wurde?" Ursula warf eine Haarsträhne über die Schulter und lachte eine Koloratur. „Lächerlich!"

Max verschränkte die Arme vor der Brust. „Waren Sie im Park?"

„Natürlich nicht! Ich saß mit meinen sieben Kindern und meinem Mann beim Abendbrot in Thüringen." Sie hielt inne. „Das heißt, mein Mann war an diesem Abend nicht dabei, aber alle Kinder können es bezeugen. Warum sollte ich Nemec umbringen?"

„Sie ließen ihn als ortskundigen Homosexuellen das Attentat planen, und als er seine Schuldigkeit getan hatte, entsorgten Sie ihn als nutzlosen Mitwisser. Dass Nemec im Park Sex hatte, kam ihnen zur Ablenkung gerade recht. Sie hassen doch Homosexuelle."

Empört riss Ursula die Augen auf. „Das ist nicht wahr, so hetzen die Trolle im Internet gegen mich, die von Steuergeldern bezahlt werden. Ich hasse die Sünde, aber nicht den Sünder. Ich bin doch nur gegen die Ehe für alle, weil im Begriff Ehegatten das Begatten drinsteckt. Be-gatten!" Sie ballte eine Faust im Rhythmus des Stakkatos. „Ist doch logisch, dass nur das Zeugen von Kindern legitime Grundlage einer Ehe sein kann. Ich habe sieben Kinder!"

„Die vom Abendessen, ich weiß. Was haben Sie an jenem Abend nach dem Essen gemacht?"

„Ich bin zu Bett gegangen."

„Vermutlich allein, denn Ihr Ehegatte war nicht da. Das traf sich gut, denn als alle sieben Kinder schliefen, stiegen Sie ins Auto, sind nach Berlin gefahren und lauerten Nemec im Park auf. Als die Sonne aufging, waren Sie wieder zu Hause in Thüringen."

„Nein!" Ursulas Stimme schrillte. „Ich kämpfe betend! Niemals würde ich nachts in einem Park bei den … Homosexuellen herumklettern." Sie überprüfte, ob der Kragen ihrer Bluse aufgestellt war. „Unter uns, Herr Kommissar, Nemec trägt doch selbst Schuld, wenn er sich mit diesen Menschen gemeinmacht. Wer mit Hunden schläft, wacht eben mit Flöhen auf." Sie sah Max an. „Manchmal wacht er gar nicht mehr auf." Sie setzte zu einem Lachen an, verkniff es sich aber.

„Mit den Hunden meinen Sie die arabischen Männer?"

„Das war sprichwörtlich gemeint!"

„Sie beobachteten Nemec beim Sex mit arabischen Männern, das ließ Ihre Sicherungen durchbrennen. Weil Sie ohne Sünde sind, warfen Sie den ersten Stein."

„Niemals! Das hängen Sie mir nicht an!" Ursula knallte mit der Faust auf den Tisch.

Faust auf dem Tisch. Max war für einen Moment irritiert, denn das Geräusch löste in seinem Kopf eine Kettenreaktion aus. *Da war doch was!*

Ursulas Stimme gellte durch den Raum. „Schwuler Homosex! Ich ekle mich davor. Gott hat den Anus nicht als Geschlechtsorgan vorgesehen!"

Max hörte nicht mehr Ursulas Gezeter, er hörte das Lachen von Namit. Die Aussagen des jungen Syrers schossen durch seine Gedanken. *Hat euch jemand gesehen? Es waren Leute in den Büschen. Wer? Die Ehefrau des Mannes. Namit lachte und lachte.*

„Mein Glaube verwirrt sich in diesen chaotischen Zeiten nicht, die Kirche bleibt unzerstörbar."

Yaseen sprach vom Ausweichen. Dem Mann mit den goldenen Haaren und dann der großen Frau.

„Treue zu Gott erfordert Kampf! Nahkampf! Dazu brauchen wir Aufrührer. Christus will kein zeitgeistiges Heidentum. Er will Rebellen aus Liebe!“

Ronny Ziemke und das Liebespaar, das sich zoffte. Die Alte war voll eifersüchtig und keifte rum. Die ham so jestritten, die ham mich nich bemerkt.

Ursula kreischte. „Ich wehre die Attacken gegen die Institution Familie ab, stelle mich gegen den Ansturm der homosexuellen Revolution und gegen die Islamisierung unseres geliebten Vaterlandes! Ich werde beten, was das Zeug hält!“ Sie hieb erneut mit der Faust auf den Tisch.

Die Faust am Tisch! Wir wissen, dass Sie nachts im Park an der Stelle waren, wo Ihr Mann ermordet wurde. Horst Ibarra schreit Nelly! und knallt mit der Faust auf den Tisch.

Max starrte auf die Faust von Ursula. *Ich weiß genug!* „Danke“, sagte er und verließ Gran Canaria.

***

Als Max von Gran Canaria nach La Gomera lief, vibrierte sein Smartphone. Er las die Nachricht und tippte.

– Der Tierschützer von der Mahnwache? Pöhls? Ich kümmere mich darum. Hoffe, alles gut bei dir. Max.

***

La Gomera.

„Ich bin noch nicht am Ende.“ Nelly hob ihr Kinn. „Wir posten im Minutentakt deprimierende Beiträge über die katastrophalen Konsequenzen der politisch inszenierten Massenmigration. Das ist bitter nötig! Ohne Information ist kein Widerstand möglich.“ Sie unterbrach den Redeschwall und legte zwei Finger auf die Lippen, bevor sie bedächtig weitersprach. „Vielleicht war unser Widerstand von Anfang an Teil eines perfiden Experiments von George Soros? Unser Verhalten ist doch absolut vorhersehbar: Wir empören uns, sind uneins, prangern uns an und spalten uns. Statt geschlossen gegen die Machtelite vorzugehen, springen wir über jedes Stöckchen, das sie uns hinhalten." Nelly fasste sich mit beiden Händen an den Kopf und ihre Stimme wurde laut. „Klar! So entsteht das Chaos, das sie brauchen!" Nelly sprang auf. „Nur so lässt sich die Bevölkerungsmehrheit die gezielt gelenkte Migrantenflut nach Europa aufzwingen."

Max grinste. „Interessant zu beobachten, wie sich eine Verschwörungstheorie mit einem kleinen Spin in eine zweite verwandeln kann."

Nelly giftete ihn an. „Sie haben keine Ahnung! Von nichts!"

„Setzen Sie sich. Sofort!" Max' Stimme knallte scharf durch den Raum.

Erschrocken nahm Nelly Platz.

„Ihre Monologe halten Sie demnächst vor einem Gerichtspsychologen, denn der interessiert sich dafür mehr als ich. Mein Interesse gilt der Nacht, in der Dominik Nemec ermordet wurde. Warum waren Sie im Park?"

Nellys Augen wurden groß. „Ich bin hier wegen einer zerborstenen Glasscheibe im Mann-O-Meter. Befragen Sie mich dazu."

Max wischte mit der Hand über den Tisch. „Warum waren Sie im Park?"

Nelly schüttelte den Kopf.

„Ich kann Ihnen drei Menschen gegenüberstellen, die bezeugen, dass Sie in der Nacht des Mords im Park waren. Einer sitzt hier nur ein paar Zimmer weiter. Also kürzen Sie es ab: Warum waren Sie im Park?"

Nelly fasste sich an die Brust und sackte zusammen.

„Lassen Sie den Quatsch. Beantworten Sie meine Frage."

Nelly wimmerte. „Warum ist es hier so kalt? Ich habe ganz kalte Füße." Sie hob ihr Gesicht und schaute Max an. „Ich zittere vor Kälte."

Max sagte nichts.

„Er war mein Alles. Ohne ihn ist der Kampf nur noch … schwach. Ich bin damit allein. Ich bin allein ohne ihn." In Nellys Augen standen Tränen. „Dominik war der Beste von uns."

„Sie haben ihn geliebt. Mehr als man einen Mitstreiter oder Freund liebt, oder?"

Nelly sah Max mit feuchten Augen an. „Dominik war der Beste für mich." Die Tränen rannen ihr über die Wangen.

Max stand auf, holte vom Waschbecken neben der Tür ein Papierhandtuch und legte es vor Nelly auf den Tisch.

„Danke." Nelly tupfte sich die Wangen trocken. „Ja, ich habe ihn geliebt."

Max rückte seinen Sessel näher zu Nelly und setzte sich. „Ich verstehe Sie. Ich verstehe Ihre Trauer über Dominiks Tod."

„Danke, aber Sie haben leider keine Ahnung." Nellys Stimme wurde klar. „Ich bin schuld, ich bekenne mich schuldig an Dominiks Tod."

***

„Schuhe ausziehen?" Vicky stand im Flur von Sebastian Pöhls' Wohnung und die drei Hunde wuselten freudig um ihre Beine. Vicky streichelte abwechselnd ihre Köpfe, als ihr Blick auf die Plakate über dem Schuhschrank fiel. Auf einem lehnte der Vorsitzende der FDP lässig an einer Wand und blickte auf einen voll besetzten Hörsaal. In Gelb auf Magenta stand „Lasst uns genauso hart für die Bildung arbeiten wie unsere Kinder, es geht um unser Land". Daneben ein Plakat der Tierrechtsorganisation

PETA, das den Modedesigner Harald Glööckler zeigte, wie er ein gehäutetes Kaninchen in Händen hielt. „Das ist der Rest von Ihrem Pelz" prangte in blutroten Lettern daneben.

„Bitte ausziehen", sagte Sebastian Pöhls und legte den Wohnungsschlüssel auf den Schuhschrank. Das Einstecktuch, das er sich gegen die Stirn hielt, hatte rote Flecken. Ihm war Vickys Blick aufgefallen. „In China verarbeiten sie Kaninchenfelle in der Pelzindustrie. Sie foltern und quälen Hunderttausende Tiere, damit Menschen bei uns nur aus modischen Gründen einen kleinen Echtpelz am Stiefelchen tragen können."

Vicky schüttelte den Kopf und schlüpfte aus ihren Sneakers. „Echt nicht notwendig", sagte sie. „Lassen Sie uns ins Badezimmer gehen. Haben Sie dort Verbandszeug?"

Sebastian Pöhls öffnete eine Tür, die vom Flur abging. „Ja, hier."

Vicky ließ ihn am Badewannenrand Platz nehmen und begutachtete die Wunde. „Sieht schlimmer aus, als es ist." Sie säuberte die Wunde mit einem sterilen Tuch. „Was waren das für Leute?"

„Linke", sagte er.

„Und Sie sind ein Rechter?"

„Ich bin liberal, aber gegen den politisch korrekten Kulturrelativismus. Links oder rechts ist mir schnurz."

„Achtung, jetzt kann es wehtun." Vicky trug tupfend Desinfektionsmittel auf.

„Aber gequälte Tiere liegen mir schwer auf der Seele. Diese Tierfabriken mitten unter uns, das ertrage ich kaum", sagte Sebastian.

Vicky sprühte Desinfektionsmittel auf einen frischen Tupfer und nickte. „Oder die Kaninchen, die so qualvoll zu Tode kommen."

Sebastian Pöhls zuckte und sah sie erschrocken an.

„Verzeihung, war das zu grob?", fragte Vicky.

„Wieso Kaninchen?“

Vickys Handy summte. „Das Plakat im Flur“, sagte sie, während sie das Handy aus der Hosentasche zog.

– vicky, good news. polizei hat raffael und felix freigelassen. darf ich mit ihnen chillen?

„Von wem ist das?“, fragte Sebastian.

Vicky runzelte die Stirn. „Meiner Schwägerin Heidi.“ Sie tippte eine Antwort.

– Ja, Liebes.

„Wieso wollen Sie das wissen?“ Vicky lachte. „Heidi ist eine Ihrer Schülerinnen.“

Sebastians Augen verengten sich. „Alles hängt zusammen. Wie lange brauchen Sie noch?“

***

La Gomera.

„Ich bin schuld, ich bekenne mich schuldig an Dominiks Tod.“

Max horchte auf und warf einen schnellen Blick zur Seite, ob das Aufnahmegerät am Tisch lief. „Was ist geschehen? Wie konnte es zu diesem Unglück kommen?“, fragte er mit sanfter Stimme.

„Dominik war so fies zu mir. Da hat es bei mir Klick gemacht und ich war nicht mehr ich selbst.“ Nelly schniefte.

„Was war fies?“

„Es begann am Nachmittag, als ich ihn zufällig in der Maaßenstraße getroffen hatte. Wir setzten uns für einen Espresso ins Türkencafé am Winterfeldtplatz und er erzählte mir von seinem Zoff mit Horst. Horst! Er war nicht der richtige Partner für Dominik. Kein Kampfgeist, nix.“

„Sie sind da anders, oder?“

Nelly klimperte mit den Wimpern. „Was denken Sie? Dominik und ich waren ein Team. Wir hätten das Traumpaar des neuen Widerstands werden können. Ich ging im

Café mal kurz die Nase pudern. Als ich zurückkam, stand dieser suspendierte Lehrer mit den gegelten Haaren und seinen Hunden an unserem Tisch. Er quatschte Dominik das Ohr voll wegen der vielen Kaninchen, die im Park sterben. Als hätte Dominik damit etwas zu tun. Dominik reagierte wunderbar darauf."

„Was sagte er?"

„Dominik klopfte ihm auf die Schulter. Wenn die neuen Zeiten anbrechen, dann würde er ihn zum Tierschutzminister ernennen. Der Mann fand es nur mäßig witzig und zog ab. Was haben wir ihm hinterher gelacht. Weil unsere Stimmung so gut war, habe ich Dominik angeboten, den Abend mit mir zu verbringen, aber er wollte lieber auswärts speisen, sagte er und ging." Sie klimperte wieder mit den Wimpern. „Ich wusste, was das bedeutete."

„Ich weiß es auch", sagte Max.

„Ich hatte kein gutes Gefühl. Ich schickte ihm die Nachricht, er soll nicht vergessen, dass wir ein Team sind. Er hat aber nicht mehr geantwortet." Nelly fasste sich an die Beine. „Warum ist mir so kalt?"

„Wie ging der Nachmittag weiter?"

„Ich machte mir große Sorgen, deshalb folgte ich ihm."

„Sie waren schon die zweite Person, die sich an seine Fersen heftete", sagte Max.

Nelly gackerte los. „Das bemerkte ich vis-à-vis vom Bull auch. Der gute Horst lag dort auf der Lauer. Arme Sau!"

„Auch er war besorgt um Dominik."

„Papperlapapp", sagte Nelly. „Horst war bloß eifersüchtig. Mir ging es um die gemeinsame Aufgabe! Ich sah die Gefahr und sollte leider Recht behalten."

„Welche Gefahr?"

„An der Carl-Zuckmayer-Brücke traf er sich mit …" Nelly verstummte.

„Mit wem?"

„Mit einem jungen Mann. Dem sah man von Weitem an, dass er nicht Thorben-Malte hieß.“ Nelly gackerte erneut.

„Mit wem traf er sich?“

„Ein syrischer Scheinflüchtling, Glatze, Vollbart und dicke Muckis. Ich traute meinen Augen nicht. Als sie sich ins Gebüsch vertschüssten, warteten dort noch zwei andere von der Sorte und ich hatte große Angst um Dominik. Als die vier dann zur Sache kamen, verschwand Horst. Weichei, dachte ich mir.“

„Sie blieben und schauten zu?“

„Ich musste auf Dominik aufpassen. Zu Recht!“

„Was ist passiert?“

„Die Fickerei war bald zu Ende. Diese Untermenschen zogen sich die Gummis von den beschnittenen Stinkpimmeln und warfen sie in die Büsche. Kaum hatte Dominik ihnen Geld gegeben, sind sie auf und davon. Dominik hat laut geflucht. Handy weg, T-Shirt weg. Scheißarschficker hat er gerufen und ihr seid alle schwul!. Da bin ich aus meinem Versteck. Ich hatte Angst, dass die Bimbos zurückkommen und Dominik was antun.“ Sie legte beide Hände auf den Mund, als wollte sie einen Schmerzensschrei unterdrücken.

„Sprechen Sie weiter, das tut Ihnen gut.“

„Ich wünschte, ich könnte alles ungeschehen machen. Zu meiner Überraschung war Dominik auf mich sauer. Ich würde ihn stalken, ich solle verschwinden. Weg, weg, weg! Mich machte das wütend. Ich schrie ihn an, dass doch jemand auf ihn aufpassen müsse, wenn er sich von diesem Abschaum durchficken lässt. Damit gefährde er unsere gemeinsame Sache. Da hielt Dominik mir den Mund zu. Mich würgte es, weil er eben noch diese Muselschwänze in der Hand gehabt hatte, aber er zischte mir zu, ich solle mein Maul halten, weil noch andere Leute im Gebüsch sein könnten. Wir horchten und guckten und sahen einen fetten Mann über den Zaun zu den Kleingärten klettern. Ab da flüsterten wir nur noch. Ich gefährde unsere gemeinsame Sache mehr, zischte er, weil ich in ihn verliebt sei. Da hatte ich die Schnauze voll. Ich zischte zurück, dass er keinen Deut besser sei als diese verlausten Kamelficker. Dann hat er es gesagt."

„Was?"

„Er sagte ‚Halt's Maul, Rolf'."

„Rolf?"

Nelly krümmte sich vornüber.

„Ihr Name bei der Geburt?", fragte Max.

„Ja." Nelly schluchzte. „Mein Körper und mein Hirn fielen auseinander. Das empfand ich jahrelang als großen, seelischen Schmerz. Mit einem Knopfdruck hat Dominik diesen Schmerz wieder aktiviert. Es machte bei mir Klick. Dominik suchte weiter nach seinem Smartphone. Ich war außer mir. Da lag ein Ast und ich schlug ihm von hinten über den Kopf, weil ich ihm wehtun wollte. Er fiel hin und ich zog ihm noch eins über. Sein Kopf fiel zur Seite und er bewegte sich nicht mehr. Ich war erschrocken. Ich tätschelte ihn unter Tränen. Mein Dominik. Er rührte sich nicht. Ich stolperte hoch, ich konnte wegen der Tränen und der Dunkelheit kaum etwas sehen. Überall waren Tiere, so viele Tiere. Ameisen, Käfer, Kaninchen, Füchse, Hunde. Überall! Es schlugen Blitze ein. Ich versteckte mich. Flash! Flash! Ich hörte einen Schrei im Dunkeln. Ich hatte Angst um mein Leben. Flash! Flash! Das Rufen hörte nicht auf. Ich duckte mich und robbte weiter durch die Büsche, bis ich weit weg von Dominik auf einen Weg kam. Da war niemand. Ich stand auf und lief weg. Ich weiß nicht, wie ich es nach Hause geschafft habe. Mir war so kalt. Ich hatte kalte Beine und Füße. So wie jetzt." Sie wischte an ihrem Bein hinunter. „Da ist auch noch ein Fleck."

Max schaute auf Nellys Strümpfe. „Da ist kein Fleck."

Nelly sah Max erschrocken an.

„Nur zwei Schläge mit einem Ast?", fragte Max.

„Ja." Nelly wischte weiter an ihren Beinen.

„Sie haben Dominik Nemec nicht getötet", sagte Max.

„Ich habe ihn nicht getötet, aber ich bin schuld, dass er jetzt tot ist." Nelly wischte und wischte.

Max stand auf. *Flash! Flash! Das Rufen hörte nicht auf.*

Nelly legte ihren Oberkörper auf den Tisch und wimmerte vor sich hin.

Max betrachtete sie emotionslos. *Er sprach plötzlich von Kondomen, die wir nicht wegwerfen dürfen, wegen der Tiere. Die Babykaninchen schlucken die und ersticken erbärmlich daran. Die verrecken richtig, sagte er. Ich habe seine niedliche Bulldogge gestreichelt.*

Nelly würgte.

Max wandte sich ab. *Als ich zurückkam, stand dieser suspendierte Lehrer mit seinen Hunden an unserem Tisch. Er quatschte Dominik das Ohr voll wegen der vielen Kaninchen, die im Park sterben. Als hätte Dominik damit etwas zu tun.*

Nelly würgte wieder. „Dreckige Muselschwänze", sagte sie röchelnd.

Max spürte, wie sein Magen sich zusammenzog. Dann schoß ihm das Adrenalin ein und er wählte Vickys Nummer. Freizeichen. Freizeichen. Freizeichen.

Vicky hob ab. „Moment Max, bin gleich für dich da."

„Vicky!" schrie Max.

Nelly schaute erschrocken auf.

Max horchte nach. Er hörte Vicky sprechen.

„Wieso ist das wichtig? Das ist Max, der Kommissar, der im Mordfall Nemec ermittelt."

Stille. Dann hörte Max einen Schlag.

„Vicky!", schrie Max noch einmal.

Nichts. Die Verbindung war tot.

***

Vicky blinzelte, denn das Licht über dem Badezimmerspiegel blendete sie. Sie hob ein wenig den Kopf und richtete sich auf, aber ein Fuß im hautfarbenen Füßling setzte sich auf ihre Schulter und drückte sie zurück auf den Fliesenboden.

„Alles hängt zusammen. Immer", sagte Sebastian Pöhls.

Vicky sah, dass er über ihr stand. Sie lag vor der Badewanne und ihr Kopf schmerzte. Die kleine Bulldogge schnüffelte interessiert an ihrem Gesicht. Vicky drehte den Kopf auf die andere Seite.

„Flash, raus mir dir, mein Schatz." Sebastian Pöhls schob den Hund sanft zur Tür. Flash trottete hinaus.

Im Badezimmer war es für einen Moment still.

„Die toten Kaninchen", murmelte Vicky und spürte wieder den Fuß auf ihrer Schulter.

„Dominik stellte sich mir gegenüber taub. Wer nicht hören will, muss fühlen. So einfach ist das."

„Dominik Nemec?"

„Deshalb sind Sie hier, ich bin ja nicht doof."

Vicky erschrak. „Max", flüsterte sie.

Sebastian Pöhls schwenkte Vickys Smartphone vor ihrer Nase und steckte es ein. „Ihr Kommissar kann Ihnen nicht helfen."

„Sie haben Dominik Nemec getötet", sagte Vicky.

Pöhls zuckte mit den Schultern. „Dass Dominik sich nachts im Park von homophoben Moslems poppen ließ, geschenkt. Sein Ding, nicht meins. Die benutzten Kondome in den Büschen entsorgen? Das geht gar nicht." Er beugte sich bis knapp vor Vickys Gesicht und flüsterte: „Haben Sie schon mal ein totes Babykaninchen gesehen?"

Vicky spürte seinen Atem.

„Haben Sie?", fragte Pöhls mit lauter Stimme.

Vicky zuckte zusammen. „Nein", sagte sie.

„War mir klar." Er setzte sich auf den Rand der Badewanne. „Ich dachte immer, die Kleinen schlafen. Allein ihre abgespreizten Hinterläufe machten mich stutzig. Ging ich näher ran, sah ich die aufgequollenen Augäpfel. Bei manchen waren die Augen geplatzt und die ausgetretene Flüssigkeit verklebte als getrockneter Schorf das Fell." Sebastian Pöhls ballte eine Faust.

Vicky spannte ihren Körper an.

„Die kleinen Münder waren weit aufgesperrt. Oft hing ihnen das Kondom noch halb aus dem Mäulchen. Immer waren die Krallen tief in den Boden gegraben. Diese Babys waren in ihrem Todeskampf elendig erstickt, das Latex hatte ihre Luftröhren verlegt, das Sperma die Lungenbläschen verklebt." Pöhls erhob die Stimme. „Die Leute zerfließen vor Mitleid, wenn an einer fernen Küste ein toter syrischer Junge angeschwemmt wird. Diese miesen Heuchler sollten sich mal die toten Babykaninchen in den eigenen Parks ansehen!"

Vicky blieb starr, sie versuchte, sich nicht zu bewegen.

„Der Sieg des Starken über den Schwachen ist ein Naturgesetz. Es gilt immer. Aber diese Babykaninchen hatten keine Chance. Zum Glück war ich da. Flash hatte mich zu Dominik geführt, der bewusstlos im dunklen Gebüsch vor mir lag. Ich nahm einen Stein und schlug zu. So rächte ich die toten Kaninchen und beschützte die noch lebenden. Er kam zu Bewusstsein. Ein Schrei, ein Schlag ins Gesicht. Er sah mich überrascht an. Noch ein Schlag und Dominik konnte nie wieder Kaninchen töten."

„Aber die Steinigung?" Vicky flüsterte.

„Das perfekte Arrangement für zwei Fliegen mit einer Klappe." Pöhls hob beide Schultern. „Ich bin schwul, ich muss mich auch vor den homophoben Horden aus dem Orient schützen."

Vicky schnellte mit einem Schrei hoch und stieß den überraschten Pöhls gegen die Brust, der nach hinten in die Wanne kippte. Mit Schwung zog Vicky den Duschvorhang zu und stürmte aus dem Badezimmer. Alle drei Hunde kläfften im Chor.

***

Christian bellte ins Telefon: „Einseinsnull. Ich wiederhole: Einseinsnull. Alle verfügbaren Einheiten sofort nach Schöneberg. Hauptstraße 26. Kriminaloberkommissar Kühn ist bereits unterwegs."

***

Die Hunde kläfften. Vicky riß an der Wohnungstür. *Zu.* Sie hörte das Knattern des Duschvorhangs. Vicky blickte um sich. Schlüssel auf Schuhschrank. *Zack. Tür auf. Raus. Tür zu.*

Dunkles Treppenhaus. *Runter, runter, raus.* Dumpfer Druck auf Vickys Kopf, sie stützte sich an der Wand ab. Schwindel. Die Hunde bellten. *Wo ist der verdammte Lichtschalter?* Ein Lichtkegel fiel ins Treppenhaus. Vicky drehte den Kopf. Pöhls in der Tür. Es blitzte auf. *Messer.* Vicky schrie. Kein Ton. *Runter, runter, raus.*

Vicky stolperte die Treppe hinunter. Fällt, springt auf. Ein Stockwerk über ihr Pöhls. Ohne Geräusch. Kein Schritt, kein Tritt, kein Schnaufen. *Er kommt!* Vicky sprang über die Stufen. Haustür. *Raus, raus, raus!*

Dämmerung. Autoverkehr rauschte. Ein LKW hupte dröhnend. Die Hupe drückte stumpf auf Vickys Schläfen. Sie ging in die Knie. Hinter ihr klackte die Haustür. Vicky hoch. Mit Ächzen den Kopf gewendet. *Messer.*

Vicky rannte. *Heim, heim, nach Hause.* Woolworth. Commerzbank. Sie bog in die Akazienstraße. Bräunungscenter. Menschen auf der Straße. Eine Frau mit Baby am Arm. Vickys Herz krampfte. *Messer, Messer,*

Achtung. Kein Ton. *Stimme, bitte, bitte.* Der Pfropfen zerbröselte.

„Messer, Messer, Achtung!" Vicky schrie.

Die Frau schaute sie erschrocken an.

Vicky blickte sich um. Pöhls kam auf die beiden zu. Das Messer blitzte nicht mehr, aber es war da. Er verdeckte die lange Klinge mit dem Ärmel seines Jacketts. Vicky drängte die Frau in die Einfahrt beim Bräunungscenter. Vicky rannte weiter. Pöhls setzte ihr nach.

Fidelio. Blumen. Leckerback.

„Messer, Messer, Achtung!"

Die Passanten sprangen vor Vicky zur Seite. Vicky rannte. Akazienbuchhandlung mit blonder Plastikfigur, rote Kappe, rote Schuhe, in den Händen eine Schüssel voller Pixi-Bücher. *Weg versperren.* Vicky riß die Figur an der Kappe um. Pixi-Bücher auf dem Gehweg. Viele Pixi-Bücher. Vicky sah, wie Pöhls rutschte. *Weiter, weiter.* Vicky rannte. *Menschen schützen, weg von den Menschen.* Sie überquerte die Akazienstraße auf Höhe Belziger Straße. Schild „Achtung Baustelle". *Leere Baustelle!* Lücke im Baustellenzaun. *Durch.* Sie drehte sich um. Pöhls wieder hinter ihr. Dixie-Klos, Bagger, Rohre. Vicky rannte. Rohre, Rohre, Rohre. Auf den hohen Sandhaufen hinauf.

„Messer, Messer, Hilfe!"

Pöhls huschte im Schatten der Rohre entlang. Passanten blieben stehen und schauten. Zwischen ihnen Baustellenzaun und die mannshoch gestapelten Rohre. Pöhls stieß an den Sandhaufen.

Messer. „Hilfe!"

Pöhls kam Schritt um Schritt auf Vicky zu.

Nein.

Vickys Atem wurde ruhiger.

So nicht.

***

Max trat gegen das Türschloss und das Holz splitterte. Noch ein Tritt und die Tür ging auf. Die Hunde bellten.

„Vicky!", schrie Max und betrat mit gezogener Waffe die Wohnung.

Alle drei Hunde kläfften und sprangen im Flur wild vor Max auf und ab. Er ging in die Knie, die Hunde knurrten. Als Max seine freie Hand ausstreckte, kam die Bulldogge näher und schnüffelte. Dann trottete sie davon. Die beiden anderen Hunde schnüffelten ebenfalls und folgten der Bulldogge.

Max erhob sich und sicherte ein Zimmer nach dem anderen. Nichts. Max stürmte aus der Wohnung.

***

Pöhls rückte näher.

Vicky stand auf dem Sandhügel und blickte zu den Passanten, die von den gestapelten Rohren, einem Haufen Latten und dem Zaun abgeschirmt waren. Vicky spürte keinen Kopfschmerz mehr.

Pöhls hielt die lange Klinge des Messers vor sich, bereit zuzustechen. Vorsichtig setzte er auf dem sandigen Untergrund den nächsten Schritt den Hügel hinauf und kam immer näher.

Vicky sah, dass Pöhls sie völlig teilnahmslos ansah. *Erschreckend.* Sie fixierte seinen Blick, konzentrierte sich auf seine Augen und wirbelte mit dem rechten Bein eine Sandfontäne in seine Richtung. Die Sandkörner trafen ihn am Kopf und Vicky nutzte den Reflex, dass er die Augen schloss. Mit den Beinen voraus sprang sie den Sandhügel auf Pöhls hinunter.

Sie schrie.

Pöhls wischte blind mit dem Messer schräg durch die Luft und schnitt seitlich in Vickys Oberschenkel. Dabei verlor er das Gleichgewicht und stürzte den Hügel hinunter.

Vicky rollte sich ab. Der Schnitt am Oberschenkel fühlte sich kalt an. *Eis.* Mit dem Schwung des Abrollens griff sie nach einer Holzlatte. Pöhls richtete sich auf, aber Vicky holte mit der Latte aus und zog ihm das Holzstück über den Kopf. Pöhls fiel um, kam auf dem Bauch zu liegen und ächzte. Vicky knallte die Latte quer über Pöhls Körper und sprang darauf. Pöhls ächzte erneut und seine Finger ließen das Messer los. Vicky blieb auf der Latte stehen. Pöhls war fixiert.

An den Fassaden der umliegenden Häuser flimmerte inzwischen Blaulicht. Sirenen dröhnten in Wellen durch die Akazienstraße. Entlang der Rohre sah Vicky Max mit gezogener Waffe auf sie zulaufen.

„Vicky!“, rief er.

„Auch schon hier?“, fragte sie.

Am siebenten Tag

„Ibarra?“ Die Parlikova stand bei Max und Christian im Büro und schaute aus dem Fenster auf das Tempelhofer Feld. Morgennebel lag tief auf den ehemaligen Landebahnen.

„Ibarra ist raus“, sagte Max.

„Magnoni und Admon?“

„Sind raus, schon gestern“, sagte Christian.

„Wald?“

„Drin.“

„Nollendorf und von Übelbach?“

„Drin wegen Mitgliedschaft in einer kriminellen Vereinigung. Die sind sich übrigens an die Gurgel gegangen.“

Die Parlikova drehte sich um. „Die Gurgel?“

„Die beiden begegneten sich im Flur vor ihren Zellen“, sagte Christian. „Die von Übelbach versuchte der Nollendorf auf die Brüste zu schlagen. ‚Alles Fake!‘, hat sie geschrien. Die Nollendorf wehrte die Hand ab. Jetzt trägt die von Übelbach zwei eingegipste Finger, gebrochen.“

Die Parlikova schüttelte den Kopf.

„Körperverletzung draufgepackt“, sagte Max. „Der Sicherheitsdienst lässt sie nur noch einzeln aus den Zellen.“

„Und Pöhls?“, fragte die Parlikova.

„Hat gestanden“, sagte Max.

„Gut gemacht, Männer. In Kombination mit einer Arztgattin, die den Mörder für euch dingfest macht, seid ihr unschlagbar.“

„Trotzdem danke, Chefin“„ sagte Max und grinste.

„Guckt mal.“ Die Parlikova zeigte aus dem Fenster. „Nur der Fernsehturm ragt über den Morgennebel hinaus. Ich lebe gern in dieser Stadt.“

Christian rollte ans Fenster und Max stellte sich neben ihn.

„Ich lebe auch gern in Berlin“, sagte Max.

Im Büro war es still.

Max drehte sich um. „Sie ist weg“, sagte er.

„Wie immer.“ Christian hob an seinem Schreibtisch eine Papiertüte mit Croissants hoch.

„Sie wird doch nicht?“, fragte Max.

„Doch.“ Christian schaute in die Tüte. „Eins davon ist sogar Vollkorn.“

***

„Junger Mann, wat is 'n mit Essen?“, rief Ingeborg Richtung Küche, während Petra an sie gekuschelt auf dem Sofa lag.

Yaseen streckte seinen Kopf aus der Küchentür. „Kabuli palau is ready in fifteen minutes.“

„Allet in Butta?“, fragte Ingeborg.

„Yes, yes, allet in Butta.“ Yaseen kicherte und verschwand in der Küche.

***

„Würden Sie bitte die Freundlichkeit besitzen, für mich zu wählen?“ Ursula deutete mit den eingegipsten Fingern auf das Wandtelefon.

„Nummer?“, fragte die Beamtin der Justizwache.

Ursula sagte ihr langsam die Zahlen vor.

Die Beamtin tippte, dann hielt sie Ursula den Hörer hin. „Halten geht aber, oder?“

„Merci“, sagte Ursula. Sie wartete, bis jemand am anderen Ende der Leitung abhob.

„Agnes, liebste Tochter. Du musst nach Berlin kommen. Bringe deiner Maman frische Leibwäsche und das Reisenecessaire. Papa soll dich fahren … Das mit dem Gefängnis ist ein Irrtum. Glaube nicht alles, was in der Zeitung steht. Hole deinen Vater ans Telefon! … Wo ist dein Vater? … Wie? Seit sechs Tagen nicht nach Hause gekommen? … Ein Brief von ihm kam mit der Post? Was soll der Unfug? Darum kümmere ich mich später! Setz dich in den Zug, du musst nach Berlin zu mir kommen, Nesi … Agnes? Agnes, zum Teufel!"

Ursula starrte auf den Telefonhörer.

Die Beamtin nahm ihr den Hörer aus der Hand und horchte. „Aufgelegt", sagte sie und hängte den Hörer in das Telefon an der Wand.

***

Agnes' Hand lag noch am Telefonhörer. „Ding Dong, die Hex' ist tot", sagte sie und zog die Hand zurück.

Magda stand neben ihr, wischte sich die Hände an der Schürze ab und streichelte Agnes über die Wange. „Wir sind frei", sagte sie und küsste Agnes auf den Mund.

Agnes erwiderte den Kuss voll Leidenschaft.

***

Aus dem kleinen Lautsprecher neben der Matratze spielte „Monument" von Röyksopp und Robyn.

– make a space for my body.

Felix lag mit dem Kopf in Raffaels Schoß, beide trugen nur hellblaue Boxershorts.

„Schön, euch wieder zusammen zu sehen." Heidi saß am Rand der Matratze.

Felix zog Heidi an sich, bis ihr Kopf auf seiner Brust lag, und Heidi schmiegte sich an ihn. Mit einer Hand zog Felix Heidis T-Shirt ein wenig hoch. „Als Azubi der Antifa brauchst du hier noch ein Piercing." Er streichelte Heidis Bauchnabel.

„Das bekomme ich zu Hause nie durch." Heidi kicherte.

Raffael massierte zärtlich Heidis Schulter und beugte sich vor, um Felix auf den Mund zu küssen. Dabei wanderte seine Hand zur Brust von Heidi, die ihre Augen schloss.

– I can say I did it all with love, love, love.

Heidi fühlte eine Zunge an ihren Lippen und ließ sie in ihren Mund. Die Zunge berührte ihre Zunge. Heidi zitterte elektrisiert, während die Hände sie liebevoll streichelten. Die Zunge verließ ihren Mund.

– Make a world, are you ruling?

Heidi löste sich von den Körpern der Jungs und setzte sich an den Rand der Matratze.

„Du hast noch nie?", fragte Raffael.

Heidi schüttelte den Kopf. „Noch nie."

„Ach, wie süß", sagte Felix.

„Deine Mutter." Heidi wackelte mit dem Kopf und streckte die Zunge heraus. Die drei lachten. „Ich gehe jetzt", sagte Heidi und küsste die beiden zum Abschied auf den Mund.

– I will let this monument represent a moment of my life.

„Heidi!", rief Felix, als sie schon die Türklinke in der Hand hatte.

„Ja?"

„Wer immer dein erstes Mal sein wird, wir beneiden ihn oder sie."

***

Der Justizwachebeamte stutzte. „Wo ist Dr. Benda?"

Der Arzt im Untersuchungszimmer zog sich den weißen Kittel an. „Verhindert, aber ich vertrete ihn."

Der Beamte deutete auf Sebastian Pöhls. „Er braucht einen Erstcheck."

„Geht klar", sagte der Arzt. „Was Besonderes gefragt?"

„Nö, alles wie immer", antwortete der Beamte. „Hier die Karteikarte, Dr. Benda heftet seine Formulare unten dran. Ich warte draußen." Er schloss die Tür hinter sich.

„Bitte oben freimachen und hinlegen." Der Arzt deutete auf die Liege in der Ecke des fensterlosen Raums.

Sebastian Pöhls zog sein weißes Hemd aus, hängte es sorgfältig über die Rückenlehne eines Stuhls und legte sich hin.

„Ich messe Ihren Blutdruck." Der Arzt pumpte die Manschette auf. „120 zu 70, in Ordnung." Er zog Handschuhe über und fasste Pöhls an den Hals. „Ich taste Ihre Lymphknoten."

Pöhls zuckte.

„Kalt?", fragte der Arzt.

„Zu fest", sagte Pöhls.

„Verzeihung. Lymphknoten sind unauffällig. Bitte Mund öffnen und Zunge herausstrecken." Er legte einen Spatel auf Pöhls Zunge, schaute in den Mund und schob den Spatel hinein.

Pöhls ruckelte mit dem Kopf.

„Stillhalten", sagte der Arzt und schob den Spatel noch ein Stück tiefer.

Pöhls würgte.

Der Arzt bohrte seinen Ellbogen in Pöhls Brust und fixierte ihn so auf der Liege.

Pöhls riss die Augen auf, brachte aber keinen Ton heraus.

„Ich wollte dich kastrieren", sagte der Arzt leise. „Ich könnte das hier und jetzt tun, aber du wirst niemandem mehr wehtun, denn sie sperren dich für immer weg."

Pöhls starrte den Arzt panisch an.

„Lässt du dir hier drin nur eine Winzigkeit zuschulden kommen, bin ich da. Schmerz wird dein Begleiter sein. Denk dran, ich beobachte dich!"

Langsam zog der Arzt den Spatel aus Pöhls Mund.

Pöhls rang nach Luft und fasste sich ans Herz.

Der Arzt ließ von Pöhls ab, trug Zahlen in das Formular ein und heftete es unten an die Karteikarte. Dann schaute er auf Pöhls. „Vergiss es, sie werden dir nicht glauben." Der Arzt öffnete die Tür und sagte: „Der Mann ist fertig."

***

Judith schob Christian über die Rampe in das Hinterzimmer des Café Bilderbuch. Sie nahmen an einem Tisch mit weißer Tischdecke Platz und ein Kellner entzündete zwei Kerzen.

„Gleich hübscher", sagte er und legte zwei Speisekarten vor die beiden.

„Candlelight-Dinner?" Judith lächelte. „Ist das ein Date?"

Christian zuckte mit den Schultern. „Keine Ahnung! Was weiß ich, wohin die Reise geht?"

„Dann lass uns am Anfang anfangen. Warum sitzt du im Rollstuhl?"

***

Vicky sah Max auf den Treppen zum Rathaus Schöneberg warten. Lederjacke, Jeans. Über der Schulter trug er einen Rucksack. Sie küsste ihn auf beide Wangen.

„Wie geht's deiner Verletzung?", fragte er.

„Nur ein Kratzer, ich dürfte sogar joggen." Sie zeigte auf das Schild am Parkeingang. „Dort stelle ich gewöhnlich vor dem Laufen mein Fahrrad ab."

„Deshalb sind wir hier", sagte Max. „Komm mit!"

Sie spazierten in den Park, während die untergehende Sonne den goldenen Hirsch über dem Brunnen funkeln ließ.

Vicky blieb stehen. „Ich kann nicht."

Max grinste. „Du kannst. Eine Frau, die psychopathische Mörder festsetzt, kann alles.“ Er lief ein paar Schritte zur Carl-Zuckmayer-Brücke hoch. „Komm! Ich zeige dir etwas Schönes, sobald es dunkel ist.“

Sie spazierten vorbei an den Trauerweiden durch das kleine Tal. Vicky blieb stehen, wo sie die Leiche gefunden hatte. „Man sieht nichts mehr davon.“

Max nickte.

Vickys Blick fiel auf die Wiese neben dem Gebüsch. Dort freute sich ein junges Elternpaar, dass ihr Sprössling die ersten Schritte ohne Hilfe trippelte. Der Kleine setzte im Gras wackelig einen Fuß vor den anderen. Nach drei Schritten fiel er um und krabbelte glucksend auf seinen Vater zu.

Vicky und Max kamen zum Kifferhügel, wo junge Menschen um Pizzakartons lagerten und lachten. Südlich davon beobachteten sie eine Frau im Laufdress, die Kerzen und Räucherstäbchen vor einem Busch entzündete.

„Wir grillen nicht“, sagte der Mann neben ihr. „Meine Frau vollzieht nur ein reinigendes Trauerritual. Nicht wahr, Cornelia?“

„Stör mich jetzt nicht, Harry“, brummte die Frau und hantierte mit Schälchen auf dem Boden.

„Alles gut, wir sind nicht vom Ordnungsamt“, sagte Max.

Sie gingen weiter, bis sich Vicky nach ein paar Metern umdrehte. „Hat sich an der Stelle Hilal erhängt?“

„Ja.“

„Lieb von den beiden“, sagte Vicky.

Die Kerzen begannen in der Dämmerung zu leuchten.

Vicky und Max überquerten die Prinzregentenstraße, wo das ehemalige Notaufnahmelager inzwischen eingerüstet war.

„Bald wieder eine Turnhalle“, sagte Max.

Sie kamen in den Bereich, wo der Brand gewütet hatte. Stämme und Äste lagen ordentlich geschnitten und gestapelt neben dem Gehweg. „Sie können wieder aufforsten", sagte Vicky.

Mini-Golf, Fußballplatz. „Der Scheitelpunkt meiner Strecke, ab hier laufe ich zurück", sagte Vicky.

„Komm, ich zeige dir meinen geheimen Ort." Max schaute in den Himmel. „Schon dunkel genug."

Sie überquerten die Uhlandstraße und liefen am Fennsee entlang, bis Max an der Barbrücke stoppte. „Mir nach." Er kletterte neben der Brücke die Böschung hinunter und sprang auf einen kleinen Vorsprung unter der Brüstung.

Vicky sprang hinterher.

Max legte den Rucksack ab und setzte sich. Mit dem Rücken lehnte er sich gegen die steinerne Wand der Brücke. Mittlerweile war es dunkel geworden.

Vicky setzte sich zu ihm. „Wow!", sagte sie.

Vor ihnen lag der See, glatt und schwarz. Von den Ufern wuchsen die Bäume ins Wasser und zogen sich bis an den Horizont wie ein Vorhang zu, der die Stadt herum versteckt. Vickys Blick wanderte von den dichten Laubkronen in den dunklen Himmel. Die ersten Sterne leuchteten auf, als aus der Wand hinter ihnen durch Luken ein warmer Luftzug strömte.

„Die U3 fährt durch diese Brücke Richtung Krumme Lanke", sagte Max und holte zwei Flaschen Bier aus dem Rucksack. „Noch kühl."

Sie tranken und sprachen lange kein Wort. In der Zeit fuhren vier U-Bahnen durch die Brücke.

„Gut, dass alles vorbei ist." Vicky lehnte sich an die Schulter von Max.

Ein Vogel sang.

„Welcher Vogel singt so zauberhaft?", fragte Vicky.

„Die Nachtigall."

Vicky blickte auf das Profil von Max. Die glatte Stirn, seine klassisch geschwungene Nase, die vollen Lippen.

„Nachtigallmännchen singen nachts“, sagte Max.

Während der Vogel weitersang, fuhren mehrere U-Bahnen durch die Brücke. Vicky fasste Max an den Hals und streichelte über seinen Hinterkopf. Er drehte ihr das Gesicht zu.

Sie küsste ihn. Max nahm Vicky in den Arm und sie küssten sich lange.

Dann schauten sie wieder auf den See.

Vicky stand auf. „Ich gehe jetzt nach Hause.“

„Ich begleite dich“, sagte Max.

„Bleib noch bei deinem Nachtigallmännchen.“ Vicky ließ ihren Blick auf Max ruhen. „Danke, Max.“

„Gerne.“

Vicky sprang vom Vorsprung zur Böschung und verschwand im Dunkeln.

Max ließ noch einige U-Bahnen durch die Brücke fahren, bevor er über die Böschung auf die Straße kletterte. Er überlegte, ob er nach rechts oder links gehen sollte. Dabei kam ihm ein Gedanke und er zog sein Smartphone aus der Hosentasche. WhatsApp. Max tippte.

– Steht das Angebot noch?

***

„Hat die Sprechstundenvertretung für Dr. Benda geklappt? … Wunderbar … Nichts zu danken, mein Freund.“ Mesut beendete das Telefonat.

Karsten saß ihm auf dem Sofa gegenüber, seine Füße lagen in Mesuts Schoß. „War das Oliver?“

„Ja.“ Mesut massierte Karstens Füße.

Karsten schloss die Augen. „Wie geht’s den Meiers?“

„Schockzustand. Aber die kriegen das hin. Wer, wenn nicht die beiden?“, sagte Mesut.

Ein kleiner Junge tauchte hinter dem Sofa auf und rief: „Buh!“

„Ui, jetzt habe ich mich aber erschreckt", rief Mesut und der Junge lachte. „Schon Zähne geputzt, kleiner Mann?"

„Klar!"

„Dann ab ins Bett", sagte Karsten. „Soll ich mitkommen?"

„Nee, ich bin doch schon groß." Der Junge küsste Karsten auf die Wange. „Gute Nacht, Papa." Er küsste Mesut auf die Wange. „Iyi geceler, baba."

„Ich will mehr Küsse", rief Mesut.

„Istemiyorum!" Lachend lief der Junge davon.

***

Oliver lag mit einer Decke am Sofa und sah fern, am Beistelltisch stand ein Glas Rotwein. Er hörte, wie das Longboard gegen den Schuhschrank knallte.

„Will unter die Decke!", sagte Heidi, als sie ihn am Sofa sah.

„Komm, Babyschwester." Heidi kuschelte sich an ihn. „Lange kann ich dich nicht mehr Babyschwester nennen."

„Schon noch ein bisschen."

Sie hörten einen Schlüssel die Wohnungstür aufsperren.

„Darf ich zu euch?", fragte Vicky.

Oliver hob die Decke und Vicky schmiegte sich an ihn.

„Mädels, ich habe meinen Hintergrunddienst an den Chef abgegeben. Meine ganze Zeit für euch, ohne dass die Klinik anruft."

„Danke", sagte Vicky und küsste Oliver auf die Wange.

„Du hast Bier getrunken!", rief Oliver.

„Nur ein bisschen und es hat gut geschmeckt, aber Wein mag ich trotzdem lieber." Sie kuschelte sich näher an Oliver. „Morgen gehe ich wieder joggen und dann suche ich mir einen Job."

Überrascht blickten sich Oliver und Heidi an.

„Ich will zur Polizei", sagte Vicky.

***

Max nahm im Treppenhaus zwei Stufen auf einmal. In der offenen Tür stand Raffael in Boxershorts und sah Max mit seinem Silberblick an. „Darf ich?“

„Klar“, sagte Max.

Raffael streichelte Max über die Glatze. „Wollte ich von Anfang an.“

„Ich will auch.“ Auf der Matratze tauchte Felix’ blonder Schopf zwischen den Kissen auf.

Raffael nahm Max an der Hand und zog ihn auf die Matratze.

Das Kaninchen und der Fuchs

Ein Kaninchen suchte in einer milden Frühlingsnacht nach Futter und hoppelte wachsam im Schatten gestapelter Baumstämme zu einem Hügel. An einem Mülleimer in der Nähe lehnten Pappkartons mit Pizzaresten. Das Kaninchen knabberte mit Genuss an einem Teigrand, bis es ein Ohr hochzog, denn es witterte einen Fuchs. Panisch flüchtete das Kaninchen in den Schutz eines dichten Rhododendrons. Von dort sah es traurig zu, wie der Fuchs auf den Mülleimer zusteuerte und sich an der Pizza labte. Das Kaninchen musste heute Nacht wohl mit leerem Bauch in seine Höhle zurückkehren.

Doch dann stutzte das Kaninchen, denn der Fuchs winkte ihm mit einer Pfote. *Meint er mich?* Vorsichtig trat es aus dem Schutz des Strauches. Der Fuchs winkte erneut. Mit Bedacht näherte sich das Kaninchen dem Mülleimer, aber der Fuchs machte keine Anstalten, das Kaninchen zu fressen. Genüsslich biss er in sein Pizzastück. Da knabberte auch das Kaninchen wieder voll Freude an seinem Teigrand.

Sei nicht besorgt. Alle mögen Pizza und meistens ist auch Pizza für alle da.

Alle Personen sind ausgedacht.
Das Kaninchen und der Fuchs sind keine Personen.

Danke

Ich danke meiner Freundin, der Autorin Tanja Paar, für erstes Lesen und Reden. Ohne sie hätte ich dieses Buch nicht geschrieben.

Ich danke für Anregungen, Champagner, Expertise und Support: Alexander Tegeler, Ali Nohut, Anke Dillinger, Arkadiusz Groszewski, Barbara Hanisch, Christian Wengert, Christopher Koch, Claudia Brose, Cornelia Müller, Daniel Turan, Falk Richter, Harry Alter, Heike Steiner, Helmut Grätz, Hosam Lababedi, Kerstin Hartmann, Konrad Hickel, Mario Rauter, Marion Merkel, Max Putzer, Michael Zenzes, Michaela Kett, Nina Witte, Rafal Adam, Stephan Prattes, Yves Gateau.

Ich danke Ilona Bubeck, Marc Lippuner und Jim Baker vom Querverlag für hilfreiches Feedback, freundliche Zusammenarbeit und die Chance, mir einen lang gehegten Wunsch zu erfüllen.